春度龙岗

李美桦 / 著

作家出版社

目　录

001　第一章　特殊的使命

049　第二章　时间的证明

091　第三章　如意的算盘

135　第四章　百变的棋局

175　第五章　山谷的枪声

220　第六章　变天的前奏

250　第七章　沸腾的群山

第一章　特殊的使命

无波浪的河水，难断深浅；
说话先笑的人，难猜善恶。

这拨人来头不小

天快亮的时候，下了一场小雨，气温骤然下降，天气异常阴冷。

胡乱吃了点早饭，当家娃子阿力次吉就执意要往龙岗山上赶，这可把飞云铺的黑彝阿尔拉则急坏了。昨天晚上说好要到寨子里转一转的，怎么一觉醒来就变卦了？

阿尔拉则把脖子缩在披毡里，啧啧咒骂着这鬼天气。他实在搞不懂，是哪个地方怠慢了大头人身边的红人。

"次吉，再忙也不在这半天工夫嘛！你不在山上，太阳照样从东边升起来，从西边落下去。有人说，来了英雄杀小猫，来了好汉煮酸菜，我阿尔拉则再寒酸，也不是那种抖瑟瑟的小气鬼嘛！你酒没有喝一杯，肉没有吃一口，人家只会说我阿尔拉则一大早就把贵客往外撵,你让我这张老麻布脸往哪里搁?"

阿尔拉则不紧不慢地往他那把黄铜烟锅里装着烟丝,脸上多少有些不高兴。阿尔拉则早就作了安排。今天,他把所有的事丢开,为的就是把阿力次吉接待好。他甚至让放羊的哑巴娃子留只肥羊在圈里,下午好当着客人的面宰杀。

"阿普(爷爷),你这样说,把我羞死了!虎的大小看脚印,人的善恶看品行,你老人家是那样的人吗?昨天晚上从进你家门,嘴巴就没有闲过,哪里还对不起我们?再说,这几年,你家的牛我吃了的,羊我吃了的,猪我吃了的,每次你都这么盛情,让小辈我羞愧得找不到地方躲啊!"

旁边的娃子咔咔打着火镰,凑上来帮阿尔拉则点上烟。阿尔拉则深深吸了一口,心里淤积的气随着两股浓烟从鼻子里钻了出来:"次吉,这段时间天气转暖了,山上到处是野花。如果你嫌弃这个地方尿臭屎臭的,要去哪家躲着喝杯把花酒,阿普也不拦你!"

阿尔拉则那张嘴不是省油的灯,让阿力次吉实在难以招架:"阿啵,哪有那回事?都是我这该死的记性。酒一喝高,我把色坡阿日(大头人)吩咐的事忘了,我真的得赶回去!"

阿力次吉下来的目的,就是要到寨子里转一转。每年把庄稼种下去后,他都会到各个寨子里走一走。这一带的白彝,很多都租种了主子家的田地。租的时候说得亲热,但到秋收该往外拿粮食和鸦片的时候,心里总是疙疙瘩瘩的。阿尔拉则作为本乡本土的黑彝,天天抬头不见低头见,有些话他也不好说。换一个人,从大头人的当家娃子嘴里说出来,效果就不一样了。

可是，昨天晚上在火塘边说的话，早上起来怎么就不算数了？

阿尔拉则心里有几分失落。不就是个当家娃子吗，在我面前摆什么谱装什么大？牲畜多少看木槽，娃子多少看猪头。田地也好，牲畜也好，娃子也好，要是前些年，我阿尔拉则在这一带也是说得起话的。就凭我那份家业，哼哼，你算什么东西？就算你天天围着大头人转，我也不耐烦拿眼角角瞟你一眼！阿尔拉则有几分生气，也有几分失落。这几年家境一年不如一年，在这种时候心里就是再不舒服，也得看在大头人的面子上。

昨天，阿力次吉他们到飞云铺的时候，已经很晚了。阿尔拉则宰了羊，煮了香肠腊肉，在火塘边喝了半夜的酒。而恰恰就是阿尔拉则那句不经意的话，让阿力次吉的心一下悬了起来。

作为龙岗山黑彝大头人的当家娃子，他得第一时间让主子知晓这件大事儿。世事难测，下一步该何去何从，主子心里有数才好拿捏。

"次吉，你实在要走，阿普也拴不住你。木牛！"

阿尔拉则在大声地喊着他的儿子阿尔木牛，要他赶紧倒一碗酒过来。

往常，他们在火塘边吃肉喝酒，都有娃子忙进忙出在旁边伺候着。今天他让儿子亲自过来斟酒，对客人来说也是一种格外的尊重。

出了阿尔拉则家院子，阿力次吉带着几个随从纵身上马，挟着一身寒气往龙岗山飞驰而去。

这些年，世道不太平。作为方圆百里的黑彝家支大头人，上上下下，不知道有多少双眼睛在盯着他。稍微有点风吹草动,那都是血染沙场,脑壳落地的事。就是每天晚上睡觉,大头人都得竖着一只耳朵。这样的事,相信大头人和他一样,不会置之不理。

阿力次吉赶回龙岗寨的时候,天早已经黑尽了。

黑彝大头人阿尔哈铁家里聚了很多人。大家在火星飞溅的火塘边喝酒吃肉,喧闹声只差把房顶给掀掉了。

这一天,阿尔哈铁和几个黑彝带着娃子去打猎。他们打到一头成年的熊,还有两只麂子,他们没有理由不高兴。

"尔比尔吉(彝族谚语)里说,是骏马,一看转弯就知道;是勇士,一看冲杀就知道。嗨呀,我们边跑边丢东西,披毡丢了,帕子落了,几支老杆杆枪也扔了。色坡阿日这一手,把孙方亭的手下高兴死了!得了一笼肺,还想一副肝,再加一把劲就把色坡阿日捉住了。阿啵,才到转弯处,到处是呜呜的牛角号声,山上的礌石滚木黑麻麻地滚下来,好多汉兵当场成了肉饼,没死的转身就往回跑……"

火塘边坐着几位黑彝。他们高声谈论的,是与孙方亭进山清剿的汉兵干仗的事。每次说起这样的话题,他们都会无比地亢奋和畅快。这边话还没有说完,那边又接了过去:

"嗨,那年我们捉了孙方亭手下几个得力干将,对方提出拿钱来赎,我们都说放了可惜。色坡阿日说,这些细脚毛不稀奇,到时候一手交钱,一手交人就是。这话是当着那边保人的面,硬硬地咬了牙齿印的。到了那天,真的找几匹大骡子把人驮过去,说话算话吧!"

"哈,那些人交了钱,打开麻布口袋一看,全部都死翘翘的了,只有一个还剩半口悠悠气!"这边笑弯了腰,早抢过话头:"对方脸气绿了,又拿我们没办法。我没打你,没杀你,还生怕累着几个汉官,用马驮了过来。你只有这点儿命,怪得着哪个?阿啵,骏马好不好,要看跑起来的时候;牯牛凶不凶,要看斗起来的时候……"

嘎嘎嘎的笑声如同粗粝的磨石,在大铁锅里磨来磨去。

"色坡阿普!"阿力次吉走上前去轻轻叫了一声。

"阿啵,就回来了?"阿尔哈铁抓起一块熊肉,笑眯眯地递过来,"次吉,先吃块肉!"

"色坡阿普,共产党派出工作队,到乌地吉木了!"阿力次吉迫不及待地说。

"他们来干什么?"屋里的声音小了下来,有人问。

"搞什么政策宣传,社会调查,调解纠纷,帮着解决老百姓的困难……"阿力次吉实在不好把后面的话说出来。

"他们有多少人?"

"十多个!"

火塘边的人哄一下笑开了:"十多个人?还不够山上的豹子老熊打牙祭!"

"喝酒,喝酒。不管是他康熙做皇帝,慈禧老佛爷当政,还是后来的袁大总统蒋委员长说了算,日子不是照样过。现在共产党来了,又能把我们怎么样?该当主子的当主子,该当娃子的当娃子,操那么多心干什么?"

阿尔哈铁拿出那柄长把烟锅,阿力次吉赶紧给他装上烟丝,从火塘里拈了块火炭给他点上。阿尔哈铁总觉得,他精明的当家娃子,不会因为这样一句无关痛痒的话,就会提前赶上山来的。他吸了两口烟,说:"尔比尔吉里说,猫眼看九尺,鼠眼看一寸,有些事我们看远一点是对的!"

可是,他这句话很快就让人忽悠过去了:"阿啵,九个贼在一起,没有一个敢偷狼;九只狼在一起,没有一个敢惹虎。只要有你色坡阿日在,别说那十多个人,就是以前成团成营的人开进来,这深山老林里到处是獠牙,他们敢把龙岗寨怎么样?该吃肉吃肉,该喝酒喝酒,天垮不下来!"

对于这些人,说多了也没有用。他们考虑的更多的是吃肉喝酒,有时间就去打打猎,瞅准机会再到汉区抢几个娃子,反正地有娃子种,活有娃子干,出了事有他大头人撑着,谁会管这些闲事?

大地深深睡过去,唯有天上的星星还在诡秘地眨着眼睛。

等把这些客人送走,夜已经很深了。

"次吉,有事?"

阿尔哈铁的直觉没错。阿力次吉说:"色坡阿普,这拨人来头不小啊!"

"哦?"

"看样子,他们是冲着你来的!"

"他们想干啥?"

"听说,他们要请你下山!"

"干什么?"

"把你请下去,跟他们一起共事……"阿力次吉说得很轻松,眼睛却直直地盯着他的主子。

阿尔哈铁的心怦怦跳起来。这句话听起来简单，可世上哪有这么好的事？难道，他们把过去那笔债忘了？不管怎么说，那毕竟是一百多条人命呐！

彝人常说，肉汤总在不知不觉中沸腾，灾难常在毫无防备时降临。风风雨雨几十年，这样的事他经历得太多了。阿尔哈铁总觉得外面黑洞洞的天，蕴藏着巨大的阴谋，呜呜涌动的风中，到处都布满了陷阱。

一轮满月，静静地悬在龙岗山上。

远山巍峨，万籁俱寂。蛙声如潮，虫儿酣唱，夏夜清凉。月亮的清辉簌簌倾泻下来，把康善人家宽敞的院子铺得满满的。小院里人语喧哗，笑声朗朗，乌地吉木的几个村民蹲的蹲，站的站，高兴地说着这几天的新鲜事。

会川解放了，来了新县长！

这些日子，这个消息风一般吹遍了会川的每一个角落。

对于山旮旯的穷百姓来说，谁当县长他们并不关心。这些年来，今天呼啦啦打过来，明天哗哗哗杀过去，县城旗子的颜色换了一回又一回，县长也换了一茬又一茬，老百姓的日子却越来越艰难。这次不一样，新的县长把地主老财家的土地收归集体，把他们的牲畜收归集体，把他们的庄园大院收归集体，然后统统分给了穷苦农民。盘古开天地，天底下哪有这种好事？

汹涌而来的幸福，让人猝不及防。很多人都是这样，一觉醒过来，首先掐掐大腿：噫，这些是真的吗？

这个名叫乌地吉木彝汉杂居的寨子，从工作队进村那天起，每个人的神经都酥麻着。分田地、分山林、分牲畜、分农具、分粮食、分地主家的财物，件件都是过去从来没想过的大好事。不管是彝家汉子，还是汉家媳妇，个个忙得脚不沾地，家家笑得合不拢嘴。寨子里从来没有这么热闹过，上到七老八十的老人，下至蹒跚学步的娃娃，也从来没有这么高兴过。一天劳作之余，寨子里的人陆续回到康善人家的院子里，聚在工作队临时办公的地方，乐哈哈地说着这几天的新鲜话题：

"寨子东头的谭四老倌，用石头把工作队插的木牌牌垒砌起来，恨不得白天晚上都亲自去抱着，你说老倌手脚麻不麻利？"

"嗨，杨三嫂背着她小脚婆婆，带着五个娃娃，牵着才分到的黄牯牛到地边生火做饭，在月光下的田坝头唱了一晚上！哈哈哈，你们看见那骚样儿没有，世间竟有这么癫狂的婆娘！"

"还有更痴的！你没见瞎眼的木洛老汉，每天都要让他孙子牵着，伸出手在地埂上一寸一寸地往前摸，一屁股坐下去就不想回家。说不定这个时候，还等着儿子去背他回来哩！"

月朗星稀，树影婆娑。水一般轻柔的月光，把远远近近的树涂上了一层银辉，看上去更为静穆神秘。清凉的小院，被莫名的兴奋与躁动盛得满满的。

和这些刚成为土地主人的贫苦农民相比，工作队队长陈达五却高兴不起来，他的脑子成了一团乱麻。

彝区的民主改革即将开始。如何尽快将奴隶娃子解放出来，把奴隶主手里的土地分给他们安家，让他们过上自由幸福的新生活，县上专门召开会议进行研究。彝区家支林立，家支头人具有举足轻重的地位。而龙岗山上势力最大的黑彝头人阿尔哈铁，有险要的防守要塞和强悍的武装，身后还有数以十万计的彝胞。这个外号飞天蚂蟥的黑彝头人，他不经意的一个喷嚏，都会在彝区产生重大影响。他未来的走向如何，将会影响整个彝区的发展进程。是武力解决，还是和平推进，大家各执一词。最后，会川县的县长金太中力排众议，决定派陈达五率工作队从彝汉杂居的乌地吉木入手，一步步深入龙岗，争取阿尔哈铁站到人民一边，为下一步和平推进彝区的民主改革做准备……

会议结束后，金太中把陈达五留下来，笑眯眯地说："达五，你去的地方好啊，风光秀美，民族风情浓郁，山上的彝胞彪悍勇敢，热情好客。你知道吗，那里还是一块红色的土地，当年红军游击队就在那个地方活动过！"

陈达五眼睛一亮，他没想到还有这样一段历史。

"很遗憾，这支游击队遭到了当地彝人的围攻而失败了。这一切，都跟黑彝头人阿尔哈铁有关！你们这次进去，除了搞好政策宣传，做好社会调查，帮助群众发展生产，解决老百姓的困难外，还有一项秘密任务：务必查清十五年前，中央红军留在彝区游击队员的下落，告慰牺牲的革命先烈，对历史有一个负责任的交代！"

陈达五再一次瞪大了眼睛。

金县长的目光透过窗子，看着云遮雾绕的远山，说："龙岗山上的黑彝头人阿尔哈铁，现在可是抢手的香饽饽。我们推进民主改革需要他出山，国民党特务和土匪武装要做垂死挣扎，也在拼命地拉拢腐蚀他。如果我们不把他争取过来，他和国民党的残余势力勾结在一起，就会给彝区的老百姓带来更大的灾难。这条毒辣狡猾的飞天蚂蟥，他何去何从，对我们是一个巨大的考验！"

金县长拍拍陈达五的肩膀，说："彝区情况复杂，你们要尊重当地彝胞的风俗习惯，执行好党的民族政策，团结包容，低调谨慎，不要因为这事激化矛盾，给彝区群众造成新的恐慌……"

陈达五接到这个任务，脑子一下就蒙了。

当年，中央红军巧渡金沙江，离开会川北上时，留下了一百二十多人的红军游击队。不过，这支游击队开进彝区以后，一直没有和组织联系过，默默消失在连绵起伏的大山里。深山老林，茫茫林海，十多年没有他们的音信，现在到哪里去找他们？

黑彝家支头人阿尔哈铁，外号飞天蚂蟥，一直盘踞在高高的龙岗山上。那个层峦叠嶂，物产丰富，风景如画，他苦苦经营数十年的彝寨，肯轻易拱手交出来？更重要的是，国民党逃到台湾后，已经派出特务到彝区煽动蛊惑，他会轻易站在共产党这一边吗？彝区没有统一的政权，也没有统一的组织，大凡小事都是各家支的头人说了算。而一个家支就是一片天地，一个山头就是一股势力，黑彝之间，白彝之间，黑彝与白彝之间，彝人和汉人之间打打杀杀，矛盾重重。要是阿尔哈铁的工作没做通，凭借他在彝区的影响力，要想在彝区推进民主改革有那么简单？再说，彝区山高林密，偏僻闭塞，语言不通，要完成这项改天换地的任务谈何容易！

陈达五一想这些问题，就感到头皮发麻。

悬在树上的绳套

  乌地吉木是一个彝汉杂居的古村落。四面群山环绕，山峰耸立，古树参天，穿寨而过的一条大道，把汉区和彝区连接起来，让这个平坦的寨子成为进入彝区的缓冲地带。翻过寨子背后的山垭口，过了彝人居住的瓦房寨，从一道道连绵的山峦间进入飞云铺，就可以看见云雾缭绕的龙岗山。慢慢往里面走，就进入了彝区的腹心……

  陈达五没有贸然进入彝区，他先带着工作队进驻了乌地吉木。寨子里汉人占了一大半，剩下的大多是白彝，还有几户从云南迁徙过来的傈僳人。寨子里的人说汉话，也会用彝话进行交流，大家都靠租种康善人家的土地为生。正是因为这样，汉区的人认为乌地吉木是蛮荒之地，对他们惧怕三分。高山上那些鼻子翘上天的黑彝，却对散居在乌地吉木的白彝不屑一顾，他们觉得这些人早已忘记了山上的祖宗，连奴隶娃子都不如。因此，汉区的人一般不敢随便招惹乌地吉木的人；彝区冤家械斗，官兵进剿，也很少牵扯到这个地方，让他们躲过了一场场劫难。

  汉区土地改革基本结束。分田分地，建互助组，进合作社，各种各样的消息酥麻着村民的神经。正是有了这些基础，陈达五带着工作队进驻乌地吉木，开展政策宣传，建立基层政权，成立自卫组织，丈量分发土地，很快就打开了工作局面。

  这天天黑以后，陈达五才赶回康善人家的大院。陈达五饿得前胸贴后背，但看到寨子里那一张张兴奋的脸，就觉得浑身有使不完的劲。他匆匆刨了碗饭，拿上两个温热的红薯就转了过来。

门前枝叶繁茂的老槐树下，早聚了一帮人。改朝换代了，满世界都是新奇事。这些事稀奇古怪，过去从来没有听说过，更没有亲眼见过。他们个个都憋着一肚子新鲜龙门阵，嗓门一个比一个高。陈达五听着，笑着，好不容易才挤过去，把话题扯到当年红军游击队身上。陈达五才开了个头，就有人接上话了。

豁嘴的张老七说："那天晚上的月亮好得很，我睡得迷迷糊糊，让街上的狗吵醒了。踢踢踏踏，总觉得外面不停地有人过路，那轻轻的脚步声，无休无止。天老爷，会不会是山上的彝胞又下山抢人了？天亮推开门一看，街沿坎上全是兵。街坊邻居大都起来了，争着抢着往寨子外面跑。后来才晓得，他们是不伤害我们的。一早起来，他们就去找人家借锅做早饭吃，买东西都是现嘎嘎的大洋和铜板哩！晚上走了，接着又有人开过来，蚂蚁一样牵成线线。后来才弄清楚，听说他们白天不敢走，怕昆明的飞机过来丢炸弹。咳，我这一辈子，就那次见过这么多的人！"

寨子东头的谭四老倌接着说："大批的人马走了以后，又来了一两百人的游击队。他们来的时候，寨子里的人早就逃到山上去了。家里的牲畜捡了便宜，全部跑到街上瞎逛，把董郎中家两块半人高的苞谷啃光了。游击队的人把牲畜赶回去关在陈长保家，派人去割了些红薯藤，背了些干谷草，才把这些牲畜的嘴巴哄住。躲出去的人陆续回来，见自己的牲口都在，家家都感激得很。这些人住了两三天，就开进瓦房寨去了，说是要联合山上的彝人。寨子里的人都说这些人可惜，走早了！"

老水井边的陈大裤脚说:"游击队带人去抄了康善人的老家,把他家的大米、苞谷、麦子、晾干的老腊肉、窖的老酒、坛坛罐罐全部搬到街上来。康善人他爹康老太爷和当时的赵乡长,一人戴了顶纸糊的尖尖帽,拉在街下面的水沟边,叭叭枪毙了。那天看稀奇的多,分东西的时候好多人都不敢要。游击队连劝带送,给我家分了两升米、半斗麦子、两件衣裳,还有半截肋巴肉。游击队还说,以后还要把地主的田地分给大家,要让大家有饭吃,有衣穿,有房住,说得大家眼睛都不敢眨一下……"

"不要光说好听的,红军走了以后这些人就造孽了!"木洛老汉家儿子站在后面,大声说道,"那些人才走七八天,县靖边司令部的兵就来了。有两个掉队的让他们搜出来,呼呼几马刀,脑壳就滚在水沟边。陈小发家老爹给红军带过路,当了五天贫农团的团长,被保安队抓回来活活打死了。寨子西边的赵老疙瘩,和红军去打过浮财,也被捉住了。幸好他家跟乡长是亲戚,花一千块大洋才把人赎出来,人已经废了,伤口处看得见白森森的骨头。运气好的还是格捏曲者,他和他叔叔都给红军做过事,保安队把他们捉住了,半路上两叔侄往路边一滚,他叔叔被乱枪打死,他捡了条命回来……"

第二天下午,陈达五带着工作队员,到了格捏曲者的家。

一棵高大的核桃树,茂密的枝叶把格捏曲者家简陋的小院遮了一半。傍晚出来觅食的金龟虫,慢慢从地里爬出来,扇动着短短的翅膀,用嘤嘤嗡嗡的轰鸣,搅动着这一方世界的安宁。

寨子里就格捏曲者等几户白彝,他们是什么时候到的这个地方,谁也说不清楚。说起当年的往事,格捏曲者既激动,又紧张：

"红军游击队我见过，他们的队长叫周大明，政委叫韩子发……"

"他们进瓦房寨，就是你们帮忙联络的？"

"游击队知道我们家和高山上的诺伙（黑彝）有交往，就找到我阿达（爸爸），要我们家帮忙向龙岗寨的黑彝头人阿尔哈铁引荐。可是，我们只是曲诺（白彝），是普通的老百姓，哪里有资格跟龙岗寨的诺伙大头人搭上话？"

格捏曲者包着黑色的头帕，穿着黑色的土布衣服，黝黑的脸上是一双炯炯有神的大眼睛。格捏曲者拿出烟锅装上兰花烟，摸出火镰咔咔地在火石上打出亮晶晶的火花，说："我阿达摸不清深浅，就让他们找瓦房寨的俄狄伙子帮忙。俄狄伙子也是曲诺，但他有土地、牲畜，还有十来个娃子，势力比当地那几家诺伙还大，在阿尔家说话肯定比我阿达管用！游击队的队长心很急，要我阿达带他去瓦房寨。我阿达说，咱们彝人的尔比尔吉里说得好，不会处事，朋友变敌人；善于处事，敌人变朋友。眼下就两条路：一条是带上礼物，上门拜访；另一条是宰只羊，请他们下来喝酒。"

"这就联系上了？"

"哪有那么简单的。阿达要我跑一趟，我到瓦房寨说起这事，俄狄伙子摇着头说，人有三种三样，虎有三花三色，山上势力大的黑彝白彝头人这么多，那些远道而来的汉呷（汉人）把马屎当银子，把雪花当盐巴，跑到这山旮旯来拜访他，别人不把他笑死，也要把他羞死！俄狄伙子就让他的娃子乌嘎惹来了一趟。

后来游击队都是跟他们联系的,可惜俄狄伙子早就死了……"

陈达五心里一沉,静静地等待着下文。

"这个事乌嘎惹知道一些。那天就在康老太爷家院子喝的酒,乌嘎惹酒量不好,两三杯就脸红筋胀的,游击队长派他的通信员送了他一程。通信员叫杨黑子,是个远方人……"

杨黑子?

陈达五觉得这个名字是那么亲切和熟悉,似乎冥冥之中在哪里听过一样。

"只是这个乌嘎惹,不晓得现在还在不在瓦房寨!"

陈达五啊了一声,说:"为啥?"

"乌鸦没有白的,石头没有软的,主子没有好的。俄狄伙子死了以后,管辖他的黑彝主子阿尔拉则占了他的田地,几个娃子也让阿尔拉则转卖出去了。不过,四五年前我见过乌嘎惹一次,远远地见他吆着马过来,没来得及跟他打招呼。乌嘎惹不像其他娃子,他会说汉话,只是彝腔重一点而已……"

要想打开这扇门,乌嘎惹就是最关键的第一步。可是,这个乌嘎惹,他在哪里呢?

这天中午,陈达五带着人刚跨进瓦房寨,就有一种不祥的预感。

寨子里的人都跑光了,只剩下死一般的静寂,树上偶尔有一两声鸟的啼叫,也显得咋咋呼呼的。

"散开,小心埋伏!"

陈达五大喊一声,几个队员一下蹦出去两三丈远,一路搜索过去。所有的人都把心提到了嗓子眼儿上，留下了满地滚雷般的心跳。

太阳朗照，周围虫鸣如织，连鬼影都没有一个。

虚惊一场，大家总算舒了一口气。

瓦房寨其实瓦房并不多，只有俄狄伙子和另外几户人有几间瓦房，其余的大多是破破烂烂的木板房、石板房和火柴盒一样的土掌房。山里雨量充沛，土地湿润，瓦房、木板房和石板房上薄薄的青苔和尘埃结成一层黑褐色的菌斑，看上去古朴而幽深。

可是，他们才转过山头，就听见树林里传来一阵阵怒吼，那愤怒的声音如同咆哮的子弹，朝着他们汹涌而来。陈达五还没有反应过来，格捏曲者已经给他作了翻译：

"你们这些该死的，我就在这里，开枪啊！有本事，你们杀了我！"

陈达五带着队员上去一看，被眼前的情景惊呆了。一个匍匐在地上的彝家阿普（爷爷），用手拿着一块石头，狠狠地砸着自己的脑袋。他黑色的头帕滚落在一边，花白的脑袋被他砸得血肉模糊，破破烂烂的白色披毡因为溅上了鲜血，看上去就更加污浊。老汉身旁的树上吊着一个人，还在拼命挣扎，旁边还空着一个绳套。不用说，老汉实在没有力气爬上去，不然他也肯定吊在树上了。

"快快快！救人！"

几个队员扑过去，七手八脚把树上吊着的人放下来。陈达五赶过去把老汉的手攥住，噗的一声，一口带血的痰喷了他一脸，满口彝话他一句也听不懂。

树上的老阿玛（奶奶）放下来了。卫生员郑小豆费了半天力，才让老阿玛呼吸平稳下来。郑小豆拿出酒精纱布，给老阿普清洗创面包扎伤口，老人死活不配合，狂躁怒骂不止。格捏曲者告诉陈达五，阿普叫阿俄什合，过去是俄狄伙子家的娃子。他骂你们这些天杀的，什么都叫你们掠光了，就剩这把骨头架架，你们要就拿去……

寨子里的人，对工作队怎么有这么大的仇恨？

明晃晃的阳光下，风柔柔地撩拨着阿俄什合阿普稀疏的白发。陈达五蹲下来，笑眯眯地和老人交流着。陈达五那点简单的彝家词汇，这个时候根本就派不上用场。老人执拗地用手捶着地面，只顾咧着只剩下一颗门牙的嘴呜呜呜干号，眼睛里全是愤怒和悲伤。

天空蓝莹莹的，几朵洁白的云，静静地悬在山头。风显得轻手轻脚，懒洋洋地摇着树梢，留下一阵窸窸窣窣的碎响。

格捏曲者劝说了好一阵，才让两个老人的情绪慢慢安定下来。

太阳渐渐西移，一抹彩练般的云霞把西边的山头涂得红红的，如梦如幻。再在寨子里耗下去，显然没有多大的意思，陈达五带着队员迅速回到了乌地吉木。陈达五不甘心，他匆匆刨了碗饭，把寨子里的几个彝胞请到康善人家，大家拍打着嗡嗡直叫的蚊子，一起来探讨工作队到瓦房寨所遭遇的情况。

"喊，山上的彝人为了生存，有时会结伙出来抢人抢东西，把汉区的娃娃掳去当娃子。那些土匪绑了票，也会把娃娃卖到彝区当娃子。说起山上那些彝人蛮子，哪个不害怕？"

"阿啵，那些儿子姑娘被抢走的人，那些财产被他们掠光的人不恨他们？过不了三五年，官府就会派军队到彝区清剿，每次进去都会砍掉好多人脑壳！那不是说起耍的……"

"别看彝人经常发生家支械斗，今天你打我，明天我打你。实际上黑彝和白彝谁也离不开谁，一旦外族侵入，他们就抱成一团，亲如兄弟，一致对外。彝人等级森严，主子是主子，娃子是娃子。娃子如同会说话的牲口，打也好、卖也好，杀也好，全凭主子做主。可是，一旦有事，只要主子吼一声，人就聚拢来了。那些看主子脸色行事的娃子，都觉得为主子卖命，是一种荣耀，个个都是不要命的硬汉子！要是像汉区一样，发动娃子去斗他的主子，就是借十个胆子他们也不会去的！"

"那些养了娃子的主子，很多会把娃子当人待，相处得还不错。阿啵，有的主子就糟糕了，对娃子想打就打，想卖就卖，想杀就杀。在他们看来，处死娃子就跟捏死蚂蚁一样简单，活埋、沉塘、剜眼、割鼻、砍手、断足、抽筋都干得出来。现在，要让那些娃子去斗他们，不把他们一个个活活地气死、羞死才怪！你说，那些手里有枪的家伙，他们会答应吗？"

大家围绕白天到瓦房寨看到的情况，把脑壳摇得像风车，净说一些不着边际的话。

陈达五躺在床上翻来覆去睡不着。阿俄什合阿普愤怒的表情、绝望的咒骂、带血的浓痰，以及悬在树上的绳套，烙铁般刺辣辣地烙着陈达五的心。

格捏曲者把这几天工作队教给他的东西全搬出来，翻动着那条并不利索的舌头，反复对阿俄什合阿普说，这些人是共产党派来帮山里的穷彝胞的，是要让大家有饭吃、有衣穿、有房子住，不受主子欺负的。老人的嘴巴张成一口大大山洞，直直地瞪着他，骨子里到底信不信，还得打一个大大的问号。

不过，在格捏曲者和阿俄什合阿普交流的时候，从他悲戚的只言片语中，传递出这样一条恐怖的信息：

汉兵来了！

这确实是让人感到万分震惊的消息。这些年来，彝区一直不平静，内部家支械斗，打过去杀过来，家破人亡，鸡犬不宁。更恐怖的是官府持续不断派兵清剿，十年一大剿，三五年一小剿，彝寨里的人跑的跑，逃的逃，那些清剿的汉兵不管主子娃子，只要逮着穿披毡瓦拉的彝人，统统砍了脑壳拿去领赏。一说起这些来彝家山寨清剿的汉呷，他们就心惊胆寒，恨得咬牙切齿。

可是，仔细一想也不对。乌地吉木离瓦房寨不过三十多里地，他们到乌地吉木已经有些日子了，他们分田分地，镇压地主恶霸、兵痞流氓，当地百姓拍手称快，这些深受老百姓拥护的举措，周边的黑彝白彝包括奴隶娃子不会不知道，他们为什么对工作队这样害怕呢？

事情明摆着，山上的彝人把他们当成进山清剿的国民党军，完全和他们对立起来了，这是为什么呢？

连着几天都是这样。陈达五带着工作队到了寨子里，除了几个老人带着孩子外，家家关门闭户，看不到一个人影儿。

那天在山林里解救的阿俄什合阿普，格捏曲者天天带人上门和他拉家常，他对工作队的态度渐渐有所好转。老人耳朵不太好，能听懂一些简单的汉话。即便有格捏曲者做翻译，还是得粗着嗓子，把破烂的木板房震得簌簌发抖。

"俄狄伙子，只是个曲诺，但相当有能耐，可惜死早了！"

老人举起那只枯树枝一样的手，指着院子外面那些土地，混沌的眼里有了一丝亮光："你看嘛，那平坝头，半坡上，山垭口，看得见的那些土地，都是他俄狄伙子的。他屋头牛、马、猪、羊一大群，还养起十几个娃子在。阿啵啵，你不要看山上有些诺伙架子大得很，走起路来衣裳角角都可以抽死人，实际上有些就只是个空壳壳，还赶不上他一根指指头！"

"可惜了，才几年时间，就败光喽！"老人剧烈地咳嗽着。可是，当问起俄狄伙子是怎么死的，是哪个抢走了他的财产，老人咂咂嘴，说："阿啵啵，鸡不欠鹰的账，一样被鹰叼；羊不差狼的钱，一样被狼咬。这都是上天安排好的，寨子里的人个个都晓得！"

俄狄伙子就是他的主子。阿俄什合阿普瞪着无神的眼睛，再也不提这件事。不过，老人向他们提供了一条非常重要的信息：

乌嘎惹还活着，就在这个寨子里！

背后那只无形的手

地委副书记刘成亮来会川督导民改工作，专门到乌地吉木了解情况。他听了陈达五的介绍，说："达五，别着急！他们躲起来不见你，总比面对面跟着你干，劈头盖脸给你送子弹强嘛！"

刘成亮列举了外面民主改革遇到的情况，一个个血淋淋的现实，让与会的同志瞪大了眼睛。刘成亮说："你们已经成功迈出了第一步，接下来就要看大家的了。我们所有的努力，都要围绕争取龙岗寨的黑彝头人下山，和我们齐心协力推进民主改革。我们就是要有这样的胸怀和气度，客观地评价他的历史功过，甚至我们还要包容他曾经犯下的过失。一句话，大家绝对不能抱幻想，还想以武力解决彝区问题，用枪炮和刺刀对付山上的彝家兄弟！"

刘成亮走的时候，紧紧握着陈达五的手说："你们没有觉得，这背后有一只无形的手在兴风作浪？形势错综复杂，要多动脑子啊！"

这段时间，陈达五他们天天都会到瓦房寨。

寨子里陆续有人回来，一见到他们都满脸惊恐，躲得远远的。

到了晚上，工作队不敢贸然留在寨子里。解放后，那些溃败的散兵游勇、漏网的土匪恶霸、地痞流氓，以及不甘心灭亡的反叛地主，悄悄转移到山里来，他们都盯着工作队手里的那几支枪。就靠工作队这几个人，远远不是他们的对手。

不过，这几天工作队也有收获。有人悄悄潜回到了寨子，虽然他们见到工作队员，迅速躲得远远的，但至少可以大声告诉他们，工作队是来帮助彝家同胞的，请他们不要害怕。

阿俄什合阿普的态度有了明显的转变。那张沟壑纵横的脸，写尽了岁月的沧桑，一双混沌的眼睛里多少有几分忧郁，目光仍然犀利敏锐。老人对一些关键的问题尽量回避，但他的嘴已经为工作队敞开了一道大门：

"阿啵，乌嘎惹脑壳好使，人也踏实。有一年，俄狄伙子带着乌嘎惹背着猪脑壳，给飞云铺的阿尔拉则拜年，阿尔拉则喝醉了酒,说要用娃子跟俄狄伙子换乌嘎惹。俄狄伙子舍不得,蹲在火塘边叹气。毕竟,白彝都归黑彝管,这是老祖宗留下来的规矩,他俄狄伙子就是一个普通的曲诺,他哪里敢跟诺伙顶撞。俄狄伙子嘴里打着哈哈,趁着阿尔拉则酒醉,带着乌嘎惹赶紧逃了回来……"

阿俄什合阿普哈哈哈的笑声,穿过他家低矮寒碜的木板房,通过软糯糯的风铺洒在房前那片茂密的树林里。

"尔比尔吉里说得好,飞得远的鹰得食多,走得远的人见识广。这小子要是去了阿尔拉则家,说不定日子还要好过些,毕竟阿尔拉则家是诺伙。主子骨头越硬,当娃子的身价也越高。很多人宁肯给诺伙当一辈子奴隶,也不愿意在曲诺家当几年娃子。可惜我主子死早了,没有给他配婚,要不然,小娃子都有一大群了。我家主子死了以后,剩下孤儿寡母,还多亏乌嘎惹撑着……"

老人的声音如诉如泣,就像吟唱着一首古老的歌谣。

当陈达五试探着问起当年红军游击队的情况,阿俄什合阿普瞅瞅旁边的老阿玛,压低了声音说:"这些事,你找到乌嘎惹不就清楚了?"

"哦,真的吗?"陈达五只觉得眼睛一亮。

"哼,那些人还是他带进去的呢!"老人嘿嘿笑着,把老核桃般的脸笑成了一朵干枯的菊花,"那些红军游击队,就是通过乌嘎惹认识我家色坡(主子),和龙岗寨的黑彝大头人阿尔哈铁搭上线的!"

阿俄什合阿普说得很肯定。可是,很快他就觉得说漏了嘴,嘴唇紧紧地包住那颗孤零零的门牙,再也不说话了。

至于乌嘎惹和他的女主人藏在哪里,老汉支支吾吾,说不出个所以然来。

对于这两条零碎的消息,陈达五是很高兴的。在当地发生了这么大一件事,不可能只有阿俄什合阿普知道。他相信,只要寨子里陆续有人回来,慢慢打消他们的顾虑,一定能够把这件事情搞清楚。

可是,第二天陈达五他们一早赶到瓦房寨,就让眼前的情景惊呆了。

寨子里失火了!远远看过去,几户人家房屋烧得黑乎乎的,那些没有烧完的木板,还在呼啦啦吐着熊熊的火苗。要命的是,寨子里一排高高低低的房子大多是挨着的,大火一旦蔓延过去,所有的房屋都会化为灰烬。

"救火!快快快——!"

陈达五把人分成两组,一组找工具灭火,他则带着另外一组去断火路。

烈火熊熊,浓烟滚滚,在噼噼啪啪的响声中腾起呛人的烟尘。陈达五什么也没想,带着两个队员爬上摇摇晃晃的木板房,用手掰,用脚蹬,用木柴撬,硬生生地拆出了一条防火道来。陈达五的头发被烧焦了一大半,脸上黑一道白一道,双手也被划得血淋淋的。

倒下的残垣断壁狼藉不堪,阿俄什合阿普家的木板房也没有幸存下来。阿俄什合阿普趴在房子下面,被烧成了黑乎乎的木炭。而他家的老阿玛倒在门外,背上有明显的刀痕,血肉模糊,不忍目睹。不仅如此，在一家被烧毁的木板屋前面，他们又找到了一个叫赫里体的白彝，他的大腿上挨了一枪，牙齿嘚嘚嘚打着战，不时发出痛苦的呻吟……

郑小豆赶紧拿出急救药品，给这个彝家汉子包扎伤口。赫里体一脸的愤怒，伸出满是血污的手试图推开前来帮忙的人。

"你别动，我们给你包扎伤口！"格捏曲者蹲下去，忙不迭地对他进行解释，"大哥，到底是哪些人下的毒手，跟你们有这么大的冤仇？"

"哪个干的？你们心里不清楚，还好意思问我！"赫里体眼睛里喷着火，痛苦地咧着嘴，把脸扭在一边。

"大哥，你说这话是啥意思？"

"咬人的恶狗不露牙齿，吃人的豹子不眨眼睛。不是你们的人，还会有谁？"赫里体伸出血糊糊的手指着陈达五，咬牙切齿地说，"这些该死的，就不怕天打雷劈！"

看着赫里体愤怒的表情，陈达五心里一惊，他预料中的事情还是来了。

太阳渐渐隐退到西边的丛林里，远处的山峦渐渐凝重起来。陈达五拖着沉重的步子，带着队员往回走。

叭叭——

几声骤然响起的枪声，打破了山里的宁静。就在这时，陈达五只觉得头皮凉了一下，帽子噗地飞了起来。而他的身后传来哎哟一声惊叫，一个队员捂着臂膀，倒在了血泊中。

见到乌嘎惹，完全是一个意外。

"我就是乌嘎惹！我听说，这几天你们一直在找我？"这天晚上，一个披着旧披毡的彝家汉子站在工作队门前，直冲冲地说。

陈达五愣了一下。这几天，他带着工作队员想着各种办法，一直在打听乌嘎惹的下落，没想到他居然找上门了。

县上派了一个连的解放军到乌地吉木，有了他们做后盾，陈达五的工作队正式进驻了瓦房寨。这些日子，陈达五他们把寨子里被火烧掉的房子进行维修，清理了寨子里那些敞放的牲畜的粪便，整个寨子看上去变得更加干净清爽。那天受伤的汉子赫里体，郑小豆隔几天给他换一次药，伤势一天天好转，脸上也有了新的笑容。

陈达五像见到了久别的朋友，紧紧握住乌嘎惹那双汗津津的大手，把他拉进屋里。

夜空静穆，虫儿低鸣。凉凉的夜风从低洼的河谷里一路抚摸过来，山里就多了几分寒意。看到眼前的乌嘎惹，陈达五就像见到了久别重逢的兄弟，心里总觉得暖呼呼的。

"乌嘎惹，你知道我们为什么找你吗？"

"我们彝人爱说，虎豹的花纹在表皮上，人的花招在心头上。不就是想打听我主子的事吗？他死了这么多年，你们老想翻那些旧账干什么？"

乌嘎惹用披毡把身子严严地捂起来，脸绷得紧紧的。

他的主子死了以后，家里就剩阿佳嫫孤儿寡母。要经营那片土地，要管理那十来个娃子，还要照管二十多头牛，上百只羊，阿佳嫫实在无法应付过来。

那些日子，阿佳嫫把女主人的架子完全收敛起来，往日动辄就使的小性子，以及身上所有的坏脾气，都隐藏在她那张忧郁的大眼睛后面。无情的岁月让她变得更加忙碌，心态变得更加平和，待人接物更为谦和低调，除此之外，她只能在静寂的夜里，用烟锅里明明灭灭的兰花烟，伴着眼泪和叹息来表达一个女人内心的柔弱。

这天刚吃过早饭，飞云铺的黑彝阿尔拉则就骑着马到了瓦房寨。

阿尔拉则戴着黑色丝绸头帕，身披一领黑色的羊毛披毡，高高地仰着脑袋，似乎正在和树上那群叽叽喳喳的鸟儿打着招呼。而给阿尔拉则牵马的娃子，早就在马的旁边弯起腰，阿尔拉则的一只脚踩在娃子的背上下了马，让他在一气呵成的过程中，收获了一个黑彝奴隶主的尊严。

阿尔拉则抖了抖披毡上的露珠，把马的缰绳丢给随行的持枪娃子，就闯进了俄狄伙子家的小院。

这位风尘仆仆的贵客，让阿佳嫫又惊又喜。阿佳嫫大方地招呼着阿尔拉则，慌忙忙地去找兰花烟，急匆匆地给他倒酒，咋咋呼呼地叫人张罗饭食。可是，这一切，都让阿尔拉则用一个坚决的手势制止了。

"我找几个人帮你家，先把地种下去！"

进入雨季，树上挂满了吸血的旱蚂蟥，经常会飞过来叮在人和牲畜的身上。阿尔拉则一边跺着脚，一边用手把脖子上胳膊上的旱蚂蟥拍打下来。

阿尔拉则的话说得干脆利落，不容置疑。作为一个黑彝奴隶主，阿尔拉则就是脚下这片土地的主宰。这样的话，用不着过多解释，一切都自然而然。

不得不说，俄狄伙子是相当能干的。那些高高在上的黑彝奴隶主，大多是不下地干活的，里里外外的活有奴隶娃子操持，哪里用得着当主子的操心，他们更多的心思是喝酒吹牛，结队到山上打麂子打岩羊撵野猪。他们种庄稼的方式简单粗放，找一块相对平整的地，把树砍倒，放把火烧掉，点上苞谷洋芋或撒上荞子，能收多少算多少。俄狄伙子不一样，他从乌地吉木那些亲戚家学了不少耕作技术，还学会了在玉米地里套种荞子，把洋芋收了以后及时播撒荞子。因此，尽管他家的土地不算多，每年打的粮食却多得让人眼红。

在阿尔拉则闯进俄狄伙子院子的时候，他带来的人就已经在俄狄伙子家地里开始忙活了。几天工夫，他们就把那些沟沟梁梁上的土地，种上了荞子。后来，阿尔拉则又捎信来说，他家地里的活忙不过来，又让阿佳嫫派娃子去帮忙。

荞麦收割的时候，阿尔拉则家的人就把那些荞麦背回去了，地里连一把荞秆也没有给阿佳嫫留下。

阿佳嫫想，阿尔拉则是要把荞麦打好了再给她背回来哩。她确实只能这样想，从最好的地方想。可是，直到那片地又种上了冬小麦和燕麦，阿尔拉则还没有派人把荞子背回来。

阿佳嫫实在坐不住了。阿佳嫫带着乌嘎惹，背着家里的酒，拽着只羊，到了阿尔拉则家。阿佳嫫把一张笑脸憋得通红，结结巴巴向阿尔拉则提出了那些土地和荞麦的事。

阿尔拉则喝得醉醺醺的，一双迷茫的眼睛里满是疑惑，那张嘴巴因为吃惊而张成了一个大大的山洞，把那几颗被烟熏黑的牙齿全部暴露出来:"阿啵,他们没把荞麦给你送过去?"

阿佳嫫红着脸,她已经紧张羞愧得心都快跳出来了,只能拼命地点着头。

"阿啵啵!"阿尔拉则嘴巴合下来,咂了两下,叫来了一个娃子。

"狗儿子!"阿尔拉则取过鞭子,啪的一声抽在娃子的身上,觉得不解恨,又在娃子身上狠狠地踹了两脚:"你净做些龌龊事,要我把这张老脸往哪里搁?"

阿尔拉则要安排人杀猪宰羊,尽他做主人的待客之道。阿佳嫫结结巴巴赶紧推辞,窘迫得就要哭起来。在很多庄重的场合,都忌讳女人参加,更不允许随意抛头露面。一个死了男人的曲诺家的女人,不是因为这件事,她怎么敢上阿尔拉则家的门?现在,要是和尊贵的黑彝平起平坐喝酒啃羊肉,那成什么规矩,还要不要人活?

阿佳嫫带着乌嘎惹狼狈地逃回了瓦房寨。

第二年,阿尔拉则的娃子又吃了一顿鞭子。打发走了阿佳嫫,阿尔拉则一巴掌拍在桌子上:"猴子离不开树林,青蛙离不开水塘,自古就是这个理。那块地,我不帮她家种着,早晚是别人的。我好心帮她种土地,帮她家养娃子,大事小事靠我撑着,她反过来想吃一嘴,天下哪有这种道理?"

"嘿嘿,鹰的心跟着鸡在转,狼的心跟着羊在转,你还有啥办法?"乌嘎惹摇摇头,重重地叹了一口气。

屋里摇曳的油灯,就像瞌睡人的眼睛。陈达五感慨了一阵,说:"当年,进去过一支红军游击队,他们准备找龙岗山的黑彝头人阿尔哈铁,听说是你们牵的线?"

"阿啵,彝人的尔比尔吉里说,锄头干的活,斧头不能干;镰刀做的事,砍刀不能干。那是主子的事情,我一个娃子晓得个啥?"乌嘎惹警觉起来,瞪着一双大大的眼睛。

"噫,听说,为这事你还到乌地吉木喝了场酒的!"陈达五看着乌嘎惹,一字一顿地说。

"喝酒?哪有这个事!"乌嘎惹鼻子里哼了一声,站起来就往外走。

虽然乌嘎惹不高兴,但迈出这一步,陈达五还是觉得十分满意。

最让赫里体感动的是,郑小豆经常嘘寒问暖,按时给他换药,他的伤情大为好转。日子长了,大家渐渐熟络起来,陈达五就会和赫里体说一些外面的新鲜事。

"赫里体,现在汉区都在分土地了,想不想有块自己的土地呀?"陈达五笑眯眯地说。

"嘿嘿,太阳一天只出来一次,月亮一月才圆一次,人的机会一辈子才一次。要是能有一块地,我肯定睡着了都会笑醒过来的!"赫里体想了想,笑呵呵地说,"只是我到汉区,人家会分土地给我吗?那些汉人不欺负我们山上下来的蛮子才怪!"

陈达五看了赫里体一眼,说:"为什么要去汉区分土地?彝区这么多土地,还不够你们分吗?"

赫里体大为惊骇,连连摆着那只没有受伤的手,脑袋摇得像风车一样:"使不得,使不得,那些土地都是有主子的!老祖先早就留下这句话,水牛是水牛,黄牛是黄牛,各有各的根;山羊是山羊，绵羊是绵羊，各有各的种。娃子敢分主子的土地，主子不把我打死，天老爷打炸雷也要把我劈死！"

没想到，这些对未来充满憧憬的话题，几天之后的一个早晨就戛然而止。

"赫里体，赫里体！"这天早上，陈达五推开虚掩的门，满屋的血腥迎面涌来，让他大吃一惊。

赫里体躺在阴冷的地上。他身中数刀，早已气绝身亡。

看到这一幕悲惨的场面，陈达五感到深深的自责。他总觉得身后有一双眼睛，在暗中注视着他们的一举一动，并且随时都会斩断他们与寨子之间的联系。

而就在这一天，乌嘎惹回寨子的时候，差点儿让山上的落石砸死。尽管乌嘎惹满不在乎，说是山上野猪拱下来的，陈达五还是拍了拍他的肩膀，说：

"先别说这些，咱们来打个赌好不好？"

山上到底谁说了算

夜空清朗，满天的星斗让夜风擦得亮亮的。傍晚呼啸的风裹挟着隐隐约约的鸡鸣犬吠，抱着黑披毡一样的大山沉沉睡去，唯有一地嘹亮的虫鸣，欢唱着夜晚的宁静。

几条黑影，鬼鬼祟祟闪进了乌嘎惹的院子。

火塘里的火明明灭灭，就像瞌睡人的眼睛。此时的乌嘎惹，正披着瓦拉坐在火塘边打盹。几条影子摸进院子，挥着马刀向乌嘎惹砍过去。刀光闪过,坐着的乌嘎惹竟然直直地飞了出去,哗啦一声跌落在一边。

这是一个披着瓦拉的草人。

随着一声低沉的牛角号,外面"哦哦哦"的吼叫声越来越响,红红的火把燃了起来。那些包着头帕,脸上抹着黑锅灰的汉子,在工作队的威慑下,惊慌失措地抱头逃出了寨子。

陈达五看着乌嘎惹,笑眯眯地说:"你知道,这些人为什么要对你下毒手吗?"

"哼,我怎么知道?"乌嘎惹脖子一仰,气呼呼地说道,"尔比尔吉里是这样说的,云雾厚了看不见树,河水深了看不清鱼。那些人藏在旮旯里面,我哪里知道他们的花花肠子在想些啥?"

"你想想看,你们要分那些人的土地,要分那些人的牛羊,还要让他们跟你们娃子平起平坐,他们心里乐意吗?"

陈达五一席话,乌嘎惹似懂非懂,他大大地瞪着眼睛,说:"以后,咱们这些地方,真要像汉区一样,分田分地?"

陈达五笑了笑,说:"你说呢?现在全国都解放了,汉区的老百姓都高高兴兴分了田分了地,共产党不可能放下这边的彝家兄弟不管呀!"

"山羊是山羊,绵羊是绵羊,生下来就是这个命。要是娃子白白拿主子家的东西,就不怕主子剁手剁脚,不怕天打雷劈?"乌嘎惹眨巴着眼睛,那张皱巴巴的脸上漾出了苦涩的笑,"奴隶不能反对主子,这是老祖先留下的规矩。有主子,就有奴隶娃子,几千年都是这样过来的。没有主子就相当于没爹没妈,就要受人欺负，没有主子还得找一个主子来保护。现在，要把主子的土地分给娃子，这不是要我们背叛祖先吗？"

工作队进驻的时间一长，和瓦房寨里的彝家同胞渐渐融洽起来，寨子里有了久违的笑声。

在和大家近距离接触中，陈达五收集了很多关于黑彝头人飞天蚂蟥的情况。有人说他很凶残，把杀害他弟弟的仇家灭了门，房子烧光，娃子全部掳掠过去卖掉；有人说他很狡猾，遭冤家报复损失惨重，他抛下家人在大山上躲了半年才敢现身；有人说他很善良，他把几个无依无靠的老人收留在家，直至死后把他们送上山变成缕缕青烟；有人说他很伪善，表面上豪放大气，每走一步却要找毕摩给他打卦占卜……

陈达五知道，对于这样一个人物，真正取得他的信任，需要用时间慢慢打磨。不过，陈达五觉得应该尽快进入飞云铺，通过接触阿尔哈铁的本家叔叔阿尔拉则，找到通往龙岗寨的道路。陈达五写了一封信，请乌嘎惹到飞云铺交给阿尔拉则，说工作队准备去拜访他。

那是一个阳光明媚的午后，阿尔拉则正斜躺在床上，和他姐姐家的儿子勒伍尔甲说着话。听到工作队派乌嘎惹来送信的消息，他一下从床上坐起来，对进来传话的娃子说：

"你赶紧过去，我到门口接他们！"

还没有等乌嘎惹转过门前的山弯，阿尔拉则已经在门口等着了。阿尔拉则披着崭新的白色披毡，身着黑色的土布衣服，戴着黑头帕，上面又长又尖的英雄结看上去威风凛凛。阿尔拉则身材清瘦，尖尖的下巴上只剩几根稀疏的胡子。见到乌嘎惹，他满面的笑容被皱纹挤到了耳根一带，唇下那几根稀疏的胡须颤动不已："哦哟，惹尔（孙子），稀客稀客！是哪股风把你吹过来了，舍得过来看看阿普？"

阿尔拉则的热情，让乌嘎惹猝不及防。作为一个白彝家的娃子，以前跟着主子俄狄伙子来的时候，阿尔拉则连正眼都不会瞧他一眼。乌嘎惹闹了个大红脸，实在找不到什么话来说，只是机械地重复着这个简单的词语：

"阿普，阿普，阿啵啵……"

阿尔拉则看着脸憋得通红的乌嘎惹，哈哈笑起来："好啊好啊，我听说你天天跟在那些汉呷屁股后面，汉区正在闹什么土改，我正想听听他们是怎么改的。不然，哪天你们把我改去卖了，阿普还不晓得是咋回事哩！"

乌嘎惹把陈达五的信郑重地交给阿尔拉则，然后把信的内容向阿尔拉则作了介绍。阿尔拉则把信拆开，上面的字一个他都不认识，但他还是把这封信反复看了又看，然后小心折起来塞在他肚子上那个装兰花烟的麂皮荷包里，说："阿啵，你跟陈队长说，只要他不嫌弃飞云铺寒酸，我随时都把寨门开着，恭候他们光临！"

几个娃子拉了一只羊进屋来，举起木榔头使劲砸在羊脑壳上。接着就有娃子飞快把羊提出去，放血、剥皮、破肚，然后砍成几大块，放进火塘上燃着熊熊大火的铁锅里。

接待尊贵的客人，这样的礼遇无可厚非。可是，乌嘎惹却臊得脸红筋胀。阿尔拉则的院子，过去乌嘎惹和他的主子来过很多次。阿尔拉则也会叫家里的女仆忙进忙出做出饭食，但都是阿尔拉则和一大群人在火塘边吃肉喝酒。他的主子俄狄伙子，那个说不起话的白彝，则很知趣地找一个毫不起眼的地方蹲着，半天不敢搭一句话。作为娃子，他更没有资格到火塘边，他只能在外面。今天阿尔拉则这一手，让乌嘎惹像钻进了刺笆篱一样，浑身不自在。一个白彝家卑贱的锅庄娃子，和黑彝主子平起平坐，还讲不讲规矩，以后还要不要见人……

晌午的阳光密密实实地铺洒下来，让阿尔拉则的小院镀上了一层金。热腾腾的羊肉、香肠、荞粑、洋芋端上来了，阿尔拉则让人给乌嘎惹倒上酒，伸手把一坨肥大的羊排放在乌嘎惹的碗里，乐呵呵地说：

"惹尔，动手啊！"

乌嘎惹只觉得浑身的汗一下冒了出来。乌嘎惹就着满屋的香气，犹犹豫豫吃了半块荞粑，执意告辞了阿尔拉则，飞快地往回赶。

乌嘎惹前脚才出门，阿尔拉则的外甥勒伍尔甲就嚷起来："俄捏（舅舅），狗都不如的娃子，你还要出门去接他，还要和他一起吃肉喝酒！阿啵，恶心死了！"

勒伍尔甲是阿尔拉则大姐家的儿子，兹兹乌日的黑彝奴隶主。阿尔拉则是舅舅，比勒伍尔甲大不了几岁。正是因为这样，家里大事小事，他们都喜欢在一起商量。

"你懂个啥？汉呷有一句话，大丈夫能屈能伸。我这样做，自然有我的道理！"

"嗬，天下哪里还有这种规矩？"勒伍尔甲把喷着酒味的嘴凑过去，脸上露出了诡异的笑容："俄捏，有些事你也不要太清醒，我还不信拿这个娃子没办法！"

"你敢！"阿尔拉则眼睛直直地盯着勒伍尔甲，"一指受伤，九指都痛。他们的人确实不多，但他身后有解放军，你惹他们就是惹共产党，你动着他们试试看！"

阿尔拉则长叹一口气，看着远处渐渐隐退在幽深丛林中的太阳，凝固成了一尊雕像。

云静风轻，太阳正好。沐浴着慵懒的阳光，山谷里鸟儿清脆的啼叫，深深酥麻着他们的耳鼓。沉睡了一夜的大山，空气中淡淡的芬芳，经过山里天然氧吧的过滤，现在变得更为温润清新。深深地嗅上一口，那种沁人心脾的感觉让人打心眼里舒爽。

陈达五带着工作队进入飞云铺是一个早晨。

黑彝阿尔拉则的豁达和坦诚，是陈达五事先没有预料到的。

伸手不打笑脸客。第一次上门，陈达五让郑小豆带了一桶酒上来。陈达五和阿尔拉则坐在火塘边，一边喝酒，一边笑眯眯地拉着家常，随性而惬意。

阿尔拉则年轻的时候到汉区去得多，能够用汉话和别人交流。陈达五从山里气候、四季农时，衣食住行，日常琐事，慢慢转移到工作队进山的目的上来。这些，也是阿尔拉则最想知道的。陈达五没有客气，给他讲全国解放的形势，讲汉区土改工作情况，讲未来发展的趋势，讲工作队进驻以后的目标任务。讲到精彩的地方，阿尔拉则总是睁着大大的眼睛直点头。

"搞民主改革，这倒是件大好事！"阿尔拉则笑呵呵地说，"只是害羞得很，山上的彝人脑壳不开窍，要把他们的脑筋扭过来，不是件容易的事。那些诺伙，一个个都自以为了不起，不知道天有多高地有好厚。那些曲诺和奴隶娃子，都是不长脑壳的，大事小事都看黑彝头人的脸色。我嘛，虽然是个诺伙，也养了几个娃子，但比起人家连根小小的脚拇指都算不上。你们搞民主改革，我不反对，山上的黑彝大头人怎么改我们就跟着怎么改。啊波，一个羊子过河，十个羊子就能过河……"

阿尔拉则的目光，越过他屋檐下堆满了农具和秸秆的院子，在茫茫的大山上逡巡着。

"你说的黑彝大头人，是不是龙岗寨的阿尔哈铁？"陈达五探过身子。

"是的是的。我那个侄儿，外号叫飞天蚂蟥，年轻的时候一身腱子肉，来去无踪，双枪百发百中，身手好，脑壳也特别好使。山上山下，别说是大小家支，就连那些躲在角角旯旮里的妖魔鬼怪，只要一听见他飞天蚂蟥的名号，个个都会打摆子！"说起他这个本家侄儿，阿尔拉则一脸的自豪，"嘿嘿，我这个侄儿可不一般。他的龙岗寨就像铁桶一样，针插不进，水泼不湿，连外面的苍蝇都休想飞进去！这么说嘛，国军一次又一次围剿，成师成团的人人马马开进去，机枪大炮架起轰，表面上烧了些寨子，杀了些娃子，但始终拿他没办法！不过，我听说，蒋委员长的几百万正规军，都让你们赶到台湾岛上烤太阳去了。和那些人比，阿尔哈铁肯定没有那么大的能耐，但在这个深山老林里，凭他那个聪明的脑袋瓜，就算拉开阵势真刀真枪地干，谁输谁赢还不好说！当然，你们放心，只要大头人发句话，要怎么改都没问题！"

阿尔拉则正在说着,女仆端了一簸箕热腾腾的小猪坨坨肉进来。陈达五知道彝家的规矩,来了贵客是要杀牲的。进门的时候,陈达五就和阿尔拉则约法三章,一再说不能杀猪宰羊,不给他们家增添麻烦。可是,阿尔拉则还是悄悄让人宰杀了一只小猪。

"来来来,吃!"

阿尔拉则满脸笑容,用手抓起小猪肉就往陈达五他们碗里塞:"今天早上,我一起来喜鹊就喳喳喳地叫。嘿,你们大老远来到我家里,要是汤都没喝上一口,我心里怎么过意得去?"

陈达五知道,在彝人家做客,确实还不能驳人家的面子。吃着新鲜香糯的小猪肉,陈达五感到十分纳闷,他们都在这里坐着,并没有听见猪的叫声,他们从哪里弄来的小猪肉?

回去的路上,天快黑了。一路上,陈达五都在回味着阿尔拉则的话。别看他满脸皱褶,大字不识一个,说的话却滴水不漏,把所有的目标都转移到了飞天蚂蟥身上。连这样一个人物都不好打交道,要接近神话般的飞天蚂蟥肯定不是简单的事。

陈达五暗暗摇了摇脑袋。

就在这天夜里,阿尔拉则的儿子阿尔木牛,点着火把,忍受着羊圈里阵阵腥膻的臭味,指挥他家的哑巴娃子,已经挖好了一个深坑。

前几天,阿尔拉则刚卖了五个娃子。他把卖来的银子,和以前的积蓄放在一个漆黑的木箱子里,这些都是他这么多年打拼积攒下来的心血。阿尔拉则早就想好了,这些贵重的东西,放在什么地方都不安全。唯有在羊圈门的门槛下面挖个坑埋在里面，每天牛羊进进出出，在恶臭的屎尿浸润下，或许还能保住这些财富。

是该赶快下手的时候了，他还得尽快想办法，把家里的猪牛羊处理掉，把多余的粮食处理掉。当然，还得有一点时间，把那些娃子转卖掉。吃亏便宜不说，尽快换成银子找地方藏起来才稳当。一旦变了天，这些天天端着他们家饭碗的娃子，眼珠子都盯着他们的土地，盯着他们的牛羊，到时候要是把土地牛羊都分给这些人，他就什么也没有了。不管怎么说，宁愿把那些东西丢在冷水里，或丢在熊熊燃烧的火堆里，也不能落在这些人手里的。

乌地吉木的白彝格捏子日来过几次了，每一次都会给他带来新的消息。过去阿尔拉则从来没有把这个普通白彝放在眼里，但他绝对相信格捏子日对他的忠诚。乌地吉木离汉区近，汉区的土改，包括其他民族地区正在推进的民主改革试点，犹如滚滚的车轮，谁也无法阻挡。阿尔拉则脖子上的青筋突突直跳，他气愤愤地想：哼，要来就来吧。不管你们怎么改，到时候留一个空壳的房子给你，你又能把我一个光杆杆怎么样？

阿尔木牛擦着汗水，把银子埋好的信息传递给了他的阿达。

阿尔拉则无力地摆摆手，眼睛半睁半闭："明天，你把这个哑巴处理掉！"

"我找个僻静的地方办。"

"笨啊！蒙上眼睛，把他带出去交给你家表哥勒伍尔甲，要他远远地找个买主。这种时候手上少沾几滴血，不是坏事……"

阿尔木牛点点头，说："阿达，我得想办法拍拍簸箕。不管怎么说，今天飞到咱们院子里的那些麻雀，要让他们知道个怕字!"

阿尔拉则睁开了眼睛,似笑非笑:"你不要乱来!你家表哥勒伍尔甲就好这一手,这些事不说他也会去做,你不要去出风头!"

和瓦房寨遇到的情形差不多。工作队进入飞云铺以后,寨子里的彝胞能逃则逃。

阿尔拉则家却不一样。他家里的娃子虽然多少有些慌张,但该种地种地,该放羊放羊。阿尔拉则戴着头帕,披着披毡,骑着那匹黄骠马,带着猎狗到处闲逛,百无聊赖,心事重重。

很多时候,阿尔拉则也会拖着他长长的彝腔,给工作队讲发生在寨子里的英雄龙门阵。说得最多的,还是他们家支打冤家,一提起那些血淋淋的往事,他就会两眼放光,精神抖擞,像打了鸡血一样亢奋。

"我那个侄儿子阿尔哈铁,组织起山上的黑彝白彝,带着各家的奴隶娃子和里布家干了几个月,即便是打冤家,也是光明正大地打,不搞偷偷摸摸那一套。里布家派娃子给龙岗山送去一尺长的木刻,上面刻着三道线,一头沾着黑色鸡毛,一头插有鲜红的辣椒,那就是下战书啊!阿尔哈铁接到木刻,反手往地上一扔,说,有本事他就来,咱龙岗寨没有哪个会怕他!阿啵啵,话是说出去了,那是硬碰硬地干,枪枪见火刀刀见血掉脑壳的事。里布家人多,我那侄儿不跟他们硬碰硬,牵着他们的鼻子转圈圈,转晕了找准机会捶人家一顿,逮着机会踩他们一脚,对方想咬他又找不到地方下嘴。里布家那个矮冬瓜一样的诺伙头人,就像一只掉毛的癞皮狗，越惹越毛，越毛越找不到出路。最后，他最管事的兄弟都被我侄儿杀了……"

阿尔拉则满脸的自豪，从他干瘪的嘴里发出咕咕咕的笑声，犹如一把锋利的刀子，带着霍霍的声响在空中舞来舞去。

"尔比尔吉里说，是英雄是狗熊，战场上才分得清；是骏马是母马，要跑起来才知道。你不要看山上山下那些诺伙，在娃子面前吆五喝六，鼻子翘起来只差把天戳个大窟窿，但统统不是我那侄儿的下饭菜！说，在台面上说不赢他；打，论枪法谁也打不过他；玩脑壳，更是十个脑壳也要不过他！"

对于陈达五来说，在阿尔拉则天南海北的龙门阵里，他觉得自己正一步一步向龙岗寨靠近。

"听说，国民党几次派来清剿的部队都拿他没办法？"陈达五笑着说。

"哪有没办法的？你们汉呷不是有句话嘛，久走黑路要遇鬼！"阿尔拉则喝了一口酒，脸色变得凝重起来，"那年，县府搬了一个旅的正规军上山清剿，一步一步地往山里推。阿尔哈铁带着人，今天在这里吃一嘴，明天又在别的地方咬一口，清剿的官军死了不少人，就是拿他没办法。打来打去，山上的彝人就惨了，房子被轰平烧光外，跑得慢的让官军捉去就砍了脑壳。粮食吃光了，牛羊宰光了，土地也撂荒了，再剿下去也搜刮不到多少油水，官府的人提出来，要山上派代表去谈判。结果阿尔哈铁的弟弟带着人才到谈判地点，脑袋就被剁下来挂在了大树上。龙岗山上的人一着急，派出人去抢他的弟弟，结果正中官府的埋伏。阿尔哈铁带着几个心腹跑出去，在深山老林里躲了大半年才回来……"

和阿尔拉则相比，寨子里其他的人见到工作队能跑就跑，能躲就躲。

"我说大哥，工作队又不是老虎，你到底怕啥？"格捏曲者跑上前去，挡在一个彝家汉子面前。

"呵呵，你说我怕啥？鸡不欠鹰的账，一样被鹰叼；羊不差狼的钱，一样被狼咬。工作队不是老虎，但老虎在山上蹲着呢。弄不好，哪天被人家撕来吃了，自己都不知道！"

"嚯，哪有那么悬的？"

"悬不悬，我自己心里有杆秤！"汉子裹着破破烂烂的披毡，摇着头。

"全国都解放了，你还怕个啥？"郑小豆在旁边比画着说道。

"解放？"汉子一脸的茫然："解放？解放是个啥？"

解放是个啥？格捏曲者自己也说得不太清楚。他只好说你看一下人家汉区，原来那些受气的佃农，现在腰杆伸得比哪个都直，家家有地种，有饭吃，现在谁还敢欺负他们啊？

"不要在那里屁话连天，那些都是说来香嘴的。"

"嘿，工作队是看着你几个受奴隶主欺负，才到这地方来的。人家一天爬坡上坎，流血流汗，还不是为了你们！"

"为我们？一天把我们弄得人心惶惶，鸡飞狗跳，这也是为我们？"

汉子说完，把格捏曲者晾在一边，逃也似的走了。

寨子里唯一敢主动靠近工作队的，是一个疯疯癫癫名叫沙阿果的女人。这天，陈达五他们正从寨子里经过，就听见石坎上面传来一阵哈哈哈的笑声。

"乌嘎惹！乌嘎惹——"沙阿果的头帕不知道掉在什么地方去了，蓬着乱鸡窝样的头发，一边笑一边大声喊着乌嘎惹的名字。

"嘿，这个女人怎么啦？"工作队员看着这个举止怪异的女人，一个个面面相觑。

"阿啵，你不认识我啦？嘻嘻嘻——！"沙阿果高兴地笑着，从高坎上几步跳下来，一把攥住乌嘎惹的手，说，"乌嘎惹，哈，我可找到你啦，哈哈哈！"

乌嘎惹吓得后退一步，脸憋得通红，说："沙阿果，别闹了！"

"乌嘎惹，你躲瘟神一样躲到哪里去了？风撵不着你，鬼见不着你，你来飞云铺不来找我，你要找哪个？哈哈——"沙阿果跳着脚，连珠炮一般咆哮着，那只威风凛凛的手臂随着她激动的话语，在乌嘎惹的眼前晃来晃去。

在彝人的世界里，男人和女人之间会开一些玩笑，但在公开场合谁也不可能这么大胆和放肆。乌嘎惹的脸更红了，他叹了口气，说："沙阿果，你要听话，别闹了！"

"沙阿果，你在干啥？"格捏曲者气呼呼地跨上前去，帮着乌嘎惹把沙阿果紧紧攥着的手指一个一个掰开，把她拖到旁边，说，"沙阿果，不要在这里胡闹了，快回家吧！"

"该死的，你这个遭千刀杀的狗！你家婆娘你不管，倒管起我的闲事来了，你这个狗东西！"沙阿果对格捏曲者又抓又踢，啐了他一脸的唾沫。

从此以后，沙阿果成天沙哑着嗓子，在寨子里反复吟唱着：

我在花里想着你

我在风里想着你

我在云里想着你

我在梦里想着你

生生死死

一生一世

我和你紧紧依偎在一起

这死婆娘，想男人想疯了！

沙阿果已经有四个孩子。当年，主子把她配给了一个只有半边脸的老男人，经常被打得头破血流，时间一长，沙阿果就变得疯疯癫癫的。如今，老男人也死了，更没有人能够管束她，任凭她一天到处乱跑。

格捏曲者说："要是能找一个厉害的苏尼，把缠在她身上的那些鬼怪拿住，说不定慢慢就好了！"

郑小豆对格捏曲者说："别信那一套鬼话。大城市里专门有精神病医院，以后把她送到医院去，就能把她的病医好！"

自从沙阿果拉着乌嘎惹闹过这一场后，乌嘎惹好像变了一个人。他成天愁眉不展，就像霜打过的蔫茄子。这天夜里，格捏曲者半夜被一阵哭声惊醒过来。他起来一看，乌嘎惹在暗淡的夜色中双肩耸动，剧烈地抽泣着。

格捏曲者走过去，轻轻推了推乌嘎惹：

"乌嘎惹，你撞着鬼啦？"

随着工作队的深入，不仅瓦房寨和飞云铺躁动不安，就连高高的龙岗山上同样涌动着这样的信息。

这天上午，龙岗寨门前的空坝子上，密密麻麻地挤满了人。

和往年火把节斗牛、赛马、摔跤，以及围着火堆跳锅庄、打着火把狂欢的热闹的场面相比，今天的气氛显得特别压抑。黑压压的乌鸦，天还不亮就围着那几棵高大的树盘旋着嘶吵着哀鸣着，黑色的身影呼啦啦飞过去再呼啦啦飞回来，用呜哇呜哇的鸣叫，营造出一阵紧似一阵的恐怖。

"狗东西，快点儿！"几个护寨的兵丁，凶神恶煞地在后面咒骂着。

五花大绑的四男一女，在细碎的冷风中被推搡了过来，他们脚下的铁链在清冷的早晨哗啦哗啦作响。周围的人都把脑壳往披毡或瓦拉里缩，将那颗怦怦跳动的心捂得紧紧的，生怕发出一丝丝响动惊扰了那几个即将接受惩罚的人。

"大家都看到了，这几个作孽的家伙！啊，不听主子的话，那就让他们尝尝老祖先订下的规矩是啥滋味！"说话的，是龙岗寨黑彝头人阿尔哈铁的当家娃子阿力次吉。

人群中有了一阵小小的骚动。

这五个人中，有一对在往山下逃跑的路上被捉回，有两个偷了主子家的牛，还有一个女奴把小主人推在粪坑里呛了个半死。他们都是在邻近几个寨子干了龌龊事，让人捉过来请大头人发落的。

"尔布呢，那个木头哪去了？"阿力次吉提高了嗓门，凶巴巴地吼道。

四周一片静寂，只有凝重的呼吸滚雷一般在坝子里擂过来擂过去。

两个持枪的娃子就像拎小鸡一样，把身材略显单薄的尔布推搡了过来。从尔布似哭似笑的脸上，好像即将受刑的不是那五个人，而是他这个倒霉鬼。

"你磨蹭什么，刀子带来没有？"阿力次吉红着眼睛，恨不得一口把尔布吞下肚去，他扬起手里的鞭子，啪的一声抽在了尔布的背上。

尔布身子缩了一下，咧咧嘴，用嗞的一声抽搐表示应答。

阿力次吉那一鞭，让眼前黑压压的这群人心里一震，他们的脸上都写满了悲悯。也就在这一刹那间，有人在旁边哀号："这样惩罚他们，看起来造孽得很，放他们一马吧！"

淡淡的晨风中，这样哀号的声音越来越响亮，犹如一股巨大的洪流，钻出地面卷席而来。

"嗨，我最烦就是这些事！"阿力次吉呼地往空地上抽了一鞭子，指着那几个面如死灰的娃子说："谁想干这样的恶事？我不过是跟在主子屁股后面的狗，你们跟我说这些，有什么用？"

下面嗯嗯嗡嗡的声音更响了。

"一说这话，你几个就更得势了，是不是？这些该死的家伙，他们忘记了祖宗立下的规矩，是他们罪有应得！"阿力次吉把手里的鞭子收回来，指着前面嘤嘤哭泣的人说，"这样吧，看在大家的面上，一会儿给这个下贱的母狗一根绳绳，找个僻静处让她自己了结。要不然，怎么处置我不说你们也清楚的……"

几只藏在树上的乌鸦，不小心发出两声凄厉的惨叫，又把身子缩在树荫底下去了。往常结伴在寨子里游来逛去的狗,今天都把它们吊儿郎当的舌头收敛起来,夹紧了尾巴,小心翼翼地低着头,紧张地趴在主人的脚边,生怕闹出半点响动。几缕悠悠的风,把阿力次吉斜挎在屁股上的匣子枪的红绸子呼啦啦扬起来,像殷红的蛇芯子一样簌簌抖动着。

周围黑压压的人都屏住了呼吸,有人嘤嘤滋泣起来。

"山与山靠,物与物连。都是低头不见抬头见的人,你就费费心,去求一下色坡阿日嘛!"有几个胆子大的白彝,走上前几步,用几近哀求的声音说。

"别号了!要是我阿力次吉办得到,这些话还用得着你们教吗?"阿里次吉气不打一处来,哗一个响鞭甩过来,啪地在地上炸出一声脆响。

阿力次吉这一鞭没有把对面这些嘤嘤哭泣的人镇住,反倒把藏在树上的那群乌鸦吓坏了。它们不知道下面发生了什么事,拍打着翅膀,纷纷从藏身的树上蹿出来,拖着长长的嗓音:

苦哇——苦哇——苦哇——!苦哇——!!

从山下刮过来的风酒疯子般发着脾气,把寨子周围的树木和竹林吹得呼啦啦响,在大头人家高高的碉楼上呜呜号叫着,把天上那层烂棉絮一样的云吹薄了许多,让白晃晃的太阳从云缝中探出了小半边脸,看上去一副心事重重的样子。寨子上空那群乌鸦飞起来,它们在寨子上空盘旋着哀鸣着。这些古怪的家伙显得比往常更有耐性,呼啦啦掠过这群人的头顶,一只接一只飞过去,再一只接一只飞回来,把寨子上空的天都严严地遮住了。

几个汉子已经爬上树去。他们猴子一样伸出灵巧的双臂,攀爬到大树上的树丫上，把树丫从高高的枝头掰坠下来。站在下面的人拿出刀斧，把树丫前面的枝叶削掉，在枝子上面拴上了几根长长的麻绳。那些弯弯曲曲在风里荡来荡去的麻绳，满含笑意，温柔而贤淑。

挤在周围的那群人，就像受到惊吓的苍蝇一样，嗡嗡嗡地躁动不安。在他们看来，那一枝枝掰坠下来的树枝，就是一张张蓄势待发的弓，每一枝都是鲜血淋淋的阴谋。那几个娃子的嘴巴已经用绳子缠了两道，死死地拴在耳朵后面。他们忘记了哭泣和挣扎，小心翼翼地跪下来，脑壳尽量贴在地上，为尔布提供方便。

几个护寨兵丁连拖带拉，提着一根绳子，把那个女仆架着抬出去了。

呼哧呼哧就有几捆苞谷秆甩过来，把那几个倒霉的娃子围在中间。下一步就该轮着尔布表演了。他会专注地弯着腰，用他手里锋利的刀，一下一下旋割那几个娃子的肛门。尔布的任务，就是要把他们那个脏腑的部位一刀一刀旋出来，然后用麻绳紧紧捆扎以后，拴在身后已经压弯的树丫上。

"手脚麻利点！看嘛，那些馋嘴的乌鸦都等着那几根肠肠吃了！"阿力次吉忍不住又踢了尔布一脚，提着鞭子对周围的人说，"大家都看见了！现在世道不太平，头人也不愿意做这样的事。可是没有办法，不管是谁犯了事，都得按老祖宗的规矩办，该杀就杀，该剐就剐！"

外面站着的人有的用披毡包住了脑袋，有人用手捂住了眼睛。他们都知道，等尔布干完手里的活，阿力次吉就会朝着那几个掰着树丫的人使一个眼色,他们手一松,就会有几道红色的彩虹升天而起,在惨淡的阳光下放射出奇异的光芒……

外面的人都惊叫起来,他们就像让山里的马蜂蜇了一样,满地都是嗞嗞喷喷痛苦的呻吟。

就在这个时候,一彪人马急驰而至。

跑在前面的两个娃子飞身下马,朝骑着枣红马的人跑过去,他们一个牵着马的缰绳,另一个弯腰站在马的旁边。那个穿着黑色衣裤,披着黑色披毡,头上裹着顶高高的黑色丝绸头帕的汉子目不斜视,踩在娃子身上下了马,大声对周围黑压压的人群说:"刚才,几十位老人到我家求我,他们个个都眼含热泪,说这样惩罚那几个娃子实在太遭罪。怎么办?我不能因为这几个畜牲,伤这么多老人的心!"

阿尔哈铁浑厚有力的声音,如滚滚春雷,在寨子上空回荡。

坝子里安静得出奇,仅仅过了短暂的一刹那,人群中就发出哦哦的吼声。

阿力次吉大声说:"记住,咱们大头人是龙岗山最大的主子,他主宰这里的一切!大家不要忘了,在咱们龙岗山上,永远是大头人说了算!"

第二章　时间的证明

嫁给石头,就跟石头坐一辈子;
嫁给树子,就跟树子站一辈子。

我带你逃出去

一轮满月,静静地悬在龙岗山上。

月色如水,万籁俱寂。如潮的蛙声,应和着小虫子的唧唧酣唱,写意着夏夜的清凉。

远山巍立,大地苍茫,朦胧的树影梦魇般在微风中缓缓流淌。送走了工作队队长陈达五,乌嘎惹的心情久久难以平静。这么多年来,只要想起那个血腥的一幕,他就会感到无比的恐怖。他总觉得,那血淋淋的场面,跟之前看见的那个如梦如幻的场景有关。

十五年前的那天夜里,乌嘎惹出门的时候,主子家的两条狗往他身前一扑,趴下两条前腿,伸出温热的舌头,舔了舔他紧张得汗津津的手。那根扫帚一样的尾巴,噗噗噗地在它身后拍打出一地的烟尘，用呜呜呜的低鸣尽显它的殷勤与欢愉。

住在土楼上的主子和他的老婆，和寨子一样早已沉沉睡去。女主人阿佳嫫的鼾声如涓涓细流，犹犹豫豫，羞羞答答。白彝主子俄狄伙子喝了酒，如雷的鼾声伴随着阵阵含混不清的吆喝，即便是夜静更深依然威风凛凛，粗粝得如同一块沉甸甸的砂石在铁锅里不停地擂来擂去。

下午，主子家来了贵客。

龙岗寨黑彝大头人的当家娃子阿力次吉带着三个随从，到这里估产收租。算起来，阿力次吉有一段时间没来了。下面的白彝种了他家主子的田地，说好秋后按时交粮食、交鸦片、交银子的，但这些人都找各种借口打了折扣。那些唉声叹气的话语，山神听了都会心酸落泪。他家主子不缺那几斗荞子几升苞谷几背篼洋芋，也不缺那几两鸦片和坨把银子，但要是个个都把背篼捂得紧紧的，以后主子家吃啥？天下人都知道，主子雄厚的家业和至高无上的权威，都是靠无数白彝和奴隶娃子用血汗撑出来的。在黑彝主子管辖的地盘上，要想平安地生存下去，除了过年的时候要背猪脑壳给主子上供以外，还得接受主子派粮派款等各种各样的摊派，还得派人为他们劳作派人帮他们耕种派人帮他们狩猎，甚至派人帮着打冤家提着脑壳打打杀杀。

前年，阿力次吉生过一场大病，几个月没有出门，有的人就认为他已经不再管主子家的事了，甚至有些地方还大肆谣传他已经升天的消息。当家三年狗都恨，作为大头人身边的红人，遭人忌恨也是一种荣耀。阿力次吉带着人，扛着枪，到几个寨子转一转，就是要证明他还精精神神地活着，他还是龙岗山最尊贵的黑彝大头人阿尔哈铁最得力的左膀右臂，大头人还得依靠他来掌管辖区租种这些田地的佃客。

每次阿力次吉到瓦房寨，都是醉醺醺地从俄狄伙子家走出去的。

从辈分上说，阿力次吉是俄狄伙子远房的舅舅。有这么重要的客人来，俄狄伙子早就准备了一只羊，只要阿力次吉在他的火塘边一落座，乌嘎惹就会和其他娃子把羊牵进来，当着客人的面把羊打昏，再拖出去放血剥皮开膛，再把大块的羊肉放在火塘的大铁锅里煮。今天就是这样，乌嘎惹杀了羊，女主人阿佳嫫带着两个女仆忙了小半天，才用簸箕把坨坨羊肉、乳猪肉、鸡肉和荞麦粑粑端上来。

瓦板房里热气腾腾，阿力次吉粗着嗓子，嘎嘎嘎的笑声溅着亮晶晶的火星，从俄狄伙子家幽暗的屋里飞出来，热辣辣地铺洒在门前坑坑洼洼的石子路上。同样是白彝，尽管俄狄伙子家里比较殷实，在瓦房寨一带说得起话，但和黑彝大头人的当家娃子比起来，他还是觉得诚惶诚恐。俄狄伙子缩着脖子，尽可能地赔着笑脸，听阿力次吉高声讲他的所见所闻，讲大头人的传奇经历，讲他的英雄故事。和牛气冲天的阿力次吉相比，俄狄伙子的低调与沉默，就显得更为稳重。酒喝得再醉，俄狄伙子都清楚，要想保住他家里那点可怜的财产，还得靠黑彝大头人的庇护，更离不开阿力次吉在头人面前说好话。

晚间路上不太平。太阳快要落山的时候，阿力次吉才用一只肩膀斜披着那领蓝色瓦拉，骑上了他那匹栗色的快马，朝着黑骏骏的山里走了。

而俄狄伙子，已经喝得酩酊大醉。

"乌嘎惹，乌嘎惹，你是石头还是死人？"女主人阿佳嫫恼怒不已。

俄狄伙子陪着客人喝酒吃肉的时候，阿佳嫫带着她的几个孩子连大气都不敢出，蹲在旁边厨房里悄悄吃了几个洋芋。他们家大儿子在火塘边帮忙，两个还未成年的儿子，在院子里跳上跳下，舞棍弄棒，闹翻了天。在俄狄伙子的叱骂声中，一人吃了一坨阿力次吉硬塞给他们的羊肉后，不敢在屋里瞎闹，用门里门外惊天的响动，显示他们的威猛。大女儿稍懂事些，偎依在阿佳嫫的腿上，捏着一根枯树枝，专注地画着谁也看不懂的图案。五岁的小女儿，眼馋屋里飘逸着酒香的羊肉鸡肉，又不敢贸然闯进去，吃了半个洋芋后就用呜呜呜的抽泣和串串扑簌簌的眼泪表达内心的不满。

阿佳嫫带着女仆还没有把吃剩的东西收拾好，俄狄伙子已经发起了酒飙。俄狄伙子一喝醉酒，不把家里弄得鸡飞狗跳是不会停歇下来的。乌嘎惹见识过主子的厉害，手里不管抓住什么，他都可以劈头盖脸就砸过来。这种时候，远远地躲着，就是最明智的选择。

女主人的盛怒，让乌嘎惹别无选择。

"色嫫（女主人），你找我？"

"你是瞎子还是憨包，不会出手帮帮忙？"

有了乌嘎惹的加盟，总算让俄狄伙子在号叫和咒骂声中，躺在土楼那张垫了豹子皮的木床上。

夜幕严严地覆盖着寨子。黏黏糊糊的几声狗叫，隐隐约约的几声鸡啼，被夜空拉得高远而悠长。主人关在旁边院子里的牛，长长的喘气声、悠闲的反刍声和圈里羊的咳嗽、喷嚏，对小羊咩咩寻找母亲奶头的呼应，以及蹲在鸡栏里的鸡梦中受了惊吓，伸出脖子啄咬对方发出的号叫，交织出一幅氤氲着浓浓人间烟火味的夜景图。

要在往常，俄狄伙子一定会扛着那支被他摸得油光铮亮的步枪，从旁边的院子一路巡查过来。关锁好大门，把两只凶恶的土狗放出来，俄狄伙子才会迈上他的土楼，抽上一袋兰花烟，在缭绕的烟雾中进入梦乡。有时夜间俄狄伙子被尿憋醒了，他还会捡起平时堆放在楼上的石头，照着夜空呼啦啦打出去，在树林里哗啦砸出一片响动。当然，隔三差五他还会拿出老火枪，朝对面的林子开上两枪，吼上几声心里才踏实。

俄狄伙子醉倒在床上，晚间的职责就落在阿佳嫫身上。她带着两个女仆，打着火把做完了这一切，还要尖着嗓子，一再嘱咐她们晚上警醒点。

女主人的谨慎和担忧是有道理的。世间不平静，官兵清剿，仇敌清算，匪患祸害，冤家械斗，娃子反水，骨肉相煎，呜啦啦打过来，再呜啦啦杀过去，一年难得有几天安稳的日子。不管怎么说，手里多少有几百亩田地，上百头牲畜，以及十多个娃子，热辣辣地戳着别人的眼睛。

乌嘎惹虽然肩膀上挨了主人两拳，被他的唾沫星子喷了一脸，心里却暗暗高兴。

这么好的机会，说来就来了！

夜空清朗，树影婆娑。一想起那个梦幻般的约定，乌嘎惹就浑身冷汗直冒，呼吸急促，心也怦怦跳起来。说起来，作为人家的娃子，住人家的木板房石板房，吃人家的洋芋坨坨荞麦粑粑，就不能有二心。如果像他想的那样，事情一旦败露，被主子捉回来，那可不是开玩笑的事。轻则砍脚杆，断胳膊，剜眼睛，挑脚筋，割舌头，重则活埋沉塘，剥皮抽筋，都是有血淋淋的先例的。

瓦房寨的夜很安静，柔柔的风摩挲着大地的脸庞。俄狄伙子尖锐的磨牙声，锉子一样用力切割着静寂的世界。阵阵痉挛后，夜晚又枕着俄狄伙子嘟哝着的酒话，铁一般昏昏沉沉地睡去。

乌嘎惹装好早就准备好的盐和火柴，拿起那柄斧头，咽下涌上喉咙的那口干痰，悄悄推开门。两条土狗亲昵地挤过来，拼命地摇着尾巴，从门缝里挤出一阵呜呜呜的欢愉，为他送行。

这些日子，乌嘎惹那颗不安分的心，被飞云铺的黑彝阿尔拉则家的女仆沙阿果塞得满满的。

不得不说，这个一天天长大的女仆，是附近几个寨子里最为漂亮的姑娘。沙阿果高挑的身材，轻盈婀娜的脚步，漂亮的头帕下，圆圆的脸颊，弯弯的眉毛，又黑又亮的大眼睛，以及衣襟下面高高挺起的胸脯，无一不释放着彝家少女青春的魅力。

乌嘎惹不止一次在睡梦中和她相遇。乌嘎惹和她一起下地，一起放牲口，一起到山上采野蘑菇，甚至还和她有过脸红心跳的亲昵动作。有天晚上下着雨，乌嘎惹又梦见了沙阿果，追着她说了很多话。和他睡在牛圈房上的阿俄什合从他亢奋的话语中，早猜出了七八分。阿俄什合阿普把一脸的皱褶推到了耳巴根上，哈哈笑个不停："乌嘎惹，小公鸡要开叫了吧？要开叫的仔公鸡，看见那些小母鸡，心里火燎燎的焦躁得很啊！"

说下来，乌嘎惹已经度过了懵懂的青涩岁月，晚间主子俄狄伙子和他的老婆阿佳嫫弥散在夜空中销魂的呻吟，让他血脉偾张，难以遏制。阿俄什合流着哈喇子，笑得唇下那几根枯黄的胡须像风中的狗尾草，冷不丁伸出枯树枝一样的爪子，在他胯下虚张声势地抓了一下，说："不要心急！哪天主子高兴了，会给你婚配的！"

乌嘎惹拧着阿俄什合老松树皮样的手，用力反抗着号叫着咒骂着，心里却是很受用的。

那天早晨，乌嘎惹背着洋芋种，从阿尔拉则家地边经过的时候，看见了他最不愿意看到的一幕：

沙阿果下巴杵在锄把上，呜呜呜地哭。

昨天夜里下过一场小雨，浓浓的晨雾严严地笼罩着龙岗山的山顶，几朵摇曳的云团从半山腰晃悠过来，滞留在阿尔拉则家那片梯地的上空。沙阿果的哭声透过迷蒙的雾，在清冷的空气里跌跌撞撞地飘逸着，显得更加压抑和悲戚。

乌嘎惹把背篼放在石坎上，高声说道："尼莫（妹子），大清八早的，你家老爷就请你给他吹喇叭啦？"

"滚开点！难看死了你！"沙阿果抹了把眼泪，剧烈的抽泣让她的肩膀不停地抖动着。

"啊哟，吹大声点！你躲在这山旮旯里噗嗤噗嗤的，就像害羞的蚊子叫一样，哪个听得见？"乌嘎惹笑呵呵地说，一时并没有走的意思。

"狗东西，跟你有啥相干！你远远地滚开！"

那是一个背风的山弯，几块坡地土质松软。和沙阿果一起干活的女仆直起腰来，说："沙阿果，你别傻，哭瞎了你的眼睛，哪个照管你阿嫫（妈妈）？你阿嫫这辈子太惨了，要是你有啥好歹，她怎么办？……"

"就是，把你阿嫫饿死了，老天爷是饶不过你的哦！"乌嘎惹加大嗓门，远远地帮了一句腔。很多时候都是这样，大姑娘小伙子遇上了不开心的事，有人和他开几句玩笑，就把心结解开了。

可是，乌嘎惹显然低估了这天的形势。那几个老女人都站在沙阿果一边，她们一齐回过头来，沉下脸骂道：

"是哪家没有教养的狗儿子？毛还没长齐，就学会在那里龇牙咧嘴乱叫，小心大人屙泡尿把你淹死，你还不赶快远远地滚！"

几句恶毒的话，骂得乌嘎惹灰溜溜地落荒而逃。

阿尔拉则作为飞云铺一带势力最大的黑彝，这几年正在走下坡路。十多年前，他们家有几千亩田地，数百头牛羊，还有几十个娃子，是打个喷嚏方圆几十里地皮都会发抖的人。可是，他们连着打了两场冤家，在官府的治安清剿中，牛羊损失殆尽，几十个娃子死的死伤的伤逃的逃，家里的五个儿子也是两死一伤，一个被官府捉去关在牢里做了人质。尽管是这样，俄狄伙子每年都会带着乌嘎惹，背着猪脑壳来给他拜年。这就让乌嘎惹这个卑贱的娃子，有机会接触这个仙女一样的女仆。每次，乌嘎惹都会不经意地在路边扯上几个野果，趁人不注意的时候给沙阿果一个惊喜。

这一年还没有正式入冬，山里的寒冷已经提前到达。阿尔拉则家三儿子在打冤家的时候负了伤，半年后不治身亡，俄狄伙子带着乌嘎惹牵着一头牛去奔丧。有头有脸的客人都聚在阿尔拉则身边，陪着他落泪、喝酒，在毕摩的诵经中，用高声的喧嚣来抚慰那颗破碎的心。

天阴沉沉的，压抑得让人喘不过气来。来的亲戚围着门前的几堆大火，呵着手，跺着脚，用哦吙哦吙的吼叫，和牙齿磕出的颤抖来抵御寒冷的侵袭。乌嘎惹远远地站在火堆外面，他的眼睛一直盯着阿尔拉则家的大门。乌嘎惹领教过主子那支皮鞭的厉害，主子在屋里喝了半天酒，要是出来找不到他，肯定就会用手里的皮鞭对他进行清算。

死铁铁的夜空就像被一领黑色的披毡笼罩着，唯有门前那堆大火还有几分活气。乌嘎惹只觉得有人撞了他一下。前面站着的是沙阿果，她眼睛看着别的地方，嘴角轻轻地一撇，把一大坨精瘦的牛肉塞在他的手里。沙阿果吁了口气，收敛了脸上的笑容，若无其事地走了。

下午啃了坨羊肉和一个荞麦粑粑，冷风一吹，他只觉得肚子里空荡荡的。看着沙阿果款款离去的背影，乌嘎惹只觉得心里暖呼呼的。

乌嘎惹悄悄退出来，狼吞虎咽吃下那坨牛肉。不仅如此，他竟然鬼使神差般，顺着沙阿果来的方向摸了过去。

主子家出了这么大的事,作为奴隶娃子也不可能闲着。这个时候,沙阿果和两个女仆正在一口大锅前煮着牛肉,熊熊的火光把她们的脸映得红红的。屋里喝酒说话的声音并没有停歇,一浪高过一浪的喧嚣,和远方黏糊糊的鸡鸣犬吠搅和在一起,把黑沉沉的夜拉得长长的。锅前的柴快烧光了,沙阿果站起身,借着隐隐约约的火光,向屋后那个堆放柴块的柴垛走来。

这无疑是一个绝好的机会。

"阿果!"乌嘎惹从柴垛边闪出来,一把抓住了沙阿果的手。

"你——!"沙阿果的惊叫声让乌嘎惹一下掐断了,乌嘎惹紧紧地捂住了她的嘴。

"是我,乌嘎惹!"就在那一瞬间,乌嘎惹感到了她怦怦的心跳。

"哎呀,你……吓死我了!"沙阿果喘着粗气,下意识地想要从他手里挣脱出来。

就在那一瞬间,乌嘎惹只觉得空气一下凝固了。一股难以抵制的冲动,让乌嘎惹伸出双手,一下就将沙阿果抱住了。沙阿果炽热的身体在他怀里微微颤动着,流淌到他脖颈里的热气更加急促。乌嘎惹的脑子里一片空白,他不知道该做些什么,只是紧紧地箍着沙阿果,直到他的双臂一阵阵痉挛。沙阿果微微闭上了眼睛,喉咙里有了轻微的娇喘,她的脸犹如在太阳下暴晒的一块瓦片,滚烫地在乌嘎惹的面颊上拱动着。乌嘎惹只觉得血往上涌,脑子里飘飘欲仙,浑身一阵战栗。沙阿果鼓胀的乳房硌得他的神经一阵阵酥麻,他把拥着沙阿果的手抽回来,捉住了她那只跃跃欲试的大白兔。沙阿果"啊"地吟唤了一声，嘴里粗重的娇喘，轻轻的呢喃，让乌嘎惹混沌的脑子突突突地跳个不停，浑身似乎马上就要爆裂开来。乌嘎惹潜意识里突然有了一种欲望，那种欲望是那样的强烈，呼吸一下急促起来……

"阿果——！"女伴焦急的呼唤，让乌嘎惹的脑子一下清醒过来。

那坨带着沙阿果体温的牛肉，以及她胸前那对酥软的白兔，让乌嘎惹莫名地激动了很多日子。

一大早就哭成了泪人，沙阿果这是怎么啦？

乌嘎惹心中的疑问，几天后在阿俄什合那断断续续的话中，得到了诠释：黑彝主子阿尔拉则已经发下话来，要把沙阿果婚配给娃子俄来史布。

"喊，那个俄来史布，鬼见了都会害怕！呵呵呵，那个狗东西还净干好事！"阿俄什合摇着头说。

满世界的人都知道，俄来史布小时候连着发了七天高烧，说话不利索，走起路来就像那些无聊的汉人在表演杂耍。更糟糕的是，他在山上放羊的时候，被豹子扑倒在地，脸颊上留下了让人恐惧的疤痕。

"她主子也被逼得莫法了。要是能有其他办法，她家主子肯定不会这样做的。阿啵啵，这该死的老天，这都是老天作的孽！"

阿俄什合说的是实话。对于阿尔拉则来说，家里遭受了那两场变故，他只能在剩下的几个娃子中进行选择，尽可能让他们进行婚配，给他生下一堆娃子来。他做梦都在盘算着如何扩大家业，以后东山再起，翻身过上从前风风光光的日子。

这个消息，对乌嘎惹来说，犹如把他的心放进了翻滚的油锅，遭受了前所未有的煎熬。

女主人把这个事情向沙阿果母女摊开，沙阿果就哭成了泪人。

沙阿果的母亲枯坐了一夜后，还是试探着给女主人递了一句话：娃娃性子刚得很，弄急了肯定要出事。还是等她缓过这口气再说……

按理说，主子定下的事，哪有娃子插嘴的道理？可是，经过这几年的磨难和变故，阿尔拉则想开了。跳河、上吊、吃药，每年为婚配，都有女人翻不过这道坎。万一这个不开化的丫头想不开，走上这条路就啥都没有了。

"给他们说，天底下莫得这种规矩。我不可能傻乎乎地等下去，火把节前必须把这件事办掉！"阿尔拉则的话生铁一样硬，但已经开了天大的口子，就等着用三个月的时间把沙阿果内心的伤痛慢慢熨平。

俄狄伙子酿了些苞谷杂粮酒，他要乌嘎惹送一桶过去给阿尔拉则尝一尝。

乌嘎惹没有心思采摘路边的花果，他满脑子里全是和沙阿果见面的场景。这些天来，乌嘎惹晚上翻来覆去睡不着，他大胆作出了一个惊天的决定：

只要沙阿果愿意，带她逃离这个鬼地方！

和以往几次一样，沙阿果低垂着头，悄无声息地在厨房里忙碌着。沙阿果明显比上次瘦了一些，脸上多了几分憔悴，让乌嘎惹心里刀割般难受。乌嘎惹知道，阿尔拉则不会给他和沙阿果留下更多的时间。趁沙阿果端饭过来的机会，乌嘎惹鼓起勇气，轻声说：

"阿果，我带你逃出去，你敢不敢？"

乌嘎惹不止一次想象着那个幸福的场景，他带着沙阿果到了谁也找不到的深山里，造屋、开荒、种地，自由自在地生活。可是，这样突兀的话，沙阿果显然没有半点思想准备。沙阿果愣住了，满是泪痕的大眼睛里闪现出一道亮光。沙阿果叹了口气，那道亮光很快就暗淡下去，轻轻地摇了摇头："不要说瞎话，我不能连累你……"

"怎么是瞎话呢？后天晚上月亮正圆，后半夜我来接你！"乌嘎惹抢过去，拉着沙阿果的手，"我在你家房后，三声布谷鸟叫！"

乌嘎惹不等沙阿果再说下去，张嘴发出的那声布谷鸟的鸣叫，让沙阿果瞪大了眼睛……

两只猫头鹰拖着长长的咕噜声，一问一答，把清朗的夜晚渲染得阴森恐怖。

翻过前面这个山垭口，蹚过一条小河就到了飞云铺。激动人心的场景，乌嘎惹已经在脑海里描摹了无数次。乌嘎惹只觉得呼吸急促，心也怦怦狂跳个不停。

可是，爬上山垭口，乌嘎惹一下被眼前的情景惊呆了。

皎洁的月光下，一支队伍顺着河边的小路不停地向前走着，浩浩荡荡，悄无声息。

老天，哪里来这么多的人？乌嘎惹擦了擦脸上的汗水，脑子里冒出这样一个恐怖的念头：

老天，清剿他们的汉兵又来了！

最明智的选择

寨子里的狗吵翻了天。

乌嘎惹那句突兀的话，犹如一道金光灿灿的闪电划过黑沉沉的夜空，让沙阿果连着两夜没有合眼。

那天，女主人亲口对她们母女俩发布的那条恐怖的消息，如一个晴天霹雳，让沙阿果五内俱焚，悲愤难当。这些日子，她脑子犹如一团怎么也理不清的乱麻，越理越糊涂，越理越难过，越理眼睛里的泪水越多。悲伤之余，这个念头在她脑子里越来越明晰。人这一辈子，到了最后也逃不脱一个死字。活在世上，争的就是这一口气，与其让自己天天生不如死，不如眼睛一闭，一了百了。

"不要以为你的命金贵，在黑彝主子的眼里，你连他们家一只小鸡小猪都不如！作为娃子，你就只有这个命，个个女人都是这样过来的，你还想怎么样？"

"你阿嫫什么也看不见，一天只会在主子家磨房里磨面，太造孽了！你要是想不开，再有个三长两短，你阿嫫不被气死，也要被饿死！到头来，人家只会说你不对……"

两个女仆的话，犹如汉家女人的裹脚布，又臭又长。很多时候，沙阿果实在听不下去，不得不打断她们的唠叨，不然她们可能会喋喋不休持续三天三夜。

沙阿果恨死了两个多嘴饶舌的女仆。两个女仆说的这些大实话，沙阿果心里不舒服，却找不到合适的话来反驳她们。事情明摆着，她还没有生下来的时候，她阿嫫的两只眼睛就瞎了。阿嫫浑身是病，佝偻的身躯虚弱得像深秋后枯萎的蒲公英，深深瘪进去的两腮随着她的喘息一起一伏，两只深陷进去的眼眶无声地诉说着岁月的悲苦。沙阿果想不通可以上吊抹脖子，可是阿嫫连了结自己的性命都异常艰难。沙阿果不得不面对这样一个问题：

自己要是有什么意外，她可怜的阿嫫怎么办？

老天对阿嫫实在太不公了。当年，阿嫫和她一样漂亮，山上山下的男人都喜欢围着她转。甚至黑彝主子，也经常用热辣辣的眼光在她的身上嗅来嗅去。黑的是黑的，白的是白的，黑彝和白彝不可能通婚，主子和娃子更不可能通婚。尽管如此，过了风姿绰约年龄的女主人又嫉又恨，动辄拿沙阿果的阿嫫出气。这一天，主子的小儿子莫名其妙地死掉了。女主人哭昏过去，醒来第一句话，就说是沙阿果的阿嫫下药毒死了她的儿子。女主子盛怒之下，叫来几个打手，把沙阿果的阿嫫双眼给剜掉了。后来，女主人说动了黑彝主子，把沙阿果的阿嫫配给了一个被挑断了脚筋的娃子……

生活在黑暗中的阿嫫，一辈子就在主子家的磨房里度过。受了多少屈辱，吃过多少苦，流了多少辛酸的泪水，只有她自己才最清楚。在这个时候，沙阿果怎么狠得下心，扔下自己的阿嫫不管呢？

夜空清朗，山峰静默。银色的月光，轻轻地流淌下来，填满了山里的每一个皱褶。

沙阿果想着那天乌嘎惹说的话,夜幕还没有拉下来,她的心就怦怦怦地跳个不停。沙阿果瞪着大大的眼睛,望着外面朦胧的大山,老是想着那个令她脸热心跳的话题:

万一房后响起了布谷鸟的叫声,那该怎么办?

一边是魔鬼一样丑陋的人,另一边是愿意用生命守护自己的人,去还是不去,这是摆在沙阿果面前截然不同的两条路。这不是简单的选择,是决定她人生命运的两道门槛,她必须作出明确的选择。这,可不是一句随随便便的约定。在这茫茫的大山里,逃婚就意味着背叛主子,背叛祖宗,那可是忤逆不道的弥天之罪,事情一旦败露这辈子就算完结了。乌嘎惹能够拿出身家性命作赌注,愿意带她脱离苦海,这需要多大的勇气啊!

沙阿果身上浸出了一层细细密密的汗,她的心就像扔在了油锅里,在吱吱吱的反复煎炸中,让她遭受了前所未有的痛苦。

然而这一切都是多余的。

沙阿果没有听到让她耳热心跳的布谷鸟叫声,却有人惊慌失措地擂响了主子的大门:"帕乌(叔叔),快开门,出大事了!"

是乌地吉木的白彝格捏子日,他堂哥阿尔苦者家过去的娃子。正是因为有这一层关系,格捏子日经常会上来走走亲戚,他气喘吁吁地带来了一个让人毛骨悚然的坏消息:

数不清的汉兵开进了豆沙关,有枪有炮,整个集镇都住满了!

和飞云铺不一样,乌地吉木离汉区要近一些,他们经常结队到汉人集镇上做些小买卖,信息相对灵通得多。那天下午,格捏子日带着人驮了一批山货到豆沙关过夜,准备第二天在集镇上出售。可是，他们还没有到镇上，就看到满地都是牵着牲口、背着粮食慌慌张张的人。格捏子日不问不知道，一问却吓了一大跳：

不知道从哪里钻出来的汉兵，天亮时分开进豆沙关，整个集镇一下炸了锅。

格捏子日把那批东西安顿好，就赶紧往回跑。

深更半夜，阿尔拉则没有必要对这一消息的真实性产生怀疑。他倒抽了一口冷气，低声问道：

"来了多少人？"

"少说也有几千人。豆沙关全是汉兵，今天这些人已经从乌地吉木方向走了，后面还在源源不断地有人来！"

"都是汉兵？"

"我亲眼看见的。这些人说的话多是外地口音，他们说半天我也只是听了个大概，说他们是穷人的队伍，给老百姓打天下的！真真假假，只有天老爷晓得！"格捏子日抹了一把脸上的汗水，牛一样喘着粗气，"帕乌，从豆沙关到乌地吉木一带，全乱成了一锅粥！有钱人家赶紧想办法藏东西，没钱的老百姓赶紧往山上躲，啊哟，到处都是逃难的人人马马，男人汉子慌里慌张，婆娘娃娃乱麻麻地哭。我把家里安顿好，想想不是事，又才赶过来给你通报一声！"

不用说，那些远方来的汉兵，就是会川靖边司令官孙方亭搬来清剿他们的。这些年来，官府对他们十年一大剿，三五年一小剿，从来就没有太平过。每次清剿，都是赤裸裸的搜刮。跑得快的，都跑到深山密林里藏起来了，跑得慢的白彝平民和奴隶娃子就成了替罪羊，他们脖颈上的人头就成了汉兵邀功请赏的战利品。烈火熊熊，哭声震天，金银财物被掳掠光，牛羊牲口被杀光赶光，房屋被纵火烧光，粮食被糟蹋殆尽，到处是断垣残壁……

一想起那恐怖的场面，阿尔拉则觉得自己的头发都竖了起来，冲着吓得瑟瑟发抖的老婆吼道：

"赶紧催他们起来，快一点！"

家里鸡飞狗跳，大人的催促，孩子的哭叫，牲口的躁动，各种嘈杂的声响交织在一起，把大难临头的场景演绎得淋漓尽致。

几棵稀疏的树影，犹如远古的孤魂，静寂地肃立在山上。

这样的事，已经不是第一次了。阿尔拉则干脆坐在地上，悠然地点燃了一袋兰花烟。在旱烟腾起的烟雾中，他把儿子和几个娃子叫过来，对那一张张惊恐的面孔分派任务：沙阿果和两个女仆分头行动，去通知寨子里的人赶紧逃命；俄来史布和两个年老的娃子，想办法把牲口赶上山去藏起来；他的老婆和儿媳，赶紧收拾家里最紧要的东西，分配给壮劳力；他家里年迈多病的阿达，就交给可靠的哑巴娃子，让他背上山去；而他的儿子阿尔木牛，拿上枪带着人在山垭口察看动静。

阿尔拉则对自己的安排是满意的。作为飞云铺最大的黑彝奴隶主，凭他在寨子里的实力，他完全可以把寨子里的人组织起来，但是现在什么情况都不知道，他还不敢轻举妄动。他一再告诫儿子，把命保住才是要紧的。一旦有风吹草动，千万不能开枪暴露目标。就凭他们这几支步枪，不是人家对手，看着时机不对，趁着夜色赶紧逃命……

阿尔拉则说完，精神抖擞地站起来，从乌嘎惹背来的那桶酒里舀出了半碗，一饮而尽，把他那把心爱的牛角号挂在腰上。

"走走走，不要再啰唆了！"

一阵紧张的躁动过后，在几条狂吠的恶狗护送下，阿尔拉则和他的娃子，牵着牛羊，带上大包小包的粮食，背上病恹恹的阿达，领着一家老小，悄无声息地消失在大山的丛林里。

群山巍峨，夜色静默。

杏黄的圆月静静地悬在西边的山头，乳白色的月光悄悄地倾泻下来，缠裹着蛰伏在石头背后睡意蒙眬的风，在谷底漾起了几分阴冷。

那支悄无声息的队伍，延绵不断，远远望不到尽头。

撞鬼了！

乌嘎惹的第一感觉是遇上鬼了。彝寨里大大小小的毕摩在做过法事后，不止一次向他绘声绘色地描摹过阴间鬼怪的形象。乌嘎惹使劲揉着眼睛，他老是怀疑自己的眼睛出了问题，让脑子产生了幻觉。乌嘎惹实在想不通，这是从哪里钻出来的孤魂野鬼，成群结队，浩浩荡荡，明目张胆地做出攻城掠寨的样子。阿啵啵，要是成精的鬼怪都像他们一样，阳世间谁也不是他们的对手。乌嘎惹忍不住在大腿上掐了两把，钻心的疼痛，明明白白地告诉他：

这不是做梦，这一切都是真的！

乌嘎惹用力甩了甩脑袋，他感到无比的沮丧：莫非，老天有意要为难他和沙阿果，不允许他们在一起？

飞云铺是过不去了。要把这支队伍过完，不知等到猴年马月。再说，一旦开战，大小彝寨，鸡犬不宁，大家躲的躲，逃的逃，都在寻找活命的机会。等到战事平息，又是另外一番境地了。别的不说，能不能平安逃过这场灾难，谁也无法预料。

乌嘎惹看着天空中那轮圆圆的月亮，和远处朦胧在大山深处的寨子，做出了一个无奈却又明智的选择：

赶紧往回走！

从小在苦水里泡大的乌嘎惹，从来就不知道什么是忧愁。老阿普阿俄什合常常瘪着没有肉的腮，笑眯眯地对乌嘎惹说："鬼娃娃，要是每个人都像你一样，什么忧愁都没有，那该有多好！"

乌嘎惹确实是这样，每天该干啥干啥，并没有把阿俄什合阿普的话放在心上，他常常想：太阳每天都会从东方升起来，再从西方落下去，有吃饱饱胀，无吃烧火向，有什么好愁的？

说下来，乌嘎惹是一个没爹疼没妈爱的苦孩子。那一年索玛花盛开的时节，他在布谷鸟的声声啼叫中来到这个世界。可是，阿嫫生下他的时候大出血，还没有让他尝到母乳的滋味，就离开了人世。他的阿达抱着他，吃遍了寨子里所有女仆的奶，靠着荞麦糊糊让他活了下来。后来，他的阿达和白彝主子卷入了一场声势浩大的冤家械斗，白白丢了性命。那时候他还不到两岁，乃至后来无论阿俄什合阿普怎么引导，乌嘎惹都想不起来阿达阿嫫的模样。

乌嘎惹知道这些的时候，他已经渐渐长大成人。他看惯了周围的人，也习惯了这样的生活。从古到今都是这样，有黑彝就有白彝,有主子就有奴隶娃子。每个人该是什么命,是地位尊贵的黑彝,是普通的平民白彝,还是低贱的奴隶娃子,一生下来就已经决定了。这些事,去想一阵有什么用。再说,天天吃主子家的洋芋荞粑,有啥理由抱怨主子,甚至对人家有二心呢?

可是,阿尔拉则家的女仆沙阿果,把乌嘎惹的五脏六腑推到了熊熊燃烧的火炉上,在反复难耐的煎熬中,让他尝到了忧愁的滋味。乌嘎惹知道,作为一个卑贱的娃子,他不可能把心里话向主子坦露出来,理直气壮地向主子提出要娶沙阿果为妻。彝人等级森严,在婚姻上有严格的准则,黑彝和黑彝通婚,白彝与白彝通婚,绝不能逾越祖上留传下来的规矩。至于奴隶娃子,则由各家主子配婚,绝对不允许有婚姻上的自由。他只能把这个秘密藏在心里,让它慢慢生根、发芽、开花,最后发酵疯长成这样一个胆大冒失的约定。

一阵轻风拂过,带来了几分凉意。乌嘎惹的心里让悲戚塞得满满的,他从来没有像今天这么失落过。他不知道因为这个约定,在等待布谷鸟叫声的过程中,沙阿果内心会遭受怎样的煎熬;他更不知道,错过了这个机会,沙阿果的结局会是怎么样。乌嘎惹觉得往回走的路是这样的漫长,每一步都是那样的沉重。

乌嘎惹才到瓦房寨,他就感到了某种不祥的异样。

寨子里人影绰绰,有了吵吵嚷嚷的声音。和往天相比,那些声音慌乱、急促而压抑,却又无法遏制。

主子家的门虚掩着。乌嘎惹侧着身子挤进门去,耳边就响起了俄狄伙子低沉的咆哮声:"乌嘎惹,你死哪去了?"

"没去哪儿,我就在房背后。"乌嘎惹闷声闷气地说。

"房背后?"

"我去那里蹲了一下。"山上的彝人忌讳说排泄方面的话题,即便在这个时候乌嘎惹仍然说得很隐晦。乌嘎惹把手里的斧子悄悄放下来,加入了屋里忙碌的行列。

"该死的东西,喊你十遍了,你耳朵聋了?"

俄狄伙子提着那支步枪,狮子一样在凌乱的院子里转来转去,他内心的恼怒可想而知。要是在往常,主人那条牛皮鞭子,说不定就会带着尖锐的呼啸劈头盖脸砸了下来。可是,今天显然还有比教训娃子更为重要的事要做,俄狄伙子不得不把主人的威慑裹挟在气势汹汹的话语中。

"吵什么?"

俄狄伙子一声大吼,总算把一屋的喧闹给镇住了。

天快亮的时候,一家人吵吵嚷嚷总算出了门。门前那匹花斑马,俄狄伙子的两个儿子已经骑了上去,小女儿也哭闹着要跟他老子骑马。俄狄伙子气不打一处来,一巴掌把两个儿子扇下马来,只留下瑟缩着身子的小儿子和小女儿压抑的抽泣声。

"滚下来,你以为是去过火把节,是去看斗牛赛马,我们是去逃命呀!"俄狄伙子眼睛瞪得溜圆,牙齿咬得咯咯响。

一阵急促的马蹄声由远而近,敲碎了黎明前的清冷,让空气霎时紧张起来。

俄狄伙子声嘶力竭,挥舞着手里的枪,赶羊子一样让大家赶快藏起来。

一家人还没有跑远,几匹快马从那边跑了过来,吓得几个躲在草丛中的女人和孩子直哆嗦。

飞云铺的黑彝阿尔拉则带着一大群人，绕了一圈过来了。空气中响着"哦吙、哦吙"的吼叫声，阿尔拉则拉长了嗓子，高声喊着俄狄伙子的名字。

一家人的狼狈，让俄狄伙子羞愧难当。俄狄伙子勒住马，一把将坐在前面的小儿子放下来，嘚嘚嘚地迎着他们跑了过去。

"喊几个人，跟我们一起到龙岗寨！走哇，赶紧走！"

阿尔拉则急促的话，没有商量的余地。

这深更半夜，大家都在往山上跑，到哪里找人呢？

"乌嘎惹！"俄狄伙子转过身来，对背着粮食牵着牛的乌嘎惹说，"你把东西都交给他们，骑上那匹白马，赶紧跟我走！"

好戏还在后头

天空被早起的风擦洗得干干净净，就像蓝汪汪的镜子一样。清脆的鸟声透过密密实实的阳光，婉转而悠长。绿树苍翠，林荫深深，向阳的坡地上，红的黄的白的杜鹃开得正艳，一簇簇，一丛丛，弥散着淡淡的幽香。

远远看上去，镶嵌在大山深处的龙岗寨，和往常并没有什么不同。可是，渐渐靠近这个寨子，就会感觉到这天的气氛确实不一样。

阿尔拉则一路都在招呼着人，跟在他后面的队伍越来越庞大。他们风尘仆仆，还没有赶到龙岗寨，就明显地感觉到了这个寨子的威严。

通往寨子的几条小路，都被挖断或用巨石堵死了。那些小路前面，明眼人都知道哪里安了绊扣、挖了陷阱、埋了竹钉，哪些地方不可能容得下更多的人，三两个人进去必定死路一条。几条稍微宽敞的道上，两边险峻的隘口，笔直的陡坡上，高高的悬崖边，都堆满了滚木礌石。那些用木棒和巨石支撑着的最原始的杀伤性武器后面，都有隐隐约约的人影。不用说，那都是护寨的兵丁在把守。除此以外，枝叶繁茂的大树上，粗壮密实的树丛里，低洼隐蔽的石头后面，还有若干张弓持箭的勇士。而每一个哨口，进入的人都会受到严格的盘查。所有的生面孔，除非是有身份的人担保，在护寨兵丁严密的监视下才有可能进入寨子。否则，就连一只苍蝇，都别想混进去。

即便是黑彝阿尔拉则，在过哨口的时候，依然遭到了层层的盘查。

太阳越升越高，明晃晃的阳光把阿尔拉则炙烤得焦躁不安。我的天老爷，时间不等人呀！会川靖边司令官孙方亨搬来的那些汉兵，不可能有那么好的耐性，在豆沙关悠闲地抽着鸦片，吹着牛皮哄哄的龙门阵，等着他们慢条斯理地盘查哩。如果人家打到了寨门口，我们还在这里磨磨蹭蹭，把时间都耗费在华而不实的检查上，不是让那些汉兵钻了空子？

"都是自家人，何消来这一套假过场！"

进了龙岗寨，尽管阿力次吉笑着一个劲地赔着不是，还是没有把阿尔拉则那张阴沉的脸熨平。

阿尔哈铁宽大的火塘里烟火缭绕。已经有几拨人抢在前面，给阿尔哈铁通报这件事情了。

"阿啵啵,那才了不得!"刚从豆沙关过来的阿尔里布阿普,双手从披毡里拱出来,沙哑着嗓子说,"嗨呀,那么大的豆沙关,全部让汉兵住满了。那些汉兵背的多数是新崭崭的汉阳造,还有数不清的机关枪和小钢炮……"

屋里的人全都竖直了耳朵,也有人在那里起哄:"我们平时不是这样说吗,听的不相信,见的信一半。阿普,你去摸一下那枪没有?那些汉呷狡猾得很,净干些骗人的把戏。会不会是那些汉胞用草纸糊的,遇到家里老人去世,他们净糊些纸房子纸马马,打些纸钱哄他老祖人!"

"不要打岔!"大头人的叔叔阿尔赤火呼地站起来,冲着屋里发出杂音的地方,气呼呼地说,"汉兵一开进来,人头落地,家破人亡,血流成河的日子还在后面!"

阿尔赤火的话还没说完,就让大头人的弟弟阿尔牛牛接了过去:"你们都听说过陈五老爷吧,对,就是豆沙关最大的财主,你们猜怎么着?和豆沙关的何乡长还有乡政府的几个打手,让这伙人捉起来,押到一片小树林里枪毙了!"

"阿啵,有这么凶险,他惹谁了?"

"你以为他陈五老爷是个好人!"阿尔赤火嘎嘎嘎地笑过一阵,道,"老祖先说得好,鸡蛋没有缝,不会爬苍蝇;石板没有缝,不会生野草。他手里那些钱干净得很吗?恶事做多了,遭老天报应!"

"这几天,稀奇的事情多得很!"阿尔牛牛抢过话头,提高了嗓门,"你们听说过这伙人打浮财的事没有?他们带着人到附近打浮财，专门收拾那些有钱的地主老财，缴获的东西，都拿来分给了当地的贫苦人！"

"路远了脚不愿走，话长了人不愿听。把打来的东西都分人了，他们辛辛苦苦干一阵为的是什么？天底下哪里有这种比猪还蠢笨的人！"

"不熟的饭吃了胀气，不真的话听了气人。我家邻居是个曲诺，他在豆沙关的亲戚，就分到了半斗苞谷，三升大米，两条凳子，还有一件衣服。那个曲诺亲口对我说的……"

"闲话不抵冷，空话不抵饿。曲诺的话都听得，耗子药都吃得！"有人立马进行了反驳。

啊啧啧，大家吵着嚷着，这世道真的让人搞不懂了！

几缕悠悠的风，挟带着几分燥热，从山脚下鼓噪上来。几只鸣蝉，趁着晴好的天气，蹲在高高的树梢上，用铺天盖地的嘹亮，声嘶力竭地卖弄着歌喉。

屋里闹翻了天，只有黑彝大头人阿尔哈铁一言不发。即便是夏天，阿尔哈铁依然习惯性地披着一件薄薄的瓦拉，戴着黑色的丝绸头帕，稳稳地坐在火塘上方吸着自家种的兰花烟，好像这些事跟他没有半吊钱的关系。

"前几天，你们没听说，这些红军被蒋介石从贵州撵到云南，又从云南撵到四川，绕了几个大圈子渡过金沙江，把会川城给围起来了？"阿尔哈铁坐直了身子，眉毛一展，就让屋里的喧嚣纷纷扬扬地跌落下来。

不得不说，阿尔哈铁的阿达是一个开明睿智的人。阿尔哈铁还在很小的时候，他的阿达就从汉区请来私塾先生，教他们兄弟认了两年字。阿尔哈铁长到十多岁,阿达又让他乔装打扮到成都上了半年洋学。阿尔哈铁最喜欢的就是官府的报纸,他会经常派人到县城弄一些报纸回来看。他一开口,说的都是大家没有听说过的稀奇事。

"守会川城的叫柳元康,国民党二十四军军长的亲侄儿。柳元康生怕自己抵不住,发报向他幺爸告急,他幺爸又从上面开了一个团下来,团长就是咱们彝家的老朋友叶正含。这个家伙十处打落九处在,他过去就带兵清剿过彝家山寨……"头人就像汉人说评书一样,讲得一板一眼。

"听说那些红汉人个个会飞檐走壁,穿江过海,如履平地,凶得很啊!在我们对面的云南,人家一天就拿下了禄劝、武定、元谋三个县城,你小小一个会川城算什么,挡得住他们?"阿尔拉则总算找到一个话题,把格捏子日对他说的话搬了出来,"惹都(侄子),豆沙关这一线,都让这些人住满了。他们的大队人马正从乌地吉木顺河沟开进来,怕是要对我们下手啊!"

"帕乌(叔叔),一根木头盖不了房,一块石头垒不了墙。听说这伙红军要往北边走,去找他们的弟兄伙。那边还有一大股红军,势力比他们还要大。蒋介石几十万大军,不会轻易放他们过去的,好戏还在后头哩!"阿尔哈铁把滑下来的瓦拉往上拉了拉,朗声说道,"他们牛打死马,马打死牛,关我们啥子事!大不了,这几天大家睡瞌睡的时候警醒点!"

"万一他们在半路上想捞一把,要打咱们彝家村寨的主意,那怎么办?"

"帕乌,尔比尔吉里说,怕老虎的遭虎咬,不怕虎的穿虎皮,想那么多干什么?"阿尔哈铁看着远方苍茫的大山,说,"从豆沙关往北走都是富庶之地,那么多的地主老财他们还打不过来哩,还有闲心到这山旮旯找你摆龙门阵?"

俄狄伙子人在龙岗山上,脑子里满是一家人在山上的身影。

世道不太平,即便这些人无心对彝家山寨动手,但山上当土匪的,拦路抢劫的,乘机浑水摸鱼的,都在想着法子把他们往死路上逼。山上豹子老熊野猪豺狼天天闲逛着,眼睛不仅盯着那几只并不肥壮的牲口,还盯着他的婆娘娃儿。

阿尔拉则给头人留下话,有事听从他的召唤,就带着人匆匆往山下赶。

俄狄伙子和乌嘎惹回到寨子,已经是第二天下午了。

往日炊烟袅袅,鸡犬相闻的寨子空无一人。一群黑压压的乌鸦在山垭口低低地盘旋着哀鸣着,凄厉的叫声犹如锐利的刀子,穿过云霄营造出死一般静寂。

俄狄伙子和乌嘎惹找到黄昏,才找到阿佳嬷他们藏身的地方。阿佳嬷带着几个娃子藏在一个山洞里,而他家的女仆赶着牲口不知到什么地方去了。

阿佳嬷带着孩子,又惊又怕。从昨天到现在,他们仅吃了几口炒面充饥,几个孩子饿得直抹眼泪,又不敢大声地哭出来。他们惹上了一窝马蜂,差不多每个人的身上,都受到了马蜂的攻击,一个个脸肿得白亮亮的。最要命的是她的二儿子不小心溜出去,被一头饥饿的豹子给叼走了!

俄狄伙子和乌嘎惹去找了一阵,在一个僻静的草坪里,只找到一大摊血和几块血迹斑斑的碎布。

愁云漫漫，残阳如血。傍晚的风啸聚而来，在高高的树梢上缠裹着撕咬着，张牙舞爪，咆哮出呜呜呜的声响，声声撕裂着人们的耳鼓。二儿子的噩耗，让阿佳嫫再一次哭成了泪人，她不得不在大儿子的搀扶下，强撑着不让自己倒下来。

"俄狄吉吉，俄狄吉吉！"

这个善良的女人，她唯一能做的就是用湿布搭在孩子的额头上，然后用遏制不住的泪水表达自己内心的不安。

俄狄吉吉小脸烧得红红的。作为母亲，她已经失去了一个儿子，此时小儿子又身患重病，怎么不让她伤心呢？

"火普日古，你们见着火普日古没有？"

蹲在旁边的阿俄什合阿普，听明白是怎么回事，说："昨天，我见火普日古带着婆娘娃儿，背着他瞎眼的老娘，往山上逃！"

俄狄伙子没有多说，带着乌嘎惹就钻出了山洞。

火普日古是瓦房寨有名的苏尼。寨子里哪家有大灾小病，总少不得找他去诵经作法，到底他捉了多少鬼怪，只有他自己才知道。

子夜时分，俄狄伙子带着火普日古，身上粘满了黏黏草和干蚂蟥，回到了一家人栖身的山洞。

熊熊的火光让这个阴冷的山洞有了几分暖意。日古苏尼盘腿而坐，微微闭着双眼，摇晃着脑壳，摇动着法铃法鼓，口中念念有词："……山上的大神，俄狄吉吉身上猫屎臭狗屎臭，不要玷污了你的好名声。你东方来的东方去，西方来的西方去，南方来的南方去，北方来的北方去。那边牛给你打好了，羊给你宰好了，美酒给你倒好了，你赶紧去啊！"

火普日古的声音越来越急促，他一手持法铃，一手拿着那只牛皮碗："阿啵啵——！吉吉的灵魂回来了，翻过高山，蹚过江河，穿过密林，经过村庄，回来了，回来了！赶快打开大门，烧起温暖的火塘，倒满醇香的美酒，端起飘香的牛肉，哦哦哦哦哦——，吉吉回来了……"

火普日古将牛皮碗往下一扣，所有的声音戛然而止。

天渐渐亮了。俄狄吉吉的高烧不仅没有退下去，反而出现了抽搐症状。

"乌嘎惹！"

主子黏糊糊的声音不高，却把乌嘎惹一下从梦中惊醒过来。

俄狄伙子要他到乌地吉木跑一趟，那里有一家姓董的汉族郎中，大小病症手到病除，赶紧去弄服药回来，或许还能帮这个娃娃迈过这道坎儿。

乌嘎惹不敢怠慢，系紧了披着的瓦拉，回到主人家捉了一只鸡，抬腿就往乌地吉木赶。

古老的乌地吉木，是汉区通往彝区的重要驿站。寨子内参天的大树，斑驳的老街，残存的大院，无不显示着这个地方昔日的兴盛。近年来，土匪的袭扰，官绅的压榨，特别是各种名目繁多的苛捐杂税，当地百姓苦不堪言，集市日渐凋零。可是，每到逢五逢十赶集的日子，照样人头攒动，熙熙攘攘。

几个戴着红袖标的村民正在路口盘查行人。乌嘎惹心怦怦直跳，低着头接受了检查，到了寨子里。

山上的彝人，难得走出大山，很多人都没有做生意的观念。

一个大男人，提着一只鸡到处闲逛，的确是一件非常害羞的事情。乌嘎惹用瓦拉把鸡紧紧捂在怀里，到了街口的老井边，抓起一只瓢，舀起水咕咚咕咚灌下肚，就往董郎中的药铺跑。

董郎中听乌嘎惹说完病情，唰唰唰开好药方，看着伙计把药拣在拎着的秤盘里，乌嘎惹心里悬着的石头落了一半。

乌嘎惹没有钱。他来到集市上的时候，冷冷清清的街上没几个行人。糟糕的是，那只在瓦拉下面捂了半天的鸡，早就死了。乌嘎惹大着胆子叫卖了几声，有人来看看，摇摇头就走了。

太阳快落山了，乌嘎惹提着鸡悻悻地往药铺走，他准备先把药赊回去，以后想办法还他们的钱。

伙计干坐了半天，却等来了要赊账这句话，不等乌嘎惹把话说完，脱口骂道："滚滚滚，没钱别在这儿捣乱！"

伙计说着，把那包药往铺子里一放，抓起门板就要关门。乌嘎惹急了，用肩膀顶住门板，大声说道："阿啵，你们不是号称医者仁心吗，怎么心肠比山上的马蜂还歹毒！"

小伙计也来了脾气，说："哪里来的蛮子这么野？没钱凭什么给你抓药，你还讲不讲道理？"

乌嘎惹最听不得别人叫他们蛮子，从地上捡起一块大石头就要砸过去，没想到让人拦腰给抱住了。

"老表，有话好好说！"

身后站着两个精壮的年轻人。一个背着短枪，一个持长枪，他们的声音很温和，却让乌嘎惹紧张得头发都竖了起来。

窄窄的巷子里，根本就别想跑出去。乌嘎惹心一横，就把为小主人买药的事说了个大概。背短枪的人笑起来，对伙计说：

"这样吧,这药钱我们出,你赶紧把药给他!"

背短枪的人摸出几个铜板,放在了柜台上,说:"你从瓦房寨来,知道俄狄伙子吗?"

"他……就是我家主子。"

"嗨呀,太好了!"背短枪的人把药塞在他手里,哈哈哈地笑起来。

这几天,游击队在乌地吉木一带活动,附近的彝人躲的躲藏的藏,敢出来接近他们的微乎其微。今天乌嘎惹那身特有的打扮,一进乌地吉木就引起了游击队的注意。杨黑子和大陈一路暗中观察,没想到遇上了这戏剧性的一幕。

"我们不仅知道你的名字,还知道你主人的名字!我们是红军,是穷苦人的队伍,也是彝家同胞的朋友!"杨黑子笑眯眯地说,"请回去转告你家主人,远方来的红军,准备和他交个朋友,好吗?"

"朋友?石头不能当枕头,汉呷不能交朋友。你们人还没到,寨子里的人都躲起来了,谁敢和你们交朋友……"乌嘎惹打量着这两个人,没好气地嘀咕着。

"躲起来了,为什么?"

"哼,这些年你们汉兵欺负我们还少吗?不躲,一家老小的脑壳可就保不住了!"

"我们是为穷人打天下的队伍,跟他们不一样。这么说吧,如果我们真的要侵扰你们,还会等到现在吗?"杨黑子看着苍茫的大山,笑眯眯地说,"你先回去告诉你家主人,我们约定个时间,找个恰当的地方见个面……"

你只说对了一半

乌嘎惹一路狂奔,气喘吁吁赶到村口,俄狄伙子就从一棵大树后面闪了出来。不用说,他已经在这里眼巴巴地等了很长时间了。

寨子里没什么动静,胆大的人又陆续回来了。孩子烧得厉害,俄狄伙子和阿佳嫫抱着热乎乎的孩子回到了瓦房寨。

不得不说,董郎中的确不是浪得虚名。阿佳嫫找了一个瓦罐,把药煎好给孩子灌下去,没过多久,孩子的烧就渐渐退了下去。

俄狄伙子听了乌嘎惹所说的这一切,眼睛瞪得像血红的牛卵子一样,嘴巴张得老大,简直不敢相信自己的耳朵。

阿啵,天下竟然有这么好的事吗?

俄狄伙子两口子确实不敢相信这是真的。可乌嘎惹难堪的表情,他提回来的药,以及那只死去的公鸡,都明明白白地告诉他:这一切是真的。俄狄伙子总觉得这是地下的先祖先灵在想办法,暗中保佑他这个聪慧的儿子。

不过,当乌嘎惹说红军游击队要和他交朋友,俄狄伙子一下子把脸拉下来,脱口骂道:"石头不会变软,汉呷不会变好。你荞麦疙瘩饭吃多了,那些汉兵的话你也听得?"

乌嘎惹不敢多说,只顾埋头啃着主人剩下的洋芋。坐在一边的阿佳嫫讷讷地说:"啊哟,这些人心肠好得很哩!"

"滚到一边去，男人的事儿，有你插嘴的？"俄狄伙子勃然大怒，恶狠狠的几句话，让阿佳嫫垂下了头，"阿尔拉则家两个儿子，那年让他们骗进豆沙关，脑袋砍下来挂在树上，绿头苍蝇爬了半年！你们耳朵聋了，没有听说过？"

那一年，阿勒家和阿尔家打冤家，双方聚集了上千人相互仇杀，官府派兵进驻彝寨平息纷争，让他们两家各派代表，到豆沙关进行谈判。在谈判的过程中，双方剑拔弩张，各不相让，发生了争执。那些早有准备的汉兵乘势冲进来，一时枪声骤起，血肉横飞，阿尔拉则的两个儿子当场倒在了血泊中……

第二天，俄狄伙子刚刚起床，外面就有人在叫门。

是乌地吉木白彝的小儿子格捏曲者，跑得大汗淋漓。红军游击队派格捏曲者上来，准备请他下去做客。

"游击队的人本来要亲自上门请你，这样才符合礼数！"格捏曲者喘着气，话说得很客气，"他们考虑刚到这个地方，贸然闯进来，怕引起你们的误会。因此让我先捎句话上来，想请你下去喝杯酒！"

"就是去喝酒，没别的事儿？"

俄狄伙子表情凝重，摇着还没睡醒的脑袋：天下哪有这么好的事儿，白白有人请你去吃肉喝酒？

"他们说，就是想跟你认识一下，交个朋友。"

交朋友，这些人到底想干什么？俄狄伙子心里直嘀咕，说："算了，尔比尔吉里说，两匹山岩搬不到一块，两个鸡蛋合不成一个。人心隔肚皮，那些汉呷有你说的那么简单？"

尽管格捏曲者说得头头是道，俄狄伙子还是不相信。不过，人家刚刚搭救过自己的儿子，一口就把人家拒之门外显得不地道。

"乌嘎惹，乌嘎惹!"

俄狄伙子叫出乌嘎惹，对他说："买马要试骑，买牛要试犁，是真是假要试过才知道。你再到乌地吉木跑一趟，看看是不是真的。如果人家要请你喝酒吃肉，你最好找个旮旯角角坐，那上席不是你这号娃子坐的。脑瓜子灵光点，耳朵竖直点，他们有啥见不得人的话，你回来老老实实跟我说!"

乌地吉木康老太爷家大房子里，摆了一桌酒菜。红军游击队队长周大明和政委韩子发跟几个彝家兄弟，正在那儿喝酒。

乌嘎惹到了门口，那双腿就像被树藤绊住了，怎么也迈不进去。

"你就是乌嘎惹，快进来，坐坐坐!"

周大明和韩子发拉的拉，拽的拽，才把乌嘎惹拉进去坐在了桌子边。

乌嘎惹却如坐针毡，额头上的汗水不由自主地往外冒。难以遏制的燥热汹涌而来，以致乌嘎惹不得不捞起袖子，很快把自己擦出了一张五花脸。乌嘎惹清楚自己的身份，一个白彝家的娃子，有什么资格和这些人平起平坐，在一张桌子上吃肉喝酒啊？平时在家里，有客人来的时候，他帮着杀猪宰羊，在旁边忙活半天，主子陪着客人喝酒吃肉，他们连桌子边边都不敢多看一眼。在平常的日子里，主子和家人在一起吃饭，他也没有资格和主子在一起的。黄牛是黄牛，水牛是水牛。从小长这么大，对于这些最起码的规矩，他自己是分得清的。要是娃子和主子挤在一张桌上,并排吃坨坨肉,吃香肠腊排,一起喝酒,那成啥体统?

周大明和韩子发不停地往乌嘎惹的碗里夹菜,不住地让他端起杯子喝酒。乌嘎惹的肚子饿得咕咕叫,却轻易不敢动那双筷子。乌嘎惹木然地坐在那里,他从来没有享受过这种待遇,他只觉得全身所有的血管都张开了,心里有一种前所未有的畅快。

周大明和韩子发高兴地和大家拉着家常,屋子里洋溢着浓浓的暖意。

红军游击队的话,在乌嘎惹听起来是这样的新奇:红军是穷人的队伍,是为他们这样的穷苦人打天下的,他们要把天下的穷苦人解救出来,让大家有田种,有房住,有衣穿,都过上平平安安的好日子!看着那一张张生机勃勃的脸,乌嘎惹有一种直觉:

这些人,都是干大事的汉子。跟着这些新汉人,这个世道就要变了!

吃过饭,周大明把乌嘎惹留下来,笑眯眯地对他说:"我们还欠你家主人一杯酒,请你转告他,这杯酒我们给他留着。我们很想认识你家主人,有事想请他帮帮忙!"

乌嘎惹不胜酒力,几杯酒下去,他的脸就被烧得通红。听周大明这样一说,他脱口问道:

"找他有什么事?"

"我们想认识龙岗山上的黑彝大头人阿尔,听说你家主人跟他是亲戚,想请他帮忙引荐一下!"

"这……"乌嘎惹知道主人的脾气,一想着主人那双血红的眼睛,他就犹豫起来。乌嘎惹确实吃不准,自己说的话,脾气暴躁的主人能不能够听得进去。

周大明好像看出了乌嘎惹的心思，对他说："再让你转一道弯，可能就变味了。你能不能带我们去见你的主人，咱们当面跟他谈？"

乌嘎惹带着周大明和杨黑子到瓦房寨的时候，已经是下午了。

俄狄伙子在吃惊之余很快就镇定下来。不管怎么说，来的都是客。俄狄伙子赶紧叫阿佳嫫，带着刚刚回来的女仆，满怀感激忙前忙后准备晚饭。

晚风轻拂，满天的彩霞把天边的山头涂成了红色。俄狄伙子没有到乌地吉木喝酒，周大明让杨黑子把剩下的酒都抱上来了。有了这些酒作铺垫，周大明和俄狄伙子掏心掏肺，沐浴着金色的阳光摆谈得相当惬意。

就周大明所提出的问题，俄狄伙子没有更多的推辞。不过，俄狄伙子还是向游击队提出了他的想法，他可以带他们去见飞云铺的黑彝阿尔拉则，上龙岗山还得请阿尔拉则出面才恰当。他作为一个平民曲诺，在诺伙面前是说不起话的。阿尔拉则不一样，他不仅是诺伙，按辈分还是龙岗山上诺伙大头人的叔叔。俄狄伙子说，他得先到飞云铺通报一声，让阿尔拉则有所准备。俄狄伙子很直率，说既然是交朋友，到时候多少带一点枪支和子弹，作为双方见面的礼物。别的不说，办这么大的事，除了有诚意外，还得给他们头人一个面子。

俄狄伙子说得非常坦诚，他心里却有自己的小九九。石头不会变软，汉人不会变好，山上的彝人就认这个理。那天在龙岗山上，大头人阿尔哈铁说得很肯定，这帮汉呷没闲心到这山旮旯里摆龙门阵。可是，现在出了这么大一个么蛾子，他不相信龙岗山上的大头人还睡得好觉……

游击队送来的三支枪,两百发子弹,两桶酒,不仅让阿尔拉则收获了一个黑彝的自尊,也让带他们到飞云铺的俄狄伙子觉得特别有面子。

送走了俄狄伙子和周大明一行,阿尔拉则决定立马再上龙岗山一趟,亲自把游击队的这封信交给阿尔哈铁。看看山上的大头人有什么想法,自己也好早作打算。不管怎么说,那些人即便要进山,也得先从飞云铺的地盘上过,有什么风吹草动,最先遭殃的就是他们。可是,当阿尔拉则大汗淋漓赶到龙岗山上,他觉得事情并不像他想象的得那样复杂。

夜,早已昏昏沉沉睡过去。火塘边是一张张被火光映得红红的脸,他们乘着酒兴,正在高声谈论这几天山下发生的稀奇事。阿尔哈铁闷着头,有滋有味地抽着兰花烟,好像大家谈论的话题跟他没有多大关系。

"阿啵,帕乌,你稀客!啊,来来来,请坐!"

阿尔拉则的到来,打断了一屋子的好兴致。

阿尔拉则把游击队要上山,跟大头人合作的事说了个大概。阿尔哈铁接过信看了一下,顺手就递给了他的当家娃子阿力次吉。阿尔拉则心里一怔,他觉得大头人递过去的不是一封重要的信,而是一根可有可无的鸡毛。

"喊,就凭那几个毛头兵,还想跟我们合作?"阿尔哈铁惬意地伸了个懒腰,长舒了一口气,说,"娃子聪明背柴少,主子聪明粑粑薄。要谈好办,让他们先把枪统统交出来再说!"

阿尔哈铁把烟锅递给阿力次吉，喝了一口酒，说："尔比尔吉里说，荞粑可以放在家里，钢刀只能握在手中，和他们见不见面，主动权都得捏在我们这一边。随便派个人到龙岗山来，龇着牙齿就要和我们交朋友，凭什么我们要乖乖听这些人摆布？……"

那些红汉人真要到彝区来！不管你高不高兴，这是摆在眼前的事实。阿尔拉则传递的这个消息，让火塘边的人又有了新的话题：

"嘿嘿，咱们寨子再添这百十条枪，以后就更没人敢惹我们了！"头人的叔叔阿尔赤火嘿嘿地笑起来。

"这些人上来好啊！到时候，我们也弄支好枪来用！"阿尔牛牛嗞地吸了一口兰花烟，说，"猴子倚仗山林大，水獭仗恃河水深。你们不要看人家勒伍尔甲，狗家伙玩儿的尽是洋盘的东西，经常是一长一短，嘀嘀，那才叫神气哩！"

"嚯哟，你以为，就你几个想要那些枪，山上山下不晓得有多少眼睛盯着哩！那些红汉人既然要跟我们谈，咱们还得想办法认真对付！"对于头人的敷衍，阿尔拉则多少有些不放心，哼着鼻子说。

"阿普，锄头能干的，用不着斧头；镰刀能做的，用不着砍刀。那点人还不够我们塞牙缝，用得着别人在那里操空心？"阿力次吉喝着酒，乐哈哈地说道，"这事到底该怎么办，刚才色坡阿普已经把办法都给大家说了！"

"别糊弄我们，什么时候说的？"几个人都把头伸过来，眼睛瞪得像牛卵子一样。

"让他们先把枪统统交出来再说！刚才色坡阿普不是这样说的吗？"阿力次吉一板一眼，慢条斯理地说，"这一着太高妙了！那些远道而来的红汉人交了枪，这就对了嘛！在咱百里彝区，他们手无寸铁，要想在这里生存下去，敢不乖乖地听色坡阿普的？要是不交枪，这就更对了嘛！哼，公牛力气大，公鸡道理长，他们就是浑身长满嘴，到时候道理都在我们这边的……"

噫，这个该死的家伙！都说当家娃子是头人肚子里的蛔虫，随时把头人的心思拿捏得死死的。

阿力次吉又把那根镶了两道银边的烟锅拿过来，在里面装上了烟末，夹着火塘里的火炭给大头人燃上了。阿尔哈铁"嗞——"地吸了一口，轻轻一笑："次吉，你说这些，只说对了一半！"

"啊，那剩下的一半呢？"

"哼，这些还用得着我教你吗？你自己慢慢想吧！"

阿尔哈铁丢下的这句话，阿力次吉这天晚上躺在床上翻来覆去想了半天，还是没有想出个道道来。这天晚上，同样睡不着的，是阿尔哈铁。

满天的星斗，像一粒粒散落在天幕的珍珠，和静谧的夜色交融在一起。墙边那些憋了一天的虫子，放开嗓子嘶鸣出满世界的清寂。

给鼻子就上脸，阿力次吉这小子越来越张狂了。刚才在火塘边喝酒，阿尔哈铁没有多说话，但是内心那几分不快，想来那猴精一样的小子能够感受到。

这都是小聪明！

别看他说得周围那些木疙瘩脑壳只有点头的份儿，可他小子确实只说对了一半，另一半才是最为重要的。

这些年彝区本来就不太平。

这些生活在大山上的彝人，生活条件比汉区艰苦，为了生存有时会到汉区干一些抢掠的事情，甚至把汉人掳掠去山上当娃子。一说起山上的彝人，他们都会惊骇不已。而汉区一些奸商，也会找彝人作担保，到山上做些小生意。他们花言巧语，一包洋火要换一只羊，一根针要换一只羊，手指大的一坨麻花糖或盐巴要换一只羊。受了欺骗的彝人，说起那些汉人就会咬牙切齿。从成都、雅安、邛都到会川，那些高高在上的汉官老爷，都把山上的彝胞视为土匪，十年一大剿，三五年一小剿，每隔一段时间总会对彝区发难，巴不得把彝家山寨的老老小小赶尽杀绝。

而这些远道而来的红汉人，让蒋委员长的国军撵得鸡飞狗跳，正在到处找落脚的地方。他们一进彝区，势必引狼入室，给官府进山清剿提供了一个冠冕堂皇的理由。要是这样一来，本来就没有过过几天安生日子的彝区，何时才会安宁呢？再说，这些人进了山，他们要吃饭，要穿衣，那些东西都得从彝胞的嘴里抠出来，到时候说不定还得刀兵相见，穷困的彝寨就会雪上加霜。那些只会盯着那几支枪的黑彝，他们哪里会想得这么远，又怎么会关心这些事呢？

第二天起来以后，阿尔哈铁叫过阿力次吉，说："次吉，摸准病根好下药，磨好荞面好做饭，你赶紧派人摸清几方面情况：红军往北走的大部队撤完没有，有没有要回来的迹象？他们走的时候，在哪些地方留了人下来？这批进入彝区的游击队，还和哪些人接触过，摸清后迅速回来报告……"

"色坡阿普,你不是说不跟他们谈吗?"

"你说呢?"阿尔哈铁似笑非笑,说,"尔比尔吉里说,往前蹲要会想后面,往后站要会想前面。咱们得考虑另外一手,如果我们不跟这群人谈,方圆上百里彝区,他们就不会和别的家支谈吗?一旦站住脚,以后咱们的麻烦就来了!"

第三章　如意的算盘

鸡不欠鹰的账，一样被鹰叼；
羊不差狼的钱，一样被狼咬。

到底是什么人干的

乌嘎惹内心的苦和痛，陈达五隐隐约约觉得不是那么简单。

俄狄伙子死了以后，他的老婆阿佳嫫带着几个儿女，伴着泪水把日子一天天拉长。

没有了丈夫，就剩下几块零零星星的土地，阿佳嫫就像一只被掏空了五脏六腑的虫子，憔悴的躯壳里面，是一团乱麻般恍惚而虚弱的灵魂。寨子里上点年纪的女人大都抽烟，阿佳嫫也一样。寂寞的时候，她拿出那根长长的烟杆，装上烟丝，一口一口地品咂，让自己内心的忧郁随着缭绕的轻烟慢慢升腾。这些日子，她抽得更厉害，有时候一坐就是半夜，烟锅里明明灭灭的火光也一直陪着她。世事无常，命运的脚步，谁也说不清明天究竟会走到哪里。在漫漫岁月里，作为一个年轻母亲的欢乐与梦想，都被无奈的时光一点一点碾碎，终结在生命的星空里。

阿佳嫫苦苦撑持两年后，终于在这个初冬来临的时节一病不起。

天空黑沉沉的乌云压得很低，风轻轻地从寨子里掠过去，山上的森林发出隆隆的低吼。下了一天的小雨，淅淅沥沥的雨滴从屋檐上滴下来，滴出了满世界的清冷与哀愁。阿佳嫫把两个儿子叫到身边，让他们把乌嘎惹找过来，说：

"乌嘎惹，我怕是熬不过这个冬天了。这几个娃娃造孽得很，你拿只眼角角看着点儿，万一哪天到你门口讨饭，你不要撵他们哦！"

"阿啵，色嫫（女主人），你不是在骂我嘛！"乌嘎惹没想到女主人会说出这样的话，说，"色嫫放心，我会把他们当我最好的兄弟姐妹待，有我一口吃的，就不会让他们饿着！"

"我家俄狄伙子以前脾气不好，他经常瞪起眼睛，拿起鞭子没轻没重就抽过去。但我知道，他是麻布外表，绸缎心肠，雷声大雨点小，真正打在你们身上的时候并不多。他心肠也不坏，就是脾气暴躁些，你们不要把这些放在心上。"阿佳嫫无比的虚弱，她每说一句话，都会停下来喘上几口气。

阿佳嫫说得不错。俄狄伙子就是这样，别看他平时黑着脸，瞪着眼睛，提着鞭子，动辄就会吼出几声滚雷般的声音，做出一副要吃人的样子，其实内心还是非常柔软的。杀了猪宰了羊，他会把寨子里的亲戚请过来喝酒吃肉，用孩子们开心的笑声翻晒他的慷慨。别家有啥困难，他也会站出来尽可能帮衬一下，在左邻右舍有很好的口碑。俄狄伙子不是黑彝，他只是一个普通的白彝平民，骨子里流的不是高等贵族的血，但作为一个地位低贱的平民，他能够有这片土地，能够养这些娃子，置下这么大一份家业，已经是功成名就，相当让人羡慕了。

表面上俄狄伙子在那些黑彝面前唯唯诺诺，规规矩矩，但从骨子里他根本就看不起那些游手好闲，喜欢聚在一起喝酒吹牛，喜欢带着人到深山老林里打麂子獐子的黑彝。俄狄伙子不一样，修房盖屋，上山下地，俄狄伙子样样都会跑在前头，比那些想偷懒耍奸的娃子还卖力。当然有的时候，俄狄伙子也会对娃子吹胡子瞪眼睛，会恶狠狠地举起手里的鞭子，呼啸出一个奴隶主的权威。有客人来，俄狄伙子在客人面前把规矩礼数尽到，和客人在火塘边尽情地喝酒吃肉，不可能让娃子进去扫了他们的兴。但客人走以后，剩下的猪肉羊肉仍然装进了娃子的肚子里。更为重要的是，这些年俄狄伙子每次出远门，都喜欢带着乌嘎惹，逛了很多地方，也长了不少见识。那几分散漫在时光里的温情，还时时让乌嘎惹回味无穷。如今主子家落到了这一步，他能袖手旁观吗？

乌嘎惹叹了一口气，说："色嬷，你们对我好不好，我心头有数。你放心，弟弟也好，妹妹也好，只要我乌嘎惹还有一口气在，我都会尽力能撑起的！"

乌嘎惹是这样说，也一直是这样做的。

乌嘎惹就像一只不知疲倦的陀螺，更像一头本分勤劳的牛，把自己拴在那几块土地上。酸涩的岁月一页一页翻过，有苦痛、悲伤、哀愁，也有淡淡的欢乐。日子过得拼拼凑凑，在乌嘎惹的努力下，主子的大女儿已经出嫁，两个儿子都娶上了老婆，有了自己的娃娃。最小的妹妹诗薇和孜孜火普的白彝格捏家从小定了娃娃亲,如今到了婚娶的年龄,格捏家已经择好日子,就等着把她接过门去了。

这些日子,让乌嘎惹揪心的就是诗薇的婚事。

按理说,长兄如父。诗薇有两个哥哥一个姐姐,她的婚姻大事轮不到一个娃子来操心,可事实恰恰不是这样。

主子大儿子俄狄伍各,他的老婆阿芝长得高大结实,嘴巴却零碎得像一只正在孵蛋的母鸡,动辄把伍各骂得抬不起头来。日子长了,伍各经常喝得大醉,任凭那只讨厌的母鸡咯咯咯地乱叫。小儿子俄狄吉吉的老婆叫约扎嫫,她有一张迷人的脸,一笑一个酒窝。可是,约扎嫫从小体弱多病,从进了俄狄吉吉家的门,一年有大半年的时间躲在屋里,下不了地,做不了饭。俄狄吉吉忙了家里忙地里,尽管成天忙得脚不沾地,日子却越过越艰难。

恰巧在这个时候,他们家发生了一件事。伍各九岁的儿子赶着羊到山上放,被七八个大汉把羊赶走了。

儿子哭着鼻子回来,伍各的酒醒了一半,用恶辣辣的咒骂咆哮出一个当家男人的权威。阿芝却径直到了吉吉家,当着病恹恹的约扎嫫就骂起来。就在前两天,约扎嫫的娘家来了几个人,这些人前脚一走,他们家的羊就丢了,有这么巧的事?约扎嫫就算再羸弱也受不了这样的气,没回上两句嘴两妯娌就打起来。两个男人各拉各自的女人,让她们喷了一脸的唾沫后,总算把这场纷争平息下来。

各自成家以后,小日子各过各的,天天低头不见抬头见,心里难免有些磕磕绊绊。这场意外的纠纷，犹如一道无形的墙，把两家隔离开来，互不说话，形同路人。

这就苦了诗薇。早晚都是泼出去的水，这个时候两个哥哥更不会主动来过问这个事。操办诗薇的婚事，就落到了乌嘎惹的身上。

乌嘎惹就像一个德高望重的德古，他不仅穿梭于伍各和吉吉家，把自己的想法和他们两弟兄商量；他还要穿梭于瓦房寨和孜孜火普，在诗薇未来的丈夫格捏家和媒人家，就彩礼、嫁妆乃至接亲的仪式，两家需要邀请的亲戚朋友进行协调。

乌嘎惹磨破嘴皮，喝了不少的冤枉酒，说了几大箩筐好话，也拍了无数的胸脯，把诗薇的彩礼落实好，再把接亲这天邀请的客人和帮忙的弟兄找好，把请客人吃饭喝酒所要开支的食材备办停当，已经离接亲的日子很近了。

人的一生中，还有什么事儿比婚嫁更重要的呢？乌嘎惹提前把猪准备好了，羊准备好了，酒准备好了，荞面和洋芋也准备好了。他请好了杀猪宰羊的帮忙弟兄，还特意邀请了见证这场婚礼的德高望重的老人，以及寨子里能说会道的德古。单单就是煮肉做饭的柴火，乌嘎惹就花了半个月的时间，把山上的枯树砍下来，一块一块劈开，整整齐齐地堆码在门口。

不仅如此，乌嘎惹还发动寨子里的年轻女子，设计了隆重的迎亲仪式。她们在嘻嘻哈哈的笑声中，准备好抹花脸的材料：从锅肚子下面刮下了厚厚的黑锅灰，里面拌了猪油和辣椒。还要准备好盛水的大桶、木盆以及泼水的盆子和水瓢。当然，最重要的是要安排好泼水和抹锅烟的人，大姑娘小伙子分兵把口，严阵以待。

对于迎亲的过程，乌嘎惹早就在脑海里演绎过泼水狂欢的热闹场面。几缕阳光从屋檐上铺洒下来，弥散在光柱里的炊烟缥缈而神秘。一队接亲的人进入院子，这边的男女站在石坎上，准备好水桶水瓢，奋力泼过去，前后接应，里应外合，把他们泼得越湿越好，越透越好。总之，在欢笑声惊叫声呐喊声中，不把他们泼成一只只水獭，绝不能轻易放他们进来。当然，还得找两位壮实的大嫂把住木桶，不能给他们以反击的机会。最为精彩的是他们进屋后，要有人立即抓起拌了猪油和辣椒的黑锅灰，朝他们脸上抹过去，把他们变成一张黑乎乎的大花脸。在这种时候，千万不能瞻前顾后，要下得了手，要敢于亮剑。这一天，不把接亲的人闹个够，不让大家喜乐个够，是不可能轻轻松松让他们把新娘子接出门去的……

可是，这几天工作队在寨子里出出进进，很多彝胞都不敢回来。寨子就屁股大块地盘，不管黑彝白彝，都是抬头不见低头见的亲戚。既然是这么好的事，到时候三亲六故都会来庆贺，不可能因为来了几个远方的汉呷，就让这件好事打折扣。

乌嘎惹鼓起勇气找到了陈达五，犹犹豫豫，欲言又止。陈达五好像看出了乌嘎惹的心事，说："乌嘎惹，你找我是不是有事？说吧，你我还用得着客气吗？"

乌嘎惹头上憋出了一层细汗，说："陈队长，你们能不能不在这儿？"

"为啥？"

"唉，我家妹妹诗薇要结婚，孜孜火普的格捏家要过来接亲,三亲六故要来庆贺。你们天天蹲在这儿,哪个亲戚敢来喝喜酒呀!"

陈达五答应了乌嘎惹的要求。他接到了县上的通知,要他到县城参加民改工作推进会。这批队员从开进乌地吉木起,几乎天天都在往山上走,从来就没有休息过一天,他也想让队员放松一下。

进入彝区已经大半年了,他们天天往彝区跑,连飞天蚂蟥的影子都没有见着,陈达五心里暗暗着急。会议结束以后,金太中县长专门找到陈达五,向他了解龙岗山一带民改工作推进的具体情况。陈达五头上憋出了一层细细的汗,说:"县长,我们虽然天天往里面跑,但感觉成效不大……"

"怎么没有成效?你找到了黑彝奴隶主阿尔拉则,离那条盘踞在龙岗山上的飞天蚂蟥就只有一步之遥了!"金县长笑了笑,说,"达五同志,心急吃不了热豆腐。我告诉你,山上的情况比我们想象中要复杂得多。据我们掌握的情报,国民党潜伏下来的特务已经上山了,新的形势给我们提出了新的要求,我们只能在主观上想办法,不能泄气哟……"

金县长松开紧紧握着他的手,用力拍了拍陈达五的肩膀。以至陈达五回到了瓦房寨,他依然觉得肩上沉甸甸的。

可是,才短短的几天时间,当陈达五再次见到乌嘎惹的时候,他完全变了一个人。

乌嘎惹头上缠着绷带,颧骨高耸,眼睛血红,胡子拉碴的脸上刻满了仇恨。

天空灰蒙蒙的，铅灰色的云层紧贴在寨子上空，让人感到无比的压抑。傍晚的风已经把张牙舞爪的喧嚣收敛起来，用枯寂的清冷笼罩着大地。躲藏在林中的鸟，偶尔用颤抖的声音发出一两声哀啼。

乌嘎惹紧了紧身上的披毡，低沉的语调携带着浓浓的鼻音，向陈达五讲起了这几天发生的这起惨案。

那天晚上，夜空清朗，满天星斗。一群穿着节日盛装的女孩，来到诗薇的屋里。诗薇换上了她心爱的百褶裙，显得楚楚动人，笑靥如花，水汪汪的大眼睛里满是幸福。姑娘们围着诗薇，用欢笑，用歌声，以及离别前的淡淡忧伤，陪着诗薇度过这一个难忘的夜晚。

围墙外面，早燃起了一堆熊熊的大火。一管竹笛，用清亮激越的音调吹出了彝家山寨的快乐。男男女女围着这堆大火，吼着、笑着，随着动人的音乐跳起了欢快的锅庄。拧腰、甩臀、送胯、摆臂、拍手，啊啊的吼声，啪啪的击掌声，噔噔的跺脚声，一浪接一浪的笑声，犹如密密实实的鼓点，把清朗的夜空撞击得兴奋无比。

寨子外面几声清脆的枪声，如锐利的刀子划破了夜的宁静。一队抹了花脸的人，骑着快马疯一般冲进了寨子。他们一边开枪，一边挥舞着寒光闪闪的马刀，旋风般向着欢乐的人群扑了过来。

沉睡的寨子一下醒过来，老人的咒骂，孩子的惊叫，女人的哭喊，男人的慌乱，渲染出一幅大难临头的人间惨景。

天亮以后，寨子里到处洒满了鲜血，有几个跑得慢的人死在了这些人的刀下。而自告奋勇留下来帮忙的格捏曲者，被匪徒连头带臂膀一起削了下来。

伍各家里的东西被洗劫一空，房子被烧毁了，家里的锅碗瓢盆被砸坏了。阿芝哭喊着要回去救火，被伍各死死地摁住了。就在这个时候，一颗罪恶的子弹击中了伍各的胸脯，他挣脱了阿芝的手，重重地跌倒在地上。吉吉家的房子保住了，可是约扎嫫走慢了一步，让匪徒在头上砸了一枪托，脑浆迸裂，当场气绝身亡。乌嘎惹在闹哄哄的人群中，耳边一声枪响，他的头帕一下弹起来，他只觉得让人推了一把跌倒在地上。子弹划掉了他一大块头皮，让他意外地逃过了一劫。

夜里几滴稀疏的雨，把紧一阵慢一阵的北风变得异常凛冽。遭遇了这场变故，在震天的哭声中，寨子里乱成了一锅粥。惊惊惶惶去救人，忙忙慌慌去救火，心急火燎去抢粮食。等把这口气缓过来，在亲戚的帮助下，再抹着眼泪把那几个惨死在劫匪刀枪之下的人送上山。毕摩低沉悲壮的诵经声如泣如诉，那些冤死的灵魂在熊熊烈火中，随着袅袅青烟回归自然。

而诗薇那场本应该热热闹闹的婚事，被惊魂未定的人们搁置在了一边。

孜孜火普的格捏家一直没有过来。世间不太平，没有什么比自己的身家性命更为重要。他们一定得到了消息，不敢再往虎口里钻。看着寨子里悲惨的情景，诗薇哭红了眼睛，她把寨子里遭受的这场灾难加到自己的头上，她觉得这一切都是因为她而造成的。诗薇找来一根绳子，把自己吊在了树上……

看着残垣断壁，满目疮痍的寨子，陈达五心里直滴血。到底是什么人干的,他们为什么对这些善良的人下毒手?

阿俄什合夫妇、赫里体、格捏曲者、乌嘎惹,以及乌嘎惹苦心操持的阿佳嫫一家,一个个生动的形象叠现在陈达五的眼前,让他惊出了一身冷汗。

事实很明显,凡是跟工作队走得近的人家,都遭了殃。这些凶残的敌人,他们不仅仅是抢劫财物,他们的意图非常明显:尽可能制造恐怖和混乱,让当地彝家同胞不敢靠近工作队!

这桩血案,再一次让乌嘎惹陷入了深深的恐惧之中。诗薇姣好的容颜,阿芝无声的眼泪,以及写在乡亲们脸上的愤怒,都深深地震颤着乌嘎惹的心。

对于这件事,乌嘎惹非常自责。要是工作队在瓦房寨该多好,不管怎么说,他们有十多条枪,那帮匪徒不至于这样明目张胆。再说,通过这么多天的接触,他觉得在这种危难的时候,工作队绝不会袖手旁观。

而就是他,请求工作队暂时不要驻扎在这里……

那天晚上出事的时候,格捏曲者和几个人正在他屋子里商量送亲的事。他们面前摆了一大碗酒,在酒精的催化下,大家正七嘴八舌演绎着第二天送亲的欢快场面。

第一声枪响的时候,他们还以为是谁喝醉了酒在打火枪,这让被荞子酒醉得头重脚轻的他们多少有几分诧异。直到外面惊慌失措的叫声响雷一般涌进来,他们仍然没有想到会发生这样悲惨的变故。他们懵懵懂懂跑出来,匪徒已经冲进了寨子。这帮人是从哪里来的,他们是冲着谁来的,他们想干什么,他们到底有多少人,谁最先发现他们的?这一连串的问题,没有任何一个人知道。

乌嘎惹提着一杆梭镖，从野猫垭口方向一头钻进了密林。乌嘎惹瞪着血红的眼睛，就那些缠绕在他脑子里的问题走访了几个寨子的人。三天以后，乌嘎惹瘸着一条腿，拖着疲惫的身躯回到了瓦房寨。他把各种信息在脑子里过了一遍，得出了这样一个结论：

这伙匪徒二十人左右，用锅灰抹了脸，骑着快马，有十多条枪，其余用大刀和梭镖，他们从瓦房寨前面的野猫垭口进来，最后从野猫垭口方向撤回去。证据确凿，这伙匪徒就是从飞云铺后面的龙岗山下来的！

弄清了这样一个事实，乌嘎惹却高兴不起来。是的，这一切对他来说又有什么意义呢？乌嘎惹陷入了深深的矛盾之中，他觉得自己在几个鸡蛋上跳舞，任何一方都可以置他于死地……

不过，乌嘎惹给陈达五透露了一个重要信息：龙岗山黑彝大头人的当家娃子阿力次吉，带着人已经到了飞云铺！

事情没那么简单

对于飞天蚂蟥的当家娃子阿力次吉，陈达五下了一番功夫，他决定去会会这个人。

阿力次吉家是阿尔哈铁家管辖的白彝。在一次冤家械斗的过程中，阿力次吉的阿普舍命救下了他的主子，正是有了这份过命的交情，阿尔哈铁的阿普对他们家格外关照，平时以哥哥弟弟相称，经常让他们父子帮助处理一些事务，家境也逐渐殷实起来。阿力次吉很好地传承了他父辈的基因，不仅彪悍勇武，下手狠毒，头脑灵活，也更为聪明干练，深得阿尔哈铁的信任，成为阿尔家在龙岗寨呼风唤雨的当家娃子。有了阿力次吉，收租纳粮，矛盾纷争，赔偿调解，人员调配，家庭运转，都由他来安排，甚至有很多头人不便出头露面的事，也由他出面帮着摆平。

前天下过一场小雪，天上飘着烂披毡一样的云，几缕稀疏的阳光透过云层，落下一地斑驳的影子，显得有些神神秘秘。小北风吹一阵歇一阵，用呜呜的吼叫刮出一地的阴冷。

对于陈达五的到来，阿尔拉则并没有感到意外。

和往常一样，阿尔拉则来到大门口，亲亲热热把陈达五让进屋里。和他同样亢奋的是他那几条拴着铁链的狗，用它们汹涌而来的狂吠，把主人的客套和热情完全稀释了。

阿尔拉则满脸堆笑，忙不迭地把陈达五介绍给阿力次吉。阿力次吉一动不动，把身上披着的瓦拉正了正，鼻子哼了一声，算是打了招呼。陈达五仔细打量着眼前的彝家汉子，他身材高大，黑黑的脸上一只鹰钩鼻子勇武逼人，那双眼睛虽然没有正视他们，但从眼角的那一束余光中，可以感受到他电光般锐利的眼神。

"次吉，这就是工作队的陈队长！"

阿力次吉从火塘里拨了几个黑乎乎的洋芋出来，拍了两下灰，折了一截木棍刮掉烧煳部分，轻轻掰开，从泛起白气的洋芋中咬了一口，眼睛直直地盯着陈达五，漫不经心地说："山上的彝人常说，不知高矮莫爬坡，不知深浅莫过河。别人都在会川城里搂着小婆娘睡瞌睡,天天看洋戏听洋曲,吃香的喝辣的,你们在这又冷又饿的深山老林里找屎吃?"

陈达五愣了一下,说:"你不是一样嘛!不在龙岗寨围着主子转,大冬天的赶到这里,不就是贪图深山老林里的那些野屎吗?"

"你——!"阿力次吉指着陈达五,哈哈笑起来。

和寨子里那些普通的白彝相比,阿尔拉则的房子要宽大得多。进了大门,穿过一道院子,就是高大宽敞的瓦板房,上面开着几个圆形的天窗,不仅能通风,还能透几丝光进来。他家的火塘用厚实的石板镶砌而成,旁边镶嵌着三个刻有花纹图案的石头锅庄,上面安放着一口大铁锅。烟熏火燎早已分辨不出颜色的墙上,挂着几副沾满尘埃的弓和弩,还有几支闪着幽亮光芒的步枪,把这个彝人生活的中心,任何人不得从上面跨过的火塘锅庄,衬托得更为神圣而庄严。

斑驳的阳光从门里射进来,烟雾缭绕的屋子明亮了许多。阿尔拉则家的火塘一年四季烟火不断,屋子四周让烟熏得黑黑的,看上去显得古朴幽暗。屋顶垂下的那根铁链,在火苗和烟雾中时隐时现。往常,铁链下面钩着一口大吊锅,阿尔拉则用吊锅煮腊肉炖腊猪蹄。阿尔拉则喜欢就着那咕嘟咕嘟的香气,一口一口地喝酒。这个时候,铁链下面的吊锅变成了一把铁壶,壶里的水不断往外冒着热气。

阿力次吉吃着洋芋,说:"尔比尔吉里说,心再大,装不下一个月亮;口再大,吞不下一个太阳。听说以后要到彝区开展民主改革,你们想改就改,这些地方是你们的吗?"

陈达五哈哈一笑，说："共产党带领人民推翻了旧社会，建立了新中国。彝区也是新中国的一部分，你说它是谁的？至于说为什么要推行民主改革，你们可以到汉区看看，就知道为什么了！"

"再饿的舌头不能当饭吃，再冷的脚杆不能当柴烧。要说过日子，咱们彝区土地肥美，彝胞勤劳，民风淳朴，社会安宁，这日子过得好好的，还用得着你们来改吗？"

"前几天，有匪徒洗劫了瓦房寨，杀了寨子里的彝胞，逼死了即将出嫁的新娘，这就是你们过的好日子？"陈达五看着阿力次吉，一字一句地说。

"嗨呀，一床铺盖下面，总有个把跳蚤臭虫捣蛋。我就不相信，在你们共产党的天下，连只挠痒痒的虱子都没有？"

"你的意思是，山上的黑彝大头人对这种事睁只眼闭只眼，你们就容忍匪徒到彝家村寨随便杀人放火？这就是你所说的好日子吗？"

"我就是奉大头人旨意来办这个事的。那帮遭天杀的，要是让我逮住了，非把他们脑袋拧下来不可！"

不知听到了什么声响，院子里的狗一下狂叫起来，滚雷般从屋外倾泻而出，把整个世界都变成了狂吠的汪洋大海。屋子里盈满了震耳欲聋的烦躁，已经没有了继续交谈下去的空间，以致阿尔拉则不得不走出去，拿起那根象征着主人权威的棍子，在严厉的呵斥声中，让狗的狂躁变成了呜呜哀鸣。

阿力次吉抱着膀子，把身子往后仰了仰，说："尔比尔吉里说，乌云遮不住太阳，冰雪压不死野草。好好的日子你们不过，还要搞啥民主改革，这条路走得通吗？"

"别急，这些道理，你以后就慢慢明白了！"陈达五哈哈一笑，说，"我听说，你老兄也是曲诺出身。我们来评评理，同样是人生父母养的人，一出生就决定了高低贵贱，那你觉得这合理吗？山上好过的只是极少数人，他们生下来就是人上人，衣食无忧，过着寄生虫一样的生活。可是，绝大多数人都在当牛做马，苦死累活，吃不上一顿饱饭，穿不上一件像样的衣服，一辈子在苦水中煎熬，同样是人，你说这公平吗？同样是人，为什么有的人一生下来就该吃肉喝酒，有的人为什么只能喝西北风一辈子受穷，这是好日子吗？"

"嘿嘿，傻子肯听话，母猪肯上路。我看你说得比唱得还好听！那些土地山林牲畜是你的吗？你们说归公就归公，你们说要分掉就分掉，天底下哪有那么好的事？"阿力次吉冷笑着，把手里的树枝折成了两截。

"我们都得讲道理。好的东西，固然要一代代传承下去，老祖先留给我们的好传统不能丢；不好的东西，早晚都会被抛弃的。中国延续几千年的封建王朝制度如何，皇帝的宝座不也消失了吗？这一切，历史会做出选择，人民会做出选择，这仅仅是时间上的问题。"

"哼，野草再煮也不香，假话再多也不真。"阿力次吉找不到更多的话说，接过随从递过来的兰花烟，深深吸了一口，说，"不消给我们讲这么多大道理。共产党有的是飞机大炮，直接开上来把彝区轰平了就是，何须费这些口舌！"

"哈哈，你用不着担心。以后在彝区推进民主改革，前提是团结、民主，大家一起想办法和平解决嘛！"陈达五笑了笑，大度地说，"如果来硬的一手，我们就不会坐在这里了！当然，对那些死心塌地以人民为敌的人，肯定另当别论……"

屋里很安静。阿力次吉嗞嗞吸兰花烟的声音，旁边牛马咀嚼草料的声响，在屋子里无聊地逛来逛去。

阿力次吉清了清嗓子，吐了一口浓痰，说："山上的彝人说，猴子坐在岩石上逞强，水獭蹲在水底下称霸。听说汉区搞土改，把地主的田地、粮食、房产、牲口全部没收掉，就连地主的大老婆小老婆都要充公。把那些二流子佃户鼓动起来，给他们过去的田主戴高帽，吐口水，扔鸡蛋，泼大粪，然后统统被枪毙或活埋，共产党的土改，就是这样干的吗？"

"这些话你信吗？"陈达五盯着阿力次吉，说，"我就是从开展土改的汉区过来的。我负责任地说，这些都是造谣、污蔑！农会没收地主的土地，分给无地或少地的农民，对于地主，同样分给他们一定数量的土地，让他们自食其力。在开展土改的过程中，确实镇压了极少数民愤极大的恶霸、土匪以及搞破坏的国民党特务，跟你说的完全是两码事！"

"鹅说鹅颈长，鸭说鸭颈长。反正我也没有到汉区看过，这些事是真是假，只有你们自己最清楚……"

"咱初次见面，说得再多你也不一定相信。以后，我们肯定会组织大家到汉区去学习，是什么情况你们去看看就知道了。"陈达五摊开手，笑眯眯地说，"事久见人心，有些事可以用时间来验证！"

"牛的尾巴是甩不掉的，鹰的影子是丢不掉的。啥改不改的话,跟我说没有用。不过,我在这样想,那些天天端主子碗的娃子,要他们去斗他们的主子,他们有那个胆吗?!"

阿力次吉哈哈笑了起来,在阿尔拉则弥散着烟雾的屋子里显得诡异而尖刻。

天渐渐放晴,清朗的阳光下,天空中的云慢慢散开,挂在半山腰的雾也一团团升腾起来,它们婀娜悠闲的倩影,应和着森林里鸟雀清晰的叫声,把山上山下的大美彝寨变成了人间仙境。

"那些搞得好的地方,已经有了很好的经验,你说那些只是方式方法的问题,所有这一切都得交给时间来解决!"陈达五拿出一封信,对阿力次吉说,"麻烦转交给你们的头人阿尔哈铁,我们想找机会去拜访他!"

陈达五伸出手来,握住了阿力次吉的手。陈达五接触到那双大手的一瞬间,就觉得好像摸到了一块生铁,粗糙而有力。

龙岗山初冬的阳光特别迷人。天空一碧如洗,青幽幽地泛着蓝光。云不知踱到哪儿去了,风似乎已经绝迹,让幽深的森林静静地肃立着。这些密密麻麻的树,经过春和夏的润泽,再经过秋的洗礼,树冠变得更为深沉。或暗红,或金黄,或橘色,或深褐,或墨绿,大自然用浓墨重彩的画笔,铺展出一幅凝重厚实的壮阔画卷。

阿尔哈铁把信看了两遍,扶了扶头帕,双手提了提披毡,眼睛直直地盯着阿力次吉,说:"他们要上山拜访,他们真是这么说的?次吉,我总觉得,事情没有那么简单哪!"

阿力次吉垂着双手,哈着腰,低着头说:"色坡阿普,共产党的胃口大着呢！他们占了蒋介石这么大的地盘，国民党那些官老爷的财物，包括武器弹药、黄金白银、珠宝首饰，大小财主的土地牲畜、房产家具、粮食衣物，通通都被他们掳掠过去，现在又在开始打我们这块地盘的主意了！"

阿尔哈铁没有说话。透过碉楼上那扇窄窄的木叶窗，阿尔哈铁的目光从茫茫的群山慢慢移过来，落在围墙外面那片空地上。如酥的阳光下，几只麻雀不知道在争抢着什么，扑棱棱地追逐着，叽叽喳喳地争吵着，闹得不可开交。隆冬还没有到来，到了那个时候就难看到这样的景象了。阿尔哈铁脸上有了一丝笑容，自言自语地说："土改，民改？这些脑壳里长了脓包的汉呷，他们到底要改些什么？"

"嘀，鹰跟着鸡飞，狼跟着羊转。现在是穷杆子掌权，过去连草鞋都穿不起的二杆子，扛着破杆杆枪神气地逛过来逛过去。嘀嘀，不是光角牛也在撬栅栏，不是翘嘴猪也会拱庄稼，比色坡阿普你还要威风！过去那些八面威风的有钱人，见了他们个个都在打摆子！"

阿力次吉用他的语言和手势，把在飞云铺阿尔拉则家和陈达五交谈的细节，或舒缓、或激越、或平淡，细细地讲了出来。这样的场景，通过阿力次吉的演绎加工，就变得怪异无聊，甚至有几分滑稽可笑。

这间碉楼就是阿尔哈铁平时会客和临时休息的地方。屋子里有简易的椅子、躺椅、高凳、茶几，旁边还有一大一小两张床。阿尔哈铁拿出烟杆，卷了一支兰花烟嗞嗞吸了几口，说："为了抓鸡，老鹰在天空翱翔；为了叼羊，豺狼在山沟游荡。对这些人，咱们还不能失了礼数，给他们回封信说我生病了，请他们暂时不要上来！"

吃过晚饭，阿尔哈铁骑着马，带着阿力次吉和几个持枪娃子，到龙岗寨几个防守的隘口转了一圈。

群山苍茫，残阳如血。远方的夕阳，被一层若隐若现的雾霭包裹着，幻化成了一个红红的鸡蛋黄，静静地悬在远方的峰峦上。傍晚的风脾气有些大，它们蛰伏在山下足足憋了一天，有了这样的机会，就从山谷里一路呐喊着吼上来，拼命地摇晃着树梢，发出呜呜呜的怪响。

阿尔哈铁眯缝着眼睛，脸上满是慈祥，他伸着厚实有力的大手，拍拍护寨兵丁的肩膀，理理他们的瓦拉披毡，捏捏他们黑里透红的脸，摸摸他们戴了耳坠的耳垂，嘿嘿嘿地对阿力次吉笑道："你看你看，我们这些小伙子！阿啵啵，敢把老虎当马骑，敢把豺狼当狗牵，说的就是你们呀！"

在这些娃子的面前，阿力次吉的腰永远挺得笔直。他把负责看护关隘的几个把总叫过来，绷着脸说："你们的婆娘娃娃都在寨子里，他们吃不吃得下饭，睡不睡得着觉，安不安全就仰仗你们了！这些日子，汉区在闹土改，大家要把细点，飞只苍蝇进来，你们都要看看到底是公是母！桶无篾箍要散，人无规矩要乱，谁要是坏了这个规矩，我手上的鞭子不会答应，手里的枪更不会答应！"

在回去的路上，阿尔哈铁说："次吉，西南联络处冯正和说的那批货，要到了吧？"

"快了，色坡阿普！"阿力次吉勒住马，悄悄对阿尔哈铁说,"那可是正宗的美国货,比我们那批老式的毛瑟枪、汉阳造强多了!"

"尔比尔吉里说,香甜可口的饭菜,香三天三夜;称心如意的衣裳,穿三年三月。我们还要把眼光看长一点,不要老是过去那一套!"阿尔哈铁鼻子里哼了一声,说,"现在新式的火箭筒携带方便,威力也大。只要有这个东西,从气势上就要压倒对方三分!"

"是是是。他们要是有诚意,这次上来,咱们是不是就该考虑合作的事了?"

"你说呢?"

"人家说出钱就出钱,说给枪就给枪,还准备委任色坡阿普你当他们的司令。能做到这一点,已经相当不错了!"

"什么叫相当不错了?大雁知道冷热,蜜蜂能辨方向。你不看看,这些人已经让共产党撵得走投无路,到我的屋檐下歇凉,当然得拿出他们的诚意来。这些人尾巴一翘,我就晓得他们要干什么。哼,别看他们说得天花乱坠,有求必应,我看是另有所图!"

"这?……"阿力次吉只觉得身后有一股风,凉飕飕地从脖子里灌进来。

"次吉,老鹰不能当鸡养,黑熊不能当猪喂。咱们得长脑子,不能拿给那些狡猾的汉呷当枪使,更不能让人家卖了还帮着他们称银子。眼下,远远不是和他们说合作的时候。咱们在这偏僻的大山上到处是万丈悬崖,掉下去就会粉身碎骨。我们的每一步,都得踩稳哪!"

"色坡阿普说得是！不过……有人主动送枪送炮，对山上来说总归是好事！"

"好事？咱们彝人不是有句话吗，黄鼠狼说要睡大觉，鸡更得打起精神来。你不看看，共产党也在盯着咱们哩！他们这些日子在汉区闹得这么厉害，下一步就是我们这些地方了。眼下，他姓冯的有东西尽管拿来，我们饱嗝都不会打一个！其他的，拖一天算一天，反正急的不是我们！"

"是是是。"

阿尔哈铁长长地吁了一口气，苦笑着说："冰凌棒做不得拐杖，马桑树做不得屋梁。姓冯的那些东西，说不定也派不上多大的用场。你不看看，蒋委员长怎么样，他不是有几百万军队吗，他们手里的美式装备又怎么样？还是顶不住共产党鼓动起来的这帮穷棒子！……"

天渐渐暗下来，夜幕像黑色的披毡严严实实地笼罩着大地。几颗硕大的星星让夜风擦得亮亮的，好像大自然为夜幕打上的补丁。远处传来几声狗的叫声，应和着满地的虫鸣，把黑沉沉的夜拉得韵味悠长。

"次吉，咱们祖先留下一句话，弄清路程远近，才好准备干粮。这些日子，你要多到下面转转。世道不一样了，以前山下给我们传递消息的人，死的死，逃的逃，就是活着的也不愿意上山来。天天在这上面待着，我们就真正成了瞎子聋子！"

阿尔哈铁把马的缰绳递给了身后的持枪娃子，他和阿力次吉在嘚嘚的马蹄声中，并排着一步一步往回走："头冷离不得帕子，腰冷离不得带子。要用事实告诉山里的黑彝白彝，现在还没人敢动我的地盘,我阿尔哈铁还是这块土地上的主子!"

"对对对,确实应该这样!"

"鹰老不掉毛,虎老不倒威。对于那些不听话的娃子,那些等着分地分财物的佃客,我不说你也知道该怎么办。要让天下的人都知道,跟着那些汉呷瞎起哄,跟风看稀奇凑热闹,会付出什么样的代价。所有人都必须清楚,在这块地盘上,还是我这个诺伙头人说了算!"

夜里的风渐渐停歇下来,凉凉地抚摸着他们的头发。野地里静寂辽阔,满世界的虫鸣应和着他们怦怦的心跳。在两人踢踏踢踏的脚步中,明显可以感受到他们眼睛里乱窜的火苗。

"我听说他阿尔拉则,想把什么东西都赖在我头上,是这样吗?"阿尔哈铁立住了脚步。

"是的,色坡阿普!香甜的米酒越喝越醉人,狡猾的狐狸越走越阴险,别看他在你面前低三下四。但在外人面前,什么事情都往你身上推,那是个没长脊梁的尻包!"

"哼,他屁股上那几坨荞麦疙瘩屎没有擦干净,他想干什么?"

谁有这么好的心肠

入冬以后,风的威力渐渐减弱。那些长了阔叶的树,还没有等到这个时候,树叶就被秋天狂躁的风扯得一干二净,只剩下光秃秃的树干,无可奈何地指着苍穹。没有落叶的树,树冠也在冬天风霜的浸染下变了颜色,红的黄的紫的,看上去更加富丽堂皇。天空一天天变得清朗、辽阔,清寂、幽蓝的天幕下,太阳成了每天的主角。慷慨的阳光,纷纷扬扬地洒落下来,翻晒着家家户户的好心情。

要过库史新年啦!

寨子里的女人都忙前忙后,腌酸菜,烤荞子酒,把装肉装酒的器皿清洗干净,把家里的苦荞和玉米磨成面,把大人孩子的衣服缝缝补补,把杀过年猪要用的蕨蕨秆和煮肉烤火的柴准备好。还得说服家里的臭男人,到乌地吉木集镇上去,买点针头线脑啥的回来,最不济也要给女儿买一块围巾,给自己挑一块漂亮的头帕。要过年了,上上下下都得收拾一下,不要让人看笑话。

这些日子,最有耐性的是那些坐在阳光下纺毛线的老阿玛。她们眯着眼睛,把岁月的沧桑都嵌在深深的皱纹里,用手中的纺锤把苦涩的日子摇得动感十足。最为紧张的要数那些即将出嫁的女孩儿,她们把织好的布着色、裁剪、搭配、压实、勾边、刺绣,一针一线精心缝制着她们的百褶裙。她们出嫁时穿在身上的百褶裙,除了比谁的漂亮外,更在比谁的心更美,比谁的手更巧。她们在酥麻麻的阳光下,用手里的针线,把满腹的心事拉扯得韵味悠长。

过年那天早晨,飞云铺的白彝伍嘎嘎就会提着宰刀,从寨子东边的第一家杀起,一点儿也不着急。几个人把猪拖到宰凳上面,伍嘎嘎喝着主人给他倒的酒,杀了猪再往下一家赶。至于烧猪、煺毛、开膛、切割、分肉、冲洗猪下水那些零碎活儿,就是主人家的事儿了。

今年不一样。年前，工作队对瓦房寨和飞云铺的情况摸了底，两个寨子能杀猪的不到五分之一。也就是说，还有大部分人在过年的时候，别说吃肉，连油星星都见不到。

几家欢乐几家愁。这样的情景，是工作队不愿意看到的。

陈达五向县上申请了一点经费，准备买几头大肥猪，宰杀后分给瓦房寨和飞云铺杀不起猪的黑彝和白彝。消息一传开，整个寨子都躁动起来。

天刚亮，就有人把工作队住的房子围满了。不知谁端了一碗酒来，大伙儿冲着伍嘎嘎直嚷嚷：

"伍嘎嘎，杀得翻不？要是杀偏了，补第二刀就臊皮了！"

还没有把刀喂进猪脖子，伍嘎嘎的脸就让大家鼓噪成了猴子屁股。

嫩黄的阳光越过树梢，静静地倾泻在寨子里。住在屋檐下面的几只麻雀不忍离去，它们远远地蹲在屋顶上，用几声细碎的叽叽喳喳，呢哝出它们内心的好奇。寨子里的狗也赶过来凑热闹，它们相互嬉闹着，用呜呜汪汪的嗔怒铺洒出一地的欢愉。

放干了血的猪一拖过来，就有人七手八脚把蕨蕨秆盖在猪身上，点起大火用木棍撩拨着，用刨子翻刨着。弥散着猪肉香味的烟火散尽，藏在这堆蕨蕨秆下面的黑猪，就变成了胖乎乎的黄金猪。

几个精壮的汉子把猪拖刨出来，放在干净的石板上。有人端来水，哗哗地淋在烧得金黄的猪上，用嘻嘻哈哈的笑声传递着内心的欢喜。

阿尔拉则过来了。他把脑袋缩在白色的披毡里，那双小眼睛在黑色的帕子下面眯成了一条缝，一脸的皱纹都被他的笑挤成了包子。他伸出手，摸了摸烧得金黄的猪脑壳，发出了一连串的感慨，说："阿啵，陈队长，你们就是天生的活菩萨啰！从古到今，我还没见过哪个有这么好的心肠，过年的时候专门杀猪，请寨子里老老小小吃肉……"

所有的人都没有说话，他们都在看着那几头肥猪。

阿尔拉则耸了耸披毡，把手藏了进去，说："你们一来，有些懒汉就有依靠了。说句实实在在的话，就凭你们这几块肉，是把他们喂不饱的！"

有人拖过几个大簸箕，嚷嚷着把肉装在这里，还有人吵着怎么分肉，谁也不耐烦听他说这些。不过，阿尔拉则显得极有耐性，说："陈队长，咱们彝家有两个隆重的节日，库史新年是丰收的节日，更是嘴巴的节日，吃肉喝酒；火把节是欢乐的节日，也是眼睛的节日，观风赏景，唱歌跳舞。过火把节工作队恐怕也要杀羊，让大家把节过好啊！"

阿尔拉则说得没错，火把节是眼睛的节日，更是彝人的竞技场。

火把节的头一天晚上，村村寨寨点火把，山上山下全是火把。寨子周围成百上千支火把聚在一起，一会儿呼啦啦舞成了长长的火龙，一会儿呼啦啦汇成了熊熊燃烧的火柱，一会儿呼啦啦变成了亮晶晶的大火球，"哦吙哦吙"的吼叫声和欢笑声，把这方世界变成了欢乐的海洋。到了火把节那一天，寨子里的姑娘就会穿上漂亮的百褶裙，戴上最漂亮的银首饰，小伙子会穿上最好的衣服，带上精心准备的坨坨肉、荞麦粑粑，带上喷香的燕麦炒面和蜂糖，带上醇香醉人的荞子酒，扶老携幼，从四面八方拥向龙岗山上的野牛坝。太阳高悬，清风扑面，明媚的阳光把满目葱茏的野牛坝变得亮丽无比。穿着节日盛装的彝人，犹如一只只漂亮的彩蝶从四面八方汇聚过来，他们在那里赛马、斗牛、斗羊、斗鸡，在那里摔跤，在那里选美，用纵情的欢笑掀起一波又一波欢乐的巨浪，在呐喊声、喝彩声、惊叫声、欢呼声中进行力量和智慧的博弈，比谁家的小伙最勇敢，比谁家的姑娘更漂亮，享受一年里最为快乐的时光……

"哎，让开！"

哗的一声，一盆水从旁边冲了过来，溅了阿尔拉则一身。

"该死的，眼睛瞎啦？"阿尔拉则怒骂一声，用手扶着他的头帕，踮着脚尖走了。

每年这个时候，就是阿尔拉则最为高兴的日子。作为飞云铺最大的黑彝奴隶主，虽然他的家境已经大不如从前，但还是有人来给他拜年。

阿尔拉则家里人声鼎沸，笑声朗朗，用飘香的酒肉把年的氛围营造得更为浓烈。杀了猪的，会背着猪脑壳，提着美酒，到他们家给他拜年。没有杀猪的，也会倾其所有，把平时舍不得吃的东西送来给他拜年。今年不一样，工作队杀了猪，给大伙儿分了肉，去给他拜年就有了实质性的内容。虽然肉零碎了一点儿，但也是满满的心意。

伍嘎嘎帮着杀年猪，其实他们家也杀不起猪。他把分到的肉煮了一点儿，把几个娃娃的嘴巴安抚过去，其余的都让他背到阿尔拉则家来了。他才进门，就听见阿尔拉则醉醺醺的话，在火塘边跌跌撞撞地飞溅着:"祖先说得好,胡须上的饭填不饱肚,嘴皮上的油腻不着人。咹,几坨肉就把你们的嘴巴塞住了,他们想干什么,知道吗?"

没有人敢接腔,满屋子都是他凝重的呼吸。

"哼,哭笑两张脸,明暗两颗心。他们想把你们都拢过去!这些打发叫花子一样的肉,都是掺了耗儿药的!"阿尔拉则已经喝醉了,他的头帕歪戴着,咕咕咕的笑声和夜里的猫头鹰一样,"自古是这个理,娃子靠主子,藤子靠树子。别以为喝了他们几口肉汤,脑壳身子就飞起来了。真正有事儿靠谁?只有靠主子!"

陈达五托人从省城带了些治疗精神疾病的药回来,沙阿果吃下去以后病情大为好转。她不再像过去那样狂躁不安,成天满寨子里到处跑,但目光呆滞,见了人反倒变得怯生生的。令人欣喜的是,每天在小儿子的带领下,沙阿果可以下地去,力所能及地做一点儿简单的事情。

沙阿果家破旧的房子已经坍塌了一半,几根木料直棱棱地刺向天空,似乎在无声诉说着岁月无尽的悲伤。淅淅沥沥的雨水,在剩下的墙面上种上了褐黑色的斑点,古朴的房子看上去似乎随时都会倒下来。

山上下了两场雪,虽然没有堆积起来,但冬天已经迈着蹒跚的脚步,把寒冷的信息一天一天传递过来。寨子里类似的房子还有一些,山上的彝人安全过冬着实是个大问题。

陈达五和工作队一商量,大家决定把寨子里的青壮年发动起来，趁着冬闲时节，把寨子里破旧的房子进行修缮。这些事儿对于乌嘎惹来说，那是熟门熟路的手上活路。他除了埋着头种地外，和泥、舂墙、打夯、立柱、安梁、苫盖，每年经他手上的活难以计数，岁月早已经把他变成了一个熟练的手艺人。

"乌嘎惹，你这一身泥，一身汗，是个当男人的样子啦！"

乌嘎惹带人在沙阿果家忙碌着，埋头干得更为欢实。

这些日子，乌嘎惹每天跟着工作队，他既是上山的向导，又是和一些不懂汉语的彝家同胞交流的翻译。在瓦房寨，乌嘎惹孑然一身，无牵无挂。乌嘎惹的白彝主子去世后，他尽心尽力帮助女主人撑持这个摇摇欲坠的家，真心实意扶持俄狄家的几个孩子。作为一个卑贱的奴隶娃子，他觉得对得起自己的良心。正是因为这份责任和坚守，也收获了寨子里老老少少对他的赞许和信任。

沙阿果每天把自己收拾得整整齐齐，待在家里打理家务，刷刷锅，喂喂猪，管管那几只老是飞来跳去的鸡，偶尔才出门来逛一逛。沙阿果的眼睛让忧郁塞得满满的，她总是低垂着脑袋，轻易不和别人说一句话。沙阿果那副模样，就像冬日暖阳下，飘浮在空中被风推着的云朵，走走停停，犹犹豫豫，老是满腹心事的样子。

很多时候，沙阿果会默默地过来，递一个烧熟的洋芋，或者半边软糯的荞粑粑过来。乌嘎惹犹豫一下，随手接过来塞在嘴里，嘎吱嘎吱香香地咀嚼出一地脆响，一切都是理所当然的模样。沙阿果虽然不说话，眼睛却看着乌嘎惹，憔悴的眼睛里就有了几分欣喜。

每天吃过早饭,阿尔拉则都会过来转转,他那张从披毡里露出来的脸睡眼惺忪,老是揩不干净的清鼻涕挂在鼻尖上,看上去总让人觉得和他尊贵的身份有些不相称。山顶上积满了雪,早晨的寒霜让阿尔拉则瑟缩着身子,他不得不时时龇着嘴,诅咒着冬天的寒冷。看着这群忙碌的人,他嘴里更没有闲着:"阿啵啵,工作队真是活菩萨,又在做好事了!"

"阿普,你不要光说现成话,下来帮忙搭把手,身子就暖和了!"大家都忙着手里的活,没有谁愿意抬起头来搭理他。

阿尔拉则找不到更多的话说,噗地擤了一把鼻子,将一把鼻涕抹在树干上。自从工作队到了飞云铺,就打乱了阿尔拉则的生活方式。他不好组织人上山打猎,也不好邀约大家喝酒吹牛,更不能到汉区抢劫娃子,一天像看家狗一样待在家里,说不出的空虚和焦躁。

阿尔哈铁派人送信下来,说他得了重病,一时还无法会客,请工作队体谅。明眼人都知道,他这是有意在回避。陈达五又写了一封信让阿尔拉则找人带上去,但这封信如石沉大海,迟迟没有回音。

日起日落,日子一天天翻过。

工作队在瓦房寨和飞云铺一带快一年了。天天和彝人打交道,他们已经会用彝语和当地人进行简单交流。虽然相继成立了几个区公所,建立了武装自卫队,但要让奴隶主把枪交出来,把娃子解放出来,把土地牲畜分给娃子,还有一个过程。不管怎么说,要顺利推进这项工作,阿尔哈铁的态度至关重要,不可能老这样傻乎乎地等下去。

眼下最为现实的，是再派一个人把信亲自交在他手里。信的核心内容差不多，但陈达五总觉得，只有一次一次地感化，才能撼动这棵大树。

陈达五把这件事锁定在乌嘎惹身上。他不是工作队员，也不是普通的奴隶娃子，这些日子跟工作队做了不少事，飞天蚂蟥不会对他怎么样。

可是，当陈达五找到乌嘎惹，这个黝黑的彝家汉子一口就回绝了：

"我？不去！"乌嘎惹眼睛瞪得大大的，从他紧张的眼睛里，可以感受到他内心的惊恐。

"为什么？"

"这……也不为啥。"

"是咱们工作队工作做得不好吗？"

"不不不！"

"你怕龙岗山的大头人吗？"

"不怕。"

"乌嘎惹，咱们相处的时间也不是一天两天了，你为什么不愿意帮这个忙呢？"

"这……"乌嘎惹目光一点一点黯下去，眼睛里满是迷茫，他确实不知道该说什么好。

陈达五拉着乌嘎惹的手，跟他说了半天掏心掏肺的话。尽管乌嘎惹多少有几分忐忑，第二天他还是带上沙阿果准备的几个烧洋芋，骑上一匹青鬃马往大山深处飞驰而去。

道路两边高高矮矮的树，携带着凛冽的寒风，呼啦啦从乌嘎惹的两边往后退。即便是入冬以后,龙岗山上依然风景如画。刚刚下过一场小雪,那些高大的树冠上,挂着一些零零散散的雪花,斑斑点点,黑白分明,让人赏心悦目。而那些低矮的灌木丛,风雪在上面结了一层冰,看上去就像一朵朵洁白的花菜,挨挨挤挤地铺陈在那儿,看上去凝重而大气。

从瓦房寨往山里走,翻过飞云铺后面的大山,山脚下的一条小河流水淙淙。这里是一个斜斜的坝子,过去散住着三十多户白彝,耕作着一大片肥沃的土地,过着与世无争的生活。后来,官家的清剿,外族的掠夺,势单力薄的白彝纷纷搬走,就剩下一块块长满了杂草的土地,和几幢坍塌破败的房屋。看到这些景象,乌嘎惹多少有些感伤,这么好的地方偏偏养活不了这些人,要让他们拖家带口流落他乡,这到底是为什么?

翻越了几座连绵的山,就是密不通风的大森林。到了半山腰,就到了龙岗山的第一道隘口。陡峭的山崖下,依山凿出一间石房子,老虎般盘踞在那里。

"嗨,你到哪儿去?"两个护寨的兵丁气势汹汹拦住了他的去路。

"我去给山上的色坡阿日送信!"乌嘎惹勒住缰绳,青鬃马嘶鸣出一团白色的热气。

"不行!"

两个兵丁把他身上搜了一遍。乌嘎惹身上确实除了这封信以外,只有几个冷硬的洋芋。

"放在这儿,我们派人送进去。"

"羿依(兄弟),你我都端人家的饭碗,何必嘛!"乌嘎惹笑呵呵地说。

"不行，绝对不行！"

"羿依，这封信很重要。耽误了色坡阿日大事，你担当得起吗？"乌嘎惹依然笑呵呵地说。

"不行！"

"如果你们实在为难，我就回去了！"

乌嘎惹做出要下山的样子。突然，乌嘎惹勒转马头，在马屁股上拍了一把，马蹄一扬，在两个兵丁的惊呼中闯关而去。

到第二道关隘的时候，乌嘎惹直接拿出那封信，没有费多大口舌就放行了。

到了第三道关口，把守隘口的兵丁找来一块长长的黑布，连眼睛带耳朵把乌嘎惹严严实实地包了起来。不仅如此，他们还用绳子把他的手牢牢捆住固定在马鞍上。

"抓紧点儿，小心摔下来哦！"

乌嘎惹觉得前面有人牵了他的马。随着嘚嘚嘚的马蹄声，马一路小跑，让他的心慢慢紧了起来。突然，马飞快地跑起来，乌嘎惹死死抓住马鞍，他只觉得心一下就揪起来，怦怦跳动的心似乎要蹦出胸膛，身上的汗唰唰直往外冒，飘飘忽忽似乎掉进了无底的深渊。

头昏脑涨的乌嘎惹，感到脑袋要爆裂的时候，马慢慢停住了。有人打开包在他头上的帕子，他已经到了寨门口。

天黑尽了，夜幕黑披毡一样严严地罩着大地。乌嘎惹被带进一间房里，屋里显得有些昏暗，更暗的是当家娃子阿力次吉那张严酷的脸和直勾勾的眼睛。

"哪个派你来的?"阿力次吉咆哮的嗓门,震得屋顶瑟瑟发抖。

"工作队的陈达五队长。"

"来干什么?"

"给色坡阿日送信。"

"信呢,交给我!"

"不,我要亲自交给色坡阿日。"

"什么?"阿力次吉俯下身子看了看乌嘎惹,仰天大笑起来,"哈哈哈!哪里冒出来的野狗,你有资格见色坡阿日?"

门外闯进两个人,不由分说,把他的信抢走了。

死铁铁的夜幕下,满世界是虫子清寂的叫声。黑黝黝的树林静默无声,诡异的寒风吹一阵歇一阵,鼓噪出一地厚厚的悲怆。

火塘里的火烧得旺旺的。阿尔哈铁就着那柄长烟锅,正美滋滋地抽着兰花烟。

"色坡阿普!"阿力次吉弓着腰,双手并立,轻轻叫了一声。

阿尔哈铁把烟锅递过来,接过阿力次吉递过来的信看了半天,什么话也不说。

"色坡阿普,是不是找人把送信的娃子办了,山高林密,少个把人只有天知道……"阿力次吉把身子倾过去,对阿尔哈铁说。

"不行!"

"哦?"

"莫打邻居狗,打狗伤主人。别看他就是一个曲诺家的娃子,他身后有解放军撑腰,不要惹麻烦……"

他们到底想干什么

国民党西南联络处冯正和主任就是这样,不管在什么场合,都特别注重自己的仪表。即便是到了偏僻的龙岗寨,他依然中山装笔挺,皮鞋擦得锃亮,修剪得整整齐齐的小分头纹丝不乱。

阿尔哈铁很早就认识了在省党部任职的冯正和,每年都会给他捎点山里的特产。后来,官家几次清剿,阿尔哈铁都曾暗中派人找过冯正和,请他从中斡旋。尽管他们见面的次数不多,但总有惺惺相惜的感觉,这不能不说是一种缘分。如今,攀西最后一仗打完后,国民党大员纷纷逃到台湾,冯正和奉命留下来,历尽辛苦,到龙岗寨找到了黑彝大头人阿尔哈铁。

在这个危难时候,姓冯的想得起他,认他这个黑彝家支的头人,说明自己在他们心中依然占有一席之地。阿尔哈铁拿出了他最大的诚意,打牛杀羊,热情款待。

上一次太匆忙,冯主任没带更多的见面礼,但酒酣耳热之际,对飞天蚂蟥许了很多愿。经过几个月的酝酿,那些承诺一步一步变为了现实。

天空中飘着一团团彩色的云朵,几缕阳光透过云层铺洒下来,把覆盖着薄薄冰雪的龙岗山,涂上了淡淡的一层金。逶迤的群山辽阔苍茫,淡淡的阳光下,远远近近的山峦上,那些斑驳的残雪看上去神秘而美丽。

三百支崭新的美式冲锋枪，十挺轻机枪以及装满子弹的弹药箱，在阳光的照耀下幽幽地泛着寒光。

阿力次吉拿起一支枪，哗啦拉开枪栓，连声赞叹："色坡阿普，好家伙！"

阿力次吉没有忘记主子给他说过的话，把枪收回来，说："主任，你老人家再帮着想想办法，给我们配点迫击炮，再搞几管火箭筒。有了那些宝贝，天王老子我们都不怕了！"

"这些都是小意思！"

冯主任用手抹了抹梳得亮光光的头发，说："以后在这里建起根据地，别说几门火箭炮，就是飞机大炮坦克，都会源源不断开进来！"

冯主任的眼睛分外有神，胖乎乎的脸看上去保养得很好，满是谦和的笑容。冯主任拿出只精致的盒子，双手递给阿尔哈铁："这玩意儿，不知道大头人喜不喜欢？"

里面是一把精致的手枪。阿尔哈铁拿在手上掂了掂，笑眯眯地说："嗯，不错！"

阿力次吉凑过来，睁大了眼睛："阿啵，色坡！这是德国最好的'撸子'，你带在身边有好处！"

阿尔哈铁把子弹推上膛，举起了枪。此时，四周一片寂静，那些平时在树梢上屋檐上叽叽喳喳的鸟雀，似乎早已经得到了消息，逃得干干净净。阿尔哈铁有些失望，对着门外的那棵大树放了一枪，两片树叶悠悠扬扬从树上栽了下来。

阿尔哈铁吹了吹枪口，笑了。

冯主任脸上的笑容更为灿烂，他把身子倾过去，对阿尔哈铁说:"我的大头人,下一次我再给你带件宝贝上来,蒋委员长亲手赠送的中正剑。你平时带在身上,不仅可以防身,还能起到镇宅辟邪的作用!"

家里的女仆把酒和肉都端在了烟雾缭绕的火塘边。在彝人的世界里,家里温暖的火塘最为神圣,它是彝人生活的中心。家里所有的大事,都是围着火塘进行,包括接待尊贵的客人。

"来来来,不要客气!"

阿尔哈铁端起酒碗和冯主任碰了一下,就把一块大大的带骨牛肉,放在了冯主任的碗里。冯主任才把这块肉拈起来,阿尔哈铁又夹了两大块羊肉过来,在他碗里高高地堆起了一座小山。

"我的大头人,我敬你一个!"冯主任一仰脖喝干了碗里的酒,说,"尊敬的大头人,我得祝贺你。下一步,我们就得称呼你为中将司令官啦!"

屋子里一时非常安静,所有的人都呆呆地看着冯主任。

"诸位,我给大家报告一个好消息。美国的杜鲁门总统命'联合国军'派重兵打到了朝鲜。天上黑压压的飞机,地上数不清的坦克大炮,加上几十个国家联合起来的精锐部队,已经拿下了朝鲜。如今,苏联、中国都被迫卷入了这场战争,第三次世界大战马上就要爆发!这对我们光复大陆,是千载难逢的好机会。蒋委员长已经和美国达成协议,美国带着联合国部队从朝鲜方向往南,像把尖刀从共产党背后杀进来;蒋委员长带着大军,从台海往北向大陆发起进攻;在大陆潜伏下来的大批国军,从内陆全面开花。南北夹击,中央突破,共产党领导的那一小撮土包子,他们招架得了吗?你们说,到时候这天下是谁的……"

冯主任端着酒碗站起来，伸出那只短粗的胳膊，时而巴掌，时而拳头，呼啸出了一阵热辣辣的风："我已经收到了台湾发过来的电报，蒋委员长命令我们成立川滇反共救国军，我已经将组建的方案上报国防部，就等着蒋委员长批示了。人才难得，蒋委员长就盼着有能够担当大任的人出马，掀起反共救国的热潮，迎接第三次世界大战的到来。我们认为，司令的最佳人选，就是咱们龙岗山上的大头人！来，我们再敬他一碗！"

大家都齐声叫好。阿尔哈铁抿了一口酒，笑着摇摇头，说："冯主任说笑话了，蚂蚱跳不过河，蜗牛爬不出家。我阿尔哈铁何德何能，哪里敢担当这样的重任？"

"嘿，你老兄就不要谦虚了，你早就站在了我们这一边。当年，共匪渡过金沙江北窜的时候，留下一支游击队准备到你们的地盘上打游击，建立后方根据地。大头人果断出手，马上发动彝胞把游击队团团围住，及时把他们歼灭，绝了后患。要不然，这一带恐怕早就让共匪闹得天翻地覆了！大家说，这是何等的英明呀，就凭这一点，大头人就是当将军的料！"

阿尔哈铁头上浸出了一层毛毛汗。他在拼命摁住身上隐秘的疮疤，可是这个姓冯的却把他的衣服掀起来，死命地往疮疤上戳。这个该死的家伙，也太不地道了！阿尔哈铁鼻子哼了一声，说："放狗捉耗子，牵羊拉犁头，我哪有那么大的本领，都是下面几个亲戚，和那伙人吵吵闹闹，最后把他们赶走了……"

"这些好事瞒得了谁！"冯主任开心地大笑着，摸出香烟递了一支给阿尔哈铁，说，"共产党的那支游击队，不是全部被你们缴械,游击队的头目不是让你们捉住押送县城了吗?所有的人被你们杀的杀,没死的都被层层转卖,当了你们的奴隶娃子!你为党国的剿共大业立了功,为当地百姓除了害,是党国了不得的大功臣啊!"

冯主任不等阿尔哈铁开口,就说:"合作的事儿宜早不宜迟。我认为,先将护寨的兵丁编成一个纵队,打出反共救国军的旗号,你看怎么样?"

阿尔哈铁深深吸了一口烟,摇摇头,说:"尔比尔吉里说,饭煮急了不会熟,汤烧急了水难开。这事儿,容我考虑考虑再说。"

"火烧眉毛的事儿,共产党哪里有时间让你考虑?汉区的土改已经结束,下一步,那把刀子就要改到你们头上啦!难道你不清楚,工作队到龙岗山下的飞云铺已经大半年了?"

"我知道。"

"工作队一进来,就有穷棒子跟着瞎起哄。对了,有些事我知道大头人不好出马,我已经找人替你清理了门户,让那些不知道天高地厚跟着瞎起哄的家伙受到了惩罚,你不会怪我们多管闲事吧?"

没想到阿尔哈铁一下翻了脸,把酒碗重重地一放,说:"公鸡分得清昼夜,花狗辨得出主客。那是我们家的私事,要杀要剐,还轮不着别人做主!"

气氛就有些尴尬了。跟着冯主任过来的人赶紧出来打圆场:"非常时期,大家要相互理解,和为贵,和为贵!"

阿尔哈铁叹了一口气,没有说话。冯主任笑了笑,说:"大头人不要生气。我们汉人有句话,天要下雨,娘要嫁人,随他去吧。那些鸡毛蒜皮的小事，你管不了那么多！"

外面刮起了风。冷飕飕的风，从河谷里慢慢闲逛上来，在屋檐上呜哇呜哇地吼叫着。黑沉沉的乌云慢慢地压过来，严严实实地罩住了寨子上面的天空，整个寨子出奇地冷。

"我不知道大头人还在犹豫什么！你们对共产党干过些什么事儿，难道自己心里没数？现在成了共产党的天下，他们会轻易饶过你吗？"冯主任哈哈哈地笑起来，眼睛直直地看着阿尔哈铁，"要说搞秋后算账，那些山沟沟里面出来的土包子，他们比谁都狠毒！要是落在他们手里。哼，那就不是简单的剥皮抽筋了……"

"不不不！饭吃急了容易烫嘴，路走急了容易跌跤。这事儿我们还得商量商量再说。很多事儿，不是你想象的那么简单！"

面对冯主任凌厉的攻势，阿尔哈铁只觉得自己没有半点儿招架之力。

阿尔拉则的阿达去世了。

一大早，阿尔拉则的几个侄子，就分头给他的亲戚报丧，传递他阿达去世的消息。阿尔拉则组织了几十杆老火枪，砰砰砰砰连着放了数千响，在空旷的山谷里发出惊天动地的轰鸣。

山里的彝人非常看重丧事，这是亡人的名声，是对亡人最大的尊重；这是后人的脸面，也是对后人最大的安慰。他们都把老人的丧事当成喜事办，有势力和名望的人家，甚至还会组织别开生面的摔跤、赛马、对歌、跳锅庄等活动，场面十分热闹。

来飞云铺奔丧的人络绎不绝。亲戚的亲戚，朋友的朋友，听说老人过世,放下手里的事情都赶来了。

毕摩择好吉日,要到第七天才有日子把他送上山去。

天晴得很好,幽蓝的天幕下,暖阳高照,惠风和畅,一切都是这么美好。正是因为有了充裕的时间,赶来奔丧的亲戚把飞云铺变成了欢乐的海洋。寨子旁边的空坝上,聚集了上千人,赛马的、斗牛的、斗羊的、摔跤的,彝家汉子粗犷的笑声喝彩声,彝家姐妹的惊叫声欢呼声,掀起一波又一波高潮。

已经是第六天了。这一天,远的亲戚朋友还会陆续赶过来。他们裹着披毡,牵着牛羊,汗流浃背,疲惫不堪,为的是第二天热热闹闹送老人最后一程。

阿尔拉则阿达的灵堂里,很多女人守在尸架旁。她们捶胸顿足,哽咽痛哭,用肝肠寸断的声声哀号,营造出生离死别的凄苦与悲凉。大门口,一群男人手搭着肩,形成厚厚的人墙,在毕摩摇动的法铃声中,一起唱着古老的指路经。那声音苍凉浑厚,低沉婉转,在如泣如诉的旋律中吟诵出发自肺腑的悲伤。

为操办阿达的丧事,阿尔拉则累得筋疲力尽。他忙进忙出,得张罗人接待客人,安排人打牛,安排人煮牛肉,安排人煮荞粑粑,安排人煮洋芋,安排客人吃饭喝酒。虽然,他把家里的人分了工,但在具体操作的过程中,还是不停地有人找他,不停地有人问这问那。阿尔拉则连着熬了几个通宵,眼睛里布满了血丝,脑子里灌满了糨糊,嗓子早就嘶哑得说不出话来了。

"不能再打牛了!"

阿尔拉则的外甥勒伍尔甲,飞快地跑过来,挥着手,大声地阻止道。

"人要脸，树要皮。我拉来的牛不宰，这不是有意要臊我的皮？"来奔丧的汉子牵了一头牛来，正找地方把牛宰掉。

"你们大老远赶来，心意到就行了！"勒伍尔甲用手指着满地的血污，把内心的不安融进了高高的嗓门里，"牛宰了很多，吃不完，放臭了可惜！"

阿尔拉则院子外面的石坎上，重重叠叠堆着很多血淋淋的牛脑壳。那一个个大大小小神态各异的牛脑壳，就像整整齐齐堆码在那里的石头，无声地昭示着主人的富足与大方。对于这些给主人撑足了面子的牛脑壳，阿尔拉则内心是十分高兴的。寨子里的黑彝白彝，平时看上去风平浪静相安无事，背地里却暗潮涌动相互博弈，不管什么事都在暗中较着劲。作为寨子里最大的黑彝奴隶主，在这件大事上，更不能让那些白彝超过自己。

"没听说过，牛牵来有不宰杀的规矩！"汉子没好气地怼过来，"要是嫌牛小，我们牵回去就是了！"

"蓑衣有领口，事情有原因。人在做，天在看，寨子里就这么点人，把吃的东西糟蹋了，天老爷饶不过我们哩！"勒伍尔甲摊开手，连连摇头。

嚯，牵来的牛，再牵回去，不让天下的人把牙全笑掉才怪！

敦实的汉子发起脾气，几句话骂得勒伍尔甲灰头土脸。勒伍尔甲只好找来宰匠伍嘎嘎，赌气地说："则都，牛就交给你了！阿啵啵，打不打杀不杀是你的事……"

自从老人升天，伍嘎嘎就忙得脚不沾地。他手里那把宰刀，今天已经磨过三次了。一天不停地放血，开膛破肚，砍肉剐肉，手臂早已酸麻得不听使唤。

寨子里的人全都动起来了。劈柴烧火，砍肉切肉，大锅烀肉，煮荞粑粑，接待客人，没有一个人闲着。就连沙阿果这样的人，都没有例外。

阿尔拉则家的锅灶不够用。紧挨着他们家的几家白彝，也腾出锅灶来帮忙烧火煮肉，帮忙磨荞面，用大锅煮荞粑粑。来的人太多，别的花样也做不出来，最实惠简单的就是坨坨牛肉、荞麦粑粑，再配一点儿煮好的洋芋。有客人来，一人两坨肉，一个荞粑粑，一碗酒，就把客人打发过去了。对于远方的客人，寨子里各家各户容量有限，有地方住则住，没有地方就在外面烤火。反正外面连天烧着大火，大家围着火堆喝酒吃肉跳舞，用欢快或忧伤的歌声，用豪言壮语的英雄故事，用家长里短的龙门阵，点亮夜晚的黑沉。

可是，到了这天下午，一个惊人的消息，在客人中悄悄流传着：

黑彝阿尔拉则家煮出来的肉没有了，后面赶来的客人还没有吃到肉！

老天，这怎么可能？

"俄捏！"勒伍尔甲压低了声音，他实在不忍心在众人面前，向舅舅说起这件糟糕的事。

"嗯，啥事儿？"阿尔拉则眼皮都快抬不起来了，他用鼻子嘟哝着。

院子里，喝酒的唱歌的说笑的声音，喧嚣得只差把阿尔拉则的房子掀翻了。可是，勒伍尔甲那句含含混混的话，却让阿尔拉则脑子嗡的一声，紧张得全身的汗毛都竖了起来。

老天，发生这样的事，是天大的笑话，也是最大的耻辱！

阿尔拉则知道，差不多几家人就会赶一头牛来，不管他们有多大的肚皮，那头牛他们是吃不完的。何况他们家还杀了几头牛添着，就算把寨子里所有的人加进去，那肉无论如何也吃不完！

天，这坏名声一旦传出去，以后他们家怎么在寨子里立足，这张脸往哪搁？

这样的过失，是不能饶恕的。眼下，必须赶紧采取紧急措施，再打几头牛，把那些没有吃到牛肉的嘴巴塞住。而按照老规矩，出了这样的事，必须当着客人的面宰杀，让客人见血！

天已近黄昏，满天的彩霞把天边烧得红红的。

勒伍尔甲赶紧牵了五头牛过来。伍嘎嘎忙了一天，这个时候连站起来的力气都没有了。在别人的帮助下，伍嘎嘎勉强把这几头打倒的牛放了血，然后把肉砍成无数块，分在几家人的锅里煮起来。

天黑以后，五头牛的肉很快分完，后面仍然有人没有拿到肉。没有吃到肉的亲戚不干了，和分肉的几个人差点儿打起来，激烈的吵嚷声中火药味越来越浓。

天啊，这种丢人现眼的事，是过去从来没有过的！

阿尔拉则的脑子完全清醒了，冷汗唰的一下涌了上来。

阿尔拉则非常清楚。这不是肉不够的问题，而是有人在背后做了手脚，把肉暗中藏起来了，故意要出他这个黑彝的洋相！

世事无常，人心险恶。自从工作队一来，天天进进出出，这世道就变了。作为外面来的亲戚，他们天远地路前前后后赶过来，不可能做出这些事情。让他出丑的不是别人，就是寨子里这些靠着他的土地过日子的家伙!而这帮穷鬼,放在过去,就是借他们十个胆子,也不敢做出这种出格的事来!

这是为什么,他们到底想干什么?

阿尔拉则痛苦地闭上了眼睛,他只觉得心里有一把刀子,把他戳得一阵阵地疼。

第四章　百变的棋局

乌鸦学画眉叫，变不了黑色的羽毛；
豺狼学绵羊叫，藏不住歹毒的心肠。

大家都是明白人

　　这场打脸的丧事，让黑彝阿尔拉则无比沮丧和愤怒。
　　他们家在飞云铺经营了几代人，别的地方不敢说，但在这个小小的飞云铺，他阿尔拉则随便哼几声鼻子，地皮都会发抖的。
　　飞云铺除了他们家以外，还有七八家黑彝，其余的都是些普通白彝。除了有三家黑彝稍微有些势力外，剩下几家黑彝只能把尊贵的身份挂在嘴上，每天照样一身泥一身汗讨生活。寨子里有十几家白彝平民，租种着他们家的土地，喂养了些牲畜，还养了几个娃子，靠着那双粗糙的手，反把苦涩的日子煨出了几分滋润。其余的人一年苦到头，连填饱肚子的洋芋都没有多余的。不管怎么说，寨子里谁都没有办法和他抗衡，他阿尔拉则依然是这块土地上的主子。

这世界到底是怎么了？共产党的工作队来的时间并不长，不知道他们使了什么魔法，也不知道往这些人的脑子里灌了什么迷魂汤，就把这些穷骨头迷得晕乎乎的，把老祖宗忘得一干二净，连老祖宗留下的规矩也丢到脑后去了。

这些该死的狗东西！

办完阿达的丧事，阿尔拉则瘫坐在他家土楼上，神情恍惚，倒把他的外甥勒伍尔甲吓了一大跳。

"俄捏，你没事吧？"

"唉，没事。"阿尔拉则叹了一口气，懒洋洋地说。阿尔拉则已经喝了不少酒，脑袋晕乎乎的。人一闲下来，各种过往的事情就会往脑子里钻，时而清晰，时而恍惚。他哆嗦着抽了一袋兰花烟，缭绕的烟雾，把屋里变成了缥缈混沌的世界。

"这事，你说怎么会弄成这个样子？"阿尔拉则感觉自己就像脱了一层皮。

"这还用说吗，肯定有人在背后使坏！"

"使坏？他们哪来这么大的胆子？"

勒伍尔甲实在无法回答这个问题。来奔丧的亲戚，当然知道他阿尔拉则平时的为人，就算把他们的脑壳一个个剁下来，他们也不会相信阿尔拉则会怠慢这些亲戚。明眼人都知道，在这样的场合，即便是最为吝啬的人，就算手里没钱，借钱背债也不可能失了面子，出这么大的洋相。只要不是瞎子聋子傻子，他们都能从中看出端倪。答案是唯一的：

有人故意要让他出丑！

"我早就说过，对付这帮穷鬼，就是不能心慈手软，该杀就杀，该剐就剐！"勒伍尔甲看着门外的远山，那束锐利的目光在夕阳下显得异常凶狠，"这帮穷鬼，一给鼻子就上脸！普天下的人都是这样，服硬不服软，只要不听招呼，宰一两个试试，看谁还敢那么放肆？"

"你们杀的人还少吗？我听说，国民党有个叫冯正和的大人物和你们勾裹在一起，把人杀了，房子也烧了，几次搞下来，有用吗？"阿尔拉则觉得说漏了嘴，往门外瞅了瞅，说，"唉，会说话的人，嘴巴是朋友；不会说话的人，嘴巴是敌人。有些事做得说不得，有些事说得做不得，大家都是明白人！"

"哼，不就是世上少了几只虫虫蚂蚁，这些穷骨头敢怎么样？"勒伍尔甲恶狠狠地说。

"世道人心，还是少结些冤仇为好！当舅的要劝你一句，你少跟那个姓冯的勾三搭四，到时候人家屁股一拍走了，那些账只会算在你头上。尔比尔吉里说，鸡的眼睛看不到山后，猪的眼睛看不到蓝天。不管怎么说，要给自己留点后路……"

在夕阳的爱抚下，如黛的远山苍茫凝重。丝丝缕缕的彩霞，挂在冬日满目零落的树梢上，看上去凄婉缥缈，老是一副牵肠挂肚的样子。风暂时消停下来，寂静像雾霭一样袅袅升腾起来，让傍晚的彝家山寨多了几分柔美和恬静。

照这样下去，他还是这块地盘上的主人吗？

阿尔拉则痛苦地想着。寨子里的这些人，老老小小见到他都会恭恭敬敬。每逢过库史新年，寨子里的白彝，都会到他家里诚心诚意给他拜年。他们怕遭受外人的欺负，生怕失去他这个主子，狗一样摇着尾巴想办法讨好他。可是，这些全靠他过日子的人，脸怎么变得这么快呢？

要是在前些年，谁有这么大的胆？山上的黑彝奴隶主，脸面比天还大。这样的事一旦暴露，重则活埋沉塘劈死，轻则割鼻剜眼断臂，绝对没有好下场。当然，敢尝试的人毕竟不多，众目睽睽下，这样的事早晚会露出马脚的。可是，勒伍尔甲穷尽一切办法，没有得到任何有价值的线索，更别说找到干这起龌龊事的人。这就不是简单的恶作剧，而是结成了生死联盟，只差明目张胆地站出来和他面对面地较量了！

这些人为什么这么嚣张，没有把他放在眼里，因为来了共产党。尽管周围耸峙的大山，铁桶般把彝家山寨封闭起来，但各种各样的消息往往比风还快，早就通过各种渠道灌了进来。共产党的工作队天天在寨子里走村串户，见了这些娃子就像见了前世的亲人。虽然在彝区的民主改革还没有全面推行，但那股鲜活生猛的力量，早已经暗潮涌动，不是轻而易举就能遏制的。

阿尔拉则不得不正视这样一个现实：正是有这些人给他们撑腰，他们才有这么大的胆子。

这些可恶的家伙，他们的胆子一天比一天大，欲望一天比一天强烈，巴不得天天看他出洋相，巴不得他离开飞云铺，甚至巴不得他早一点儿升天。他们饿得绿莹莹的眼珠子，时时盯着他祖祖辈辈积攒下来的田地、牲畜、财产……

阿尔拉则只觉得一种莫名的恐惧，从四面八方呼啸而来，让他浑身直打哆嗦。

凭什么？这些都是他祖祖辈辈在苦苦打拼的过程中，靠父兄喷涌的鲜血、热辣辣的眼泪和汗水,辛辛苦苦攒下来的。他宁愿家里的田地长满了杂草,宁愿他家里的牲畜让豹子吃野狗拖,也不能落在这些穷棒子手里!

阿尔拉则从来没有感到这样孤立无助。

要想跟共产党硬碰硬,注定是没有好结果的。阿尔拉则倒在床上,翻来覆去想了半夜,怎么也理不出个头绪来。山大好遮阴,树大好乘凉。虽然他有土地、房屋、牲畜和娃子,但在大小彝寨,像他这样的黑彝奴隶主和阿尔哈铁比起来,也仅仅算得上人家大腿上的一根汗毛,可有可无的。算了,不要狗撵耗子管猫的事,羊拉犁头帮牛的忙,该把脑壳缩回来的时候要知进退。方圆百里彝区,即便要跟共产党作对,那也是阿尔哈铁他们的事。阿尔拉则想着想着,竟然昏昏沉沉睡了过去。

第二天,阿尔拉则找到了陈达五,侃过一番龙门阵后,神秘地说:"听说,国民党有个姓冯的大官到了龙岗寨。给大头人送枪送炮,下一步还要送坦克飞机,是不是要打大仗啦?"

"嘀,你的消息灵通嘛!"

"听说,姓冯的还要给我们的大头人颁发委任状,又是将军,又是司令什么的。我倒想问问,将军和司令,这两个官到底哪个大?"阿尔拉则笑哈哈地说,"过两天,我上龙岗山看看。腊肉无味,加盐给朋友吃;荞酒不香,加蜜给朋友喝。如果他们封的官没人干,只要不嫌我老,我可以捡一个来干的。至少,我可以去捡两支好枪上山打麂子嘛……"

陈达五说:"好啊!听说山上大头人身体不好,让我们医务人员跟你去,帮他看看病多好!"

陈达五还在睡梦中，被激烈的拍门声惊醒了。

"要出人命了！"月亮的清辉下，是个十二三岁小男孩。

"怎么了？你慢慢说。"

"那些人把我家围起来了！"小男孩不停地抹着眼泪。

"啊，为什么？"

"哦，我哥闯了大祸，人家打上门来了！"

小男孩的家在离瓦房寨十多里地的孜孜火普。昨天夜里，一伙人闯进孜孜火普，把他们家团团围住了。那些人来势汹汹，口口声声要他的哥哥拿命来偿还。小男孩呜呜的抽泣，如一把锐利的锥子，一下又一下戳着陈达五的神经。

陈达五暗暗佩服眼前的小男孩。他趁那些人不防备，偷偷从孜孜火普跑出来，黑灯瞎火摸到了瓦房寨。

不到万不得已，这么大的孩子是不会在深更半夜向他求助的。在小男孩的抽抽噎噎中，陈达五心里咯噔一下，他感到自己的头发瞬间紧张得一根一根竖了起来：他的哥哥和别家女孩子好上了，女方的未婚夫家带人上门兴师问罪……

这是非常棘手的事。

彝人彪悍粗犷，不管是谁，遇到这样的事都咽不下这口气，整个家支的人也咽不下这口气。彝家山寨为婚姻闹出人命，甚至从此结成冤家，纷争械斗不止的悲剧常有发生。

事情紧急，容不得陈达五做过多的思考。陈达伍要乌嘎惹赶紧去把寨子里能说会道的德古叫起来，请他们一起飞速赶赴孜孜火普。

德古，是彝家调解民间纠纷的能人。彝人的世界，没有政权组织，没有司法机关，各种矛盾纠纷，自己无法摆平的时候，就靠民间的德古出面协调解决。德古在生产生活中自然形成，完全是群众公认的结果。担当这一重任的德古，德高望重，知识渊博，通晓事理，能说会道。他不仅是思维敏捷口才一流满口哲理的演说家，是处事公平能驾驭各种复杂局面的政治家，是大众公认能一碗水端平的社会活动家，还是善于察言观色能够灵活应对的心理学家。

两个德古睡眼惺忪，和陈达五他们赶到孜孜火普的时候，天已微明。

小男孩的哥哥叫赫拉子日，他们家是白彝。赫拉子日和白彝姑娘订了娃娃亲，但长大后他的心却被寨子里一个叫曲布嫫的黑彝姑娘塞满了。

问题是曲布嫫已经许给了兹兹乌日的黑彝勒伍家。年前勒伍家就带着彩礼，背着酒到孜孜火普，风风光光和曲布嫫订了婚，就等着今年完婚了。就在这个时候，一对有情人不仅偷吃了禁果，还让曲布嫫有了身孕，闯下了弥天大祸。

尔比尔吉里说，水牛是水牛，黄牛是黄牛，各有各的根；山羊是山羊，绵羊是绵羊，各有各的种。在彝人的婚姻准则里，黑的就是黑的，白的就是白的。黑的白的不能混淆，黑彝和白彝不通婚，主子和娃子不通婚，这是几千年老祖宗传下来的规矩。只要天上的太阳每天还是从东边升起，山里的规矩就永远改不了。如今，两个胆大妄为的家伙冒冒失失跨出了这一步，必然会给他们以及他们的家人带来灭顶之灾。

勒伍家连夜邀约了数百人，杀气腾腾把赫拉子日家围住，生生要他们把赫拉子日交出来。出了这种事，尽管脸面上过不去，寨子里说得上话的亲戚，都来到了赫拉子日的家里。就是要拼人命，要打冤家，那也只能硬着头皮上了。

面对勒伍家愤怒的人群，几个姐姐抱着赫拉子日，说什么也不让他出去。他的阿达浑身直筛糠，他的阿嫫和他的两个婶娘跪在地上哀求，他叔叔则哆哆嗦嗦向外面的人说好话。

赫拉子日挣脱了两个姐姐的手，闯出去对闹嚷嚷的人说："我养的恶狗我来管，我拴的铃铛我来解。事情是我做的，你们别动我的亲人，要杀要剐冲我来，我眼睛都不会眨一下！"

外面发生了激烈的争吵。赫拉子日从人群中冲过去，在人们的惊呼声中，咚一下把头撞在墙角边尖尖的石头上，脑浆迸裂，气绝身亡……

人群中惊起了一阵炸雷。哭的哭，闹的闹，用悲愤的眼泪和哀号，在寨子的上空翻卷起一波又一波的浪潮。而另一拨人如一股黑色的旋风，呼啦啦啦刮过去，把曲布嫫的家团团围住了。

曲布嫫家过去是显赫的黑彝，几场飞来横祸伤了元气，最后靠租种别人的土地勉强度日。尽管如此，曲布嫫家骨子里依然流淌着黑彝的血，同样不能和白彝做出这种丑事来。

可是，面对来势汹汹的勒伍家，惊恐万状的一家人，只能围着曲布嫫哭泣着哀求着。撕心裂肺的哭喊声，刺辣辣地切割着夜的神经。

"你怎么还有脸活在世上？"领头的高大汉子瞪着血红的眼

睛，抡起巴掌，准备狠狠地掴在曲布嫫的脸上。可是在巴掌落下去的那一瞬间，他又改变了主意。毕竟是一个大男人，在这种时候打一个女人，也有损他一世的英明。汉子把巴掌变成了几根短粗的手指，威风凛凛地在曲布嫫的额前咆哮着："不要说我们逼你！该怎么了断，你自己看着办？"

曲布嫫神情木然，呆呆地枯坐在屋子里。

"说，怎么办？"跟着进来的几个人都大声吼着。

"我们不为难你，把这东西吃下去！吃！"汉子从包里拿出一大坨烟膏，旁边有人端来了一碗水。

曲布嫫含着眼泪，掖了掖已经轻微凸起来的肚子，拿起了那坨带着腥臊怪味儿的烟膏，慢慢塞进嘴里……

"陈队长，快点儿，出人命了！"

往日里满世界清晰的鸟鸣，已经让村里人喊马叫所替代，整个寨子里闹翻了天。副队长老罗带人去赫拉子日家帮着料理后事，陈达五带着队员和两个德古到了曲布嫫的家。

曲布嫫家里挤满了人。勒伍家的亲戚和曲布嫫家各不相让，双方剑拔弩张。而赫拉子日家的人，也拼命往这边挤。在他们看来，赫拉子日的死，躲在屋子里的曲布嫫同样脱不了干系。整个院子就像一个大大的火药桶，稍微一点火星就可能轰的一声炸得天崩地裂。

曲布嫫吞下烟膏，嘴唇乌青，眼神迷离。再不进行抢救，两条生命即将画上句号。

"骏马有失蹄的时候，勇士有失误的时候。年轻人不懂事做了错事，难道我们还要把大家往死路上逼？尔比尔吉里说，一天结下仇，九天不安宁；九天结下仇，一生不安宁；一生结下仇，儿孙不安宁。这个冤仇结下去，谁也不会得安宁啊！"德古翻动着灵巧的舌头，找到勒伍家主事的人给他们讲着道理，"做了丑事的赫拉子日死了，失了的脸面也捞回来了。有圆有缺是月亮，能升能落是太阳，你们家大业大，用不着在这个事上计较。我们让曲布媄家把聘金、彩礼银子加倍偿还，给个面子放一马！"

带着闹事的人气愤地说了些不着边际的话，这事儿多少有了转机。

"嚯，我家人死在那儿摆起，就这样算了？"

才把勒伍家的稳住，赫拉子日家不干了，声音一个比一个高："不是这个贱丫头勾引赫拉子日，他会做出这种事儿来？"

德古才走过去，就让那边的人骂了回来："炒面稠和稀，木碗知道；人有无过错，自己清楚。难道他们干这种伤风败俗的事是对的？"

德古说了半天好话，还是说不服对方。

陈达五站出来，高声说："大家听我说几句，这种伤风败俗的做法肯定是不对的。但是，冤家宜解不宜结。女孩子虽然做出了对不起祖宗，也对不起勒伍家的事，但是她肚子里的孩子是无辜的，娃娃没有做过恶事，大家说对不对？"

喧闹的人群一下静了下来，眼睛齐刷刷地看着陈达五。

陈达五这样一说，曲布媄家的人也跟着闹起来："姑娘做了没脸的事，要怎么惩罚，你们按规矩办。但她肚子里面的孩子没错，为什么要受惩罚？"

赫拉子日家的人跳着脚，只差把这边的人一口吞了："牛无力，犁横耙；人无理，说横话。你们还有脸说娃娃的事？我们就是要看着她，拿命来说话！"

"曲布嫫吃了烟膏，已经接受了惩罚。可肚里的娃娃没有错！"陈达五怒目圆睁，指着逼曲布嫫吞烟的汉子厉声说道，"烟膏是你逼着姑娘吞下去的，如果孩子发生意外，你就是杀人的凶手，谁也不会饶你！"

陈达五的气势一下占了上风，汉子凶巴巴的目光一点一点黯淡下去。

趁着这个当口，乌嘎惹带着几个人走上前去，拖的拖劝的劝，把屋子里的人拽了出去。陈达五马上命令工作队员组成人墙，死死地把号叫和咒骂的人挡在了外面。

屋子里只剩下曲布嫫的阿嫫。经历了这场变故，老人神情木讷，颤抖着拉着陈达五的手，嘴巴里咿咿呀呀不知说些什么。

"曲布嫫，赶快把药吃下去，让胃子里的东西吐出来！"郑小豆让她吃下催吐的药，对她进行洗胃。

曲布嫫哇啦哇啦吐了几大摊臭气熏天的东西出来，脸色慢慢恢复了平静。

"阿啵啵，乌鸦愿人死，喜鹊愿人旺。人家工作队和我们不沾亲带故，深更半夜跑来救人，我们更应该往好处想，不要去钻牛角尖。蜜喝多了嘴腻，话说多了人烦，大家天天在这片土地上讨生活，何必拼个你死我活嘛……"

外面咒骂的声音渐渐小下来，德古的声音却格外洪亮。

差点惊掉了下巴

阿尔拉则准备上龙岗山，陈达五让郑小豆和乌嘎惹跟着上去，给山上的阿尔哈铁看看病，顺便摸一摸其他情况。阿尔拉则老是胃疼、打嗝，郑小豆给他配了几次药，吃了以后症状就渐渐消失了。对这个出生在医药世家的精明小伙，阿尔拉则打心眼里佩服。

阿尔拉则准备了丰厚的礼物，用骡子驮了肉、红糖、青油和自家酿的苦荞酒。阿尔拉则想到龙岗山上探探虚实，更想让阿尔哈铁知道，如今有共产党给他撑腰，让大头人不要小瞧了他这个远房的叔叔。山上黑彝大头人的心思阿尔拉则很清楚。这么多年的摸爬滚打，不管对什么人都有三分敌意，他轻易不肯相信任何人。这次贸然把郑小豆带上山去，阿尔哈铁能不能接受这个事实，他心里也吃不准，但至少表达了他的诚意。再说，工作队做梦都在想办法靠近龙岗寨，他主动牵线搭桥，对自己没有任何坏处。

这显然是一着好棋。

清晨的阳光把山头涂成了嫩黄。风似乎还没有睡醒过来，山上显得异常安静，就剩下嘚嘚嘚的马蹄声和他们凝重的呼吸声。阿尔拉则想着这些，在空旷的林子里，长声吆吆唱起了他的彝家小调。

对于远房叔叔的造访，阿尔哈铁内心是非常高兴的。

世风日下，个个都是最为现实的势利眼。共产党把蒋介石赶到了台湾，攻占了一个又一个大城市，就连偏僻的会川县城都没有落下。不仅如此，共产党通过土地改革，广大汉区一夜之间就彻底变了天。现在很多少数民族地区，也在着手推进民主改革，变天是早早晚晚的事。每天，各种零零碎碎的信息，如涌动的暗流，一波接着一波往山上涌。作为方圆数百里最大的黑彝家支的头人，他就是龙岗山上最大的一棵树，共产党要想上山来，肯定得想办法把他这棵大树扳倒。在这个风云变幻的时候，人人心里都有自己的小算盘。山下那些黑彝奴隶主，表面对他唯唯诺诺，到他们家明显不如往年勤了，即便有人到了龙岗寨，那也是蜻蜓点水，生怕给自己招惹麻烦。

这些狗东西，那点小心眼怎么瞒得过他！

阿尔拉则不一样，不仅给他带来了礼物，还给他带来了好医生，这对阿尔哈铁来说就是最好的安慰。这些日子，他翻来覆去地想，还是把共产党的心思揣摩不透。共产党要把他这棵大树连根拔掉，他们有的是办法。龙岗寨地势再险要，就凭这几百上千号的武装，即便有姓冯的那批装备帮衬，怎么也比不上蒋介石几百万正规军。连蒋介石都被赶到台湾去了，他手里这点可怜的人马还不够共产党塞牙缝。事情明摆着，共产党就是想利用他这棵大树，帮着他们笼络人心，扫平他们通往彝区的障碍。一旦他们把这些事情办妥，在彝区站稳了脚跟，他们会不会搞秋后算账，那就只有天知道了。

不管怎么说，卸磨杀驴的事还少吗？再说他的手上还沾着共产党的鲜血，这些人真就那么宽宏大量，不跟他翻旧账吗？一想起这些事,他就会整夜整夜睡不着觉。

阿尔哈铁得了一种怪病。那该死的偏头痛,就像锥子一样,时时戳着他的神经。更重要的是,他晚上经常失眠,通宵睡不着。他请山上的毕摩苏尼送神问卦,做了若干法事还是没有任何效果。时间一长,他就成天觉得精神恍惚,打不起半点儿精神来。其实也难怪,作为龙岗山上最大的黑彝家支头人,冤家仇杀,家支械斗,家族纷争,官府清剿,每一件都是血与火中生命的搏杀,每一桩都是人头落地的大事。神经长期高度紧张,伴随着时时的焦虑,自然就落下了这样的病根。

郑小豆给阿尔哈铁开了些药。尽管阿尔哈铁曾上过半年洋学,但看着这些白色的小药片,他还是将信将疑。郑小豆看出了阿尔哈铁的心思,说:"这些西药,只能暂时缓解病情。真正要治好你的病,还得调理情绪,平和心态,采用中药慢慢调理!"

"好啊,麦芒刺人手,炒面逗人爱,喝中药汤汤总比一天天活受罪好嘛!"

"我身边没有现成的中药。山里就是天然的中药材基地,大头人要是放心,我可以到山上采些回来,配几服中药你慢慢地熬着喝!"

"犁头靠耕牛做伴,鞋底靠鞋帮做伴,有啥不放心的?"阿尔哈铁转过头,对阿力次吉说,"你派两个人给他们带带路,山上林子大,不要迷路了!"

第二天吃过早饭,院子里那几只恶狗用愤怒的狂吠,把乌嘎惹和郑小豆送出门去。阿尔拉则巴不得他们早一点上山,他好跟阿尔哈铁说几句贴心话。

阿尔哈铁的碉楼上烟雾缭绕，充斥着一股怪怪的味道。阿尔拉则把嘴巴伸了过去，说："惹都，听说西南联络处的冯主任到龙岗山啦？"

"哦，你听谁说的？"

"嘿嘿，在家做坏事，瞒不过近邻；肚里有心事，骗不过朋友。这些龙门阵，早就有人跟我摆过了！"阿尔拉则也不回避，咕咕咕地一阵笑，道，"我还听说，这个姓冯的给你送了枪送了炮，还要请你当什么司令？嚯，他有这么大的能耐？"

"眼睛不知羞，可以随便看；舌头没骨头，可以随便说。你别听有些人嚼牙巴，他们送了几杆枪不假，但那些破铜烂铁有什么用？蒋委员长人强马壮，飞机大炮这么多，结果怎么样，打得过共产党吗？"阿尔哈铁鼻子一哼，有些不耐烦。

"阿啵啵，不管在什么时候，话管不管用，还不是靠枪多，比人多！"对于阿尔哈铁的谦逊，阿尔拉则并不认同，"要是手里没有几杆枪，别说下面那些只会下苦力的白彝，就是那些一无所有的娃子，谁还会怕你？

"同鹿子打交道，翻山穿林知高矮；和鱼儿交朋友，过河涉水知深浅。你以为他们有那么大方，平白无故就给你送来了？那都是有条件的。只是，和这些人打交道我有自己的底线，我不会那么耿直的……"阿尔哈铁大大咧咧地敷衍着。

阿尔拉则把身上的披毡紧了紧，双手缩在里面严严地掖着，放低了声音："鹰带鹰儿高飞，马领马儿奔跑。惹都，我还听说，他们要委任你当什么司令，还要给你封一个什么将军。嘿，我们这支人就要出将军了，这可是祖坟上冒青烟的好事哩！"

"闲话不抵冷，空话不顶饿。你这是从哪来的消息，那些都是说来香嘴的！"

阿尔哈铁一下警觉起来，眼睛死死地盯着这个满脸泛着油光的叔叔。他想起冯正和梳得整整齐齐的头发，和那张胖乎乎的圆脸，他觉得自己被他们推出去，在大庭广众之下给卖了。

"头冷离不得头帕，腰冷离不得腰带。如果你把这面大旗扛起来，拉起一支队伍，下面谁敢不听你的？到时候，你要风得风，要雨得雨，谁能把你怎么样？"阿尔拉则没有注意到头人的脸色，还在兴冲冲地说，"听说，第三次世界大战已经打起来了，美国人从北往南打，蒋介石从南往北打。到时候，你把队伍拉起来，在他们腰窝窝上捅上一刀，不是要他们的命吗？"

"嗨，你净听他们瞎吹！说这些大话的人，他们都跑台湾去了，要是这些话都听得，耗子药都吃得。舌头再长，舔不到鼻子；手指再细，挖不到耳心。你以为，就我手里这点人，有那么大的能耐把铺盖顶起来？就是再笨，我心里也有一本明白账！"阿尔哈铁拉长了脸，没好气地说。

太阳渐渐升起来，阳光越过院子外面那棵大树的树梢，斜斜地铺洒在院子里。一只母鸡带着一群小鸡，安静地在阳光下觅食，满院子都是它们叽叽吱吱的碎语。家里那只老猫正坐在阳光下舔着爪子梳理自己的毛发，任凭几只已经长大的小猫咪在阳光下撒欢。

"鹰跟着鸡飞，狼跟着羊转。汉区的土改差不多结束了，下一步就该轮到咱们啦！"阿尔拉则从烟盒里拿出兰花烟，卷了一袋递给阿尔哈铁，"惹都，你说，他们会不会把娃子发动起来，跟我们对着干?"

"嗯。"

"阿啵,山上那些穷骨头,做梦都想跟汉区一样,让我们把田地交出来,白白地分给他们哩!"

"嗯。"

大头人却像阳光下那只慵懒的老猫,似乎对这些并不感兴趣。阿尔拉则有些失望,他不得不提高了嗓门,说:"绵羊在篱笆内呻吟,只因头羊没领好路。你是家支头人,跟我们不一样啊!你想想看,这方圆几百里的田地,成百上千的牲畜,大大小小的娃子都是你的!难道你就狠得下心,把这些东西全部拿出来吗?"

阿尔哈铁把一袋烟吸完,漫不经心地说:"汉人有一句话是这样说的,天要下雨,娘要嫁人,这是谁也管不了的事儿啊!"

"虎死留张皮,人死留张脸。就是蛐蛐蚂蚱,死也得有骨气蹬蹬腿哩!咱们方圆百里彝区,成百上千的彝寨,不可能让他们想怎么捏就怎么捏啊!再说,十多年前跟他们结下的那笔账还没了结,这些人饶得过我们吗?这些事,对于我们来说没什么,反正有你这棵大树撑着。你就不一样啦,树大招风,到时候怎么办……"

阿尔哈铁瞪着眼睛,不认识似的看着他这个本家叔叔。

走在起伏的大山上,乌嘎惹才真正地感受到造物主的神奇。

那些性急的杜鹃开花了。山上山下,全是花的世界。直指苍穹的参天古树,茂密低矮的灌木丛,纵横交错,郁郁葱葱。高高的杜鹃树上，大朵大朵的杜鹃花缀满了枝头，黄的、紫的、粉的、白的，尽情地绽放开来。微风吹过，灿若云霞的杜鹃在枝头翩翩起舞，是那样的洁净、素雅。而那些低矮的杜鹃，花叶间全是花蕊，一簇簇，一丛丛，五光十色，千姿百态，姹紫嫣红。缠绵在树梢的风，栖息在林间的小鸟，以及花间飞来舞去的蝴蝶，穿梭忙碌的蜜蜂，都在静静地欣赏生命绽放的喜悦。蜂蝶飞舞，花香四溢，置身这片灿烂的花海，乌嘎惹第一次觉得自己离大地这样近，他感到在大地脉动的心跳中，已经将这纯净的美一点一点融入血液，麻酥酥地浸入了全身。

每天忙忙碌碌，乌嘎惹还从来没有这么好的兴致。那两个带路的娃子，一边走一边跟他们侃着瞎话，才到山上就和他们成了好朋友，兴冲冲地给他们当着向导。

年初，县上召开了彝区头人恳谈会。县上层层下发通知，但各个家支的头人只到了一半，其余的都是头人的兄弟侄子、舅子老表，甚至让当家的娃子来开会。

这些长年盘踞在深山里的黑彝奴隶主，他们心里都有一杆秤。在峰峦起伏的大山上，他们就是叱咤风云的老虎，就算随便跺跺脚，偶尔打个喷嚏，地皮都会发抖的。可是，一旦离开高山丛林，到了高楼林立的会川城，谁也不会搭理他们。最为重要的是，如今是共产党的天下，这些人动辄就要打土豪分田地，会不会把那些娃子发动起来，打他们手里那几块田地的主意？再说，这些人口口声声为穷人说话，作为一个黑彝奴隶主，家里多多少少都豢养了几个娃子，哪有不磕磕碰碰的，哪个敢硬邦邦地说句话，说他没有打过娃子骂过娃子？还有不少人，对胆敢反抗的娃子，动辄打打杀杀，身上不仅背着娃子的命债，还干了剥皮抽筋活埋沉塘等恶事。对这些陈年老账，共产党会不会找他们清算？……

狡兔三窟，万一有什么闪失，好有个退路。阿尔哈铁就是这样，他考虑再三，最终让阿力次吉带着随从到了县城。

到了会川城，他们才发觉是另外一番天地。浩瀚的蓝天，明媚的阳光，暖融融的风，让这座镶嵌在川滇交界的古城，萌动着春天的气息。鼓楼、城墙、老街、大院、茶肆、商铺静静地沐浴在和煦的阳光下。过往的游客，悠闲的行人，满大街高悬的红灯笼，家家门前红红的春联，以及城楼上猎猎的旌旗，随处可以感受到浓浓年味里的温馨。

县政府做了精心的准备。派人把城里的旅社全部动员起来，早早就给他们准备好了房间。这些在烟熏火燎的环境中过了大半生的山里客，躺在宽大舒适的床上，觉得无比新奇和温暖。杀了猪，宰了羊，热腾腾的肉每天换着花样端上桌来，甚至还专门从乌地吉木请了两个做彝家菜的大厨，每天都有三两个彝家的特色菜，让他们感到无比的温馨。

县上领导给他们作报告，讲过去外国人如何欺负中国人，讲共产党如何深入敌后打小鬼子，讲如何把蒋介石撵到了台湾去，讲土地改革后农村的变化，讲未来普天下老百姓所向往的幸福生活……

对于保守而封闭的彝人来说，这一桩桩、一件件的稀奇事，他们从来没有感受过。对下一步如何推进民族地区的民主改革，金太中县长说了大致思路，至于采用什么形式和方法，怎么达到最佳的效果，让大家围绕总体目标，一起来分析研究。

一石激起千层浪。天天好吃的好喝的伺候着，以后的路怎么走，大家都展开了激烈的讨论。拥护的，高兴的，附和的，妥协的，沮丧的，反对的，骂娘的，各色人等的表情，各种各样的声音，诠释着这场社会大变革的曲折与艰难。大家畅所欲言，站在各自的立场，阐述着不同的理由，针锋相对，剑拔弩张。这就热闹了，谁的话听起来似乎都有理，谁也说服不了谁。当然，争一阵，吵一阵，有一点是共同的，那就是通过各种努力，让彝家同胞过上好日子！

让主持会议的人一启发，脑壳一发热，很多没心没肺没脑子的话就说出来了，甚至还把胸脯拍得咚咚响，硬硬地咬了牙齿印。可是，事后一想，老天，要是这样一搞，天下太平了，那些奴隶娃子高兴了，在那一亩三分地上，他们还听我的吗？最为重要的是，真要这么干，自己手里的田地怎么办，房产怎么办，牲畜怎么办？难道统统交给公家，再平均分配给那些奴隶娃子吗？要知道，那些东西不是从天上掉下来的。祖祖辈辈辛辛苦苦积攒下来的财富，凭什么要重新分配？

这个会议，在彝区掀起了巨大的波澜。那些奴隶主回来后，都在拨弄自己的小算盘，尽量让自己的利益不受损失。而那些平民奴隶，这样的消息，就像晴天里的一记惊雷，让大家兴奋不已：

真的要变天了！

这一天，郑小豆更为兴奋。高高的龙岗山，古树参天，植被丰茂，一山分四季。山下古树参天，林中的藤蔓伸出长长的枝叶，一圈一圈缠绕上去，在大树的树枝上倔强地探出头来；树下低低矮矮的杜鹃早已经凋谢，蓬蓬勃勃的枝叶让阳光渲染成了一团团的墨绿。半山上又不一样，绿树苍茫，杜鹃花漫山遍野，一坡接着一坡，一片连着一片，高高低低，密密匝匝，千娇百媚，异彩纷呈。到了山顶，又是另外一番景致，星星点点的花蕾，从一棵棵杜鹃的绿叶间探头探脑，楚楚动人，娇羞无比。

龙岗山本身就是一个天然的植物王国。郑小豆不仅挖到了很多常见的中药，还采到了很多在市面上难以见到的名贵药材。

咩咩咩——哞——

放牛放羊的人，踏着傍晚细碎的阳光，在牛羊惬意的欢叫声中，慢慢往家里赶。

郑小豆采了一背篼药材，和乌嘎惹高高兴兴来到山脚下。从早上出门到现在，他们都在极度亢奋中度过，剩下的就是从脚底渐渐涌上来的倦意。

就在这个时候，乌嘎惹的肩膀让人重重地拍了一下：

"乌嘎惹，你就是乌嘎惹吧！"

眼前，是一个蓬头垢面，瘸着一条腿，拄着根棍子的人。

乌嘎惹一看，差点儿惊掉了下巴，他在心里暗暗叫了一声：

羿依，你还活着？！

又是一着险棋

眼前的时光凝固了，沉默的大山凝固了，远远近近高高低低的树也凝固了，只有两颗激动的心，在怦怦地剧烈跳动着。

"杨黑子!"乌嘎惹眼睛一亮,翕动着两片笨拙的嘴唇,讷讷地说道。

"乌嘎惹!"汉子咧开胡子拉碴的大嘴,一下子扑了过来。汉子那只长满了茧子的大手,铁钳一样死死地抱住了乌嘎惹,让他感到来自骨子里的生生的疼痛。

"杨黑子,你什么时候到这里的?"乌嘎惹停下了脚步,放低了声音。

"唉,三两句话怎么说得清?让奴隶主倒卖了五六次,就在依洛地坝落脚了。你怎么会在这里呢?"杨黑子背过身子,看了看前面那两个背着枪的护寨兵丁。夕阳淡淡的余晖,在这张饱经沧桑的脸上涂上了一层金。

"我们上山采药,给大头人治他的老毛病。"

"给谁治病?"杨黑子直愣愣地盯着乌嘎惹。

"龙岗山上的诺伙大头人飞天蚂蟥呗!"

"给他治病?你们疯了!"杨黑子鼻子里哼了一声,牙齿咬得咯咯咯响。

蛰伏了一天的风在山谷里蠢蠢欲动。风从山上一路掠过来,在树梢发出轰隆隆的呜咽,把杨黑子那头汗津津的头发撩拨得更加凌乱。杨黑子抓住一棵被风刮得摇摇晃晃的树,探过身子,对乌嘎惹说:"前几天,有人在私下传得玄乎乎的,说共产党领导的红军又打回来了!这是真的吗?"

"嗨,那还有假?"

"真的?"杨黑子眼睛里满是喜悦。

"当年的红军真的打回来了!红军改了名字,现在叫解放军。这支队伍打败了蒋介石,把几百万国民党的军队赶到了台湾,解放了全中国。如今,天下真的就要太平了!"

"哈哈,太好了!"杨黑子高兴地笑出声来,"咱们的队伍什么时候开进龙岗寨?我给他们带路,绝不能让阿尔哈铁这个刽子手跑了!"

"听说,解放军不会派部队进来的。"

"为什么?"

"如果真要打,共产党的部队早就开上山了!"乌嘎惹轻轻地摇摇头。

"那还要等到什么时候?难道共产党的队伍还怕他飞天蚂蟥不成?"杨黑子嘴巴大张着,眼里那丝喜悦消失得一干二净,剩下的全是迷茫。

"不不不!真正要开战,就是山上有一百条飞天蚂蟥,也不是解放军的对手!"

"你不是说,全中国都解放了吗?为什么还要留着这么一块地方?"

"这个,我也不太懂。听说共产党的工作队马上要进山,要用和平的方式解决这个地方……"

"和平,跟飞天蚂蟥搞和平?和这个手上沾满了共产党鲜血的人搞和平?这是在开什么玩笑!像他飞天蚂蟥这样的人,要是被共产党逮住了,枪毙他十回都不为过!"杨黑子急了,嘴巴张得老大,胸脯剧烈地起伏着。不仅如此,他把头转向了郑小豆,希望能够从这个汉人小伙子身上找到答案。

郑小豆把背上的药放下来,直起了腰,说:"老乡,龙岗山上的黑彝大头人，是解放军争取的对象。以后，要推进咱龙岗地区的民主改革，还得有他的支持才成啊！"

"老天，像这种身上血迹斑斑的人，还要争取他，凭什么？共产党到这山上来，难道还得他点头，还得看他的脸色才成，这是什么道理？"杨黑子的身子微微发抖，他咬着牙，喘着粗气，说，"你们把这种人争取过来，那些冤死在他手里的弟兄，那些惨死在他刀枪下的奴隶娃子，九泉之下会答应吗？"

"我们有政策。对少数民族的头人，以团结为重，不会轻易伤害他们的！"郑小豆吃不准眼前这个人的底细，他总觉得眼前这个人，每一个字都是刻骨的仇恨。

"该死的，快点！你放的羊，祸害庄稼去了！"前面有人在大声喊着。

杨黑子咬牙切齿地说着，跑着跳着追他的羊去了。

天边彩云朵朵，一片安宁祥和。暮归牛羊的声声欢叫，隐退在雾霭里的鸡鸣犬吠，是那样清晰可闻。

看着汉子蹒跚远去的身影，郑小豆对乌嘎惹说："刚才这个人你认识？"

乌嘎惹摇摇头，又点点头："你猜猜看。"

"我看，他不像当地的彝人！"

乌嘎惹看着前面那两个护寨兵丁，压低了声音："你们不是要找红军游击队吗？就是这个人，和游击队的队长周大明一起，到龙岗寨和飞天蟒蟥谈判的……"

五彩的霞光下，郑小豆看着眼前这个瘸着腿，满身羊臊味，正撵着羊蹒跚往家里走的人，怎么也和他心目中崇拜的英雄连不起来。郑小豆像是自言自语，又像是在耐心地询问，说："你说的这些，是真的吗？"

"你两个快一点儿，不要在那儿磨蹭了！"走在前面的两个兵丁，不耐烦地催促着他们。

阿尔哈铁喝了些酒，难得有这么好的兴致。吃了饭，他带着阿尔拉则到山上转了转。殷红的天际线下，如黛的远山，模糊在越来越黏稠的暮色里。虫儿低鸣，树蛙浅唱，暮归老牛呼儿唤娘地哞哞应答，波浪般层层叠叠地铺展开来，幻化为一幅凝固、湿润而宁静的壮阔画卷。影影绰绰的霞光就像水墨丹青，淡淡地抹在蓝色的天边，为大地增添了几分静谧。

阿尔拉则只觉得酒劲直往上涌，说："掉过陷阱的人，看见狗洞就害怕；被蛇咬过的人，看见草绳就心慌。惹都，咱实实在在说句掏心窝子的话，难道你就真的忍心把手里的这一切都丢掉吗？"

"唉，说这些干什么？这都是身外之物，生不带来，死不带去，走一步看一步吧！"

"不！吃惯肉的人不知道蒿草苦，骑惯马的人不晓得道路长。别看我整天跟工作队打着哈哈，我的心里就像有千万把刀子在一刀一刀地戳，这明明就是要从我们手里抢东西，这些穷骨头凭什么？"

阿尔哈铁静静地看着远方的景致，没有开口。

阿尔拉则狠狠地往地上啐了一口，说："惹都，我想来想去还是那句话，就是只蛐蛐蚂蚱，临死前都得蹬几下腿呀！站立的是大树，睡倒的是石头。难道咱们就这样眼睁睁地把脑壳放在人家砧板上，让他们想怎么宰就怎么宰？他们就是要把这些东西抢走，我们无论如何也得挺直腰杆，拼个鱼死网破，才咽得下这口气啊！"

烟波浩渺，万籁俱寂，晚风披着暮霭的轻纱，轻轻抚摸着梦中的土地。夜，悄悄拉上了大幕，从夜幕中突围出来的满天星斗，欢呼着，跳跃着，沸腾着，一颗颗铆足了劲，比着赛着，都想把自己最靓丽的容颜展现出来。

过了好半天，阿尔哈铁才慢悠悠地说："别想那么多，天塌不下来的。尔比尔吉里说，一个羊子过了河，十个羊子就能过河。那些沟沟坎坎别人都迈得过去，难道我们就会跌下去淹死？"

阿尔拉则总觉得，阿尔哈铁坦然的话语后面，是满腹的无奈和辛酸。

乌嘎惹和郑小豆再一次上龙岗寨的时候，已经是十天以后了。

陈达五把杨黑子还活着的消息向金县长作了汇报。这无疑是一个振奋人心的好消息，只要找到杨黑子，当年红军游击队的情况就清楚了。金县长指示他们，山上的情况极为复杂，一定要想办法把杨黑子平安接下山来。

他们都知道，在那险恶的环境中，一旦有风吹草动，杨黑子就危险了。眼下最为要紧的，就是趁龙岗山上的人还没有防备，让杨黑子平安脱离险境。陈达五想了几个晚上，也没有想出更好的办法，他决定走一着险棋：

派郑小豆和乌嘎惹闯龙岗山！

巍峨高大的龙岗山，不是谁想进就能进去的。到了龙岗山的哨卡，盘查的兵丁才把手伸过来，还没来得及开口询问，乌嘎惹唰一鞭子劈头就抽了过去。兵丁"哦嗬"一声，赶紧用手捂住黑黢黢的脸，往后退了两步，恶狠狠地吼道："天杀的，你凭什么打人？"

"再多嘴，还要打你！"乌嘎惹扬起马鞭还要抽，让另外一个劝住了，"嘻嘻嘻，有啥事，一家人好好说！"

"山上的色坡阿日从汉区请来医官，专门给他看病的！"乌嘎惹拿出信晃了晃，气势汹汹地说，"这种事，色坡阿日难道还要给你说，你算什么东西？"

护寨兵丁生怕乌嘎惹的鞭子再次落下来，犹犹豫豫就放他们过去了。

接下来的两个哨卡，驻守的兵丁同样吃了乌嘎惹的鞭子。

不用说，他们这次上山，是为了杨黑子。

事情明摆着，当年的红军游击队失败后，杨黑子侥幸逃脱了。问题是红军游击队经历了什么样的磨难，他本人受到了什么样的曲折与煎熬，这一连串的问号，只有找到杨黑子本人，才能有准确的答案。

那天，乌嘎惹和杨黑子意外重逢后短暂的交流，并没有留下多少有价值的线索。根据乌嘎惹提供的信息，杨黑子栖身龙岗寨下面的依洛地坝，具体在谁家当娃子还说不清楚。

就如何找到杨黑子，陈达五和大家进行了非常激烈的讨论。有人提出来，派一支精干的小分队进去，趁着夜色把杨黑子救出来；有人提议，请当地能说会道的德古出面，带上厚礼把杨黑子赎出来……

可是，几种意见都被否决了。

高高的龙岗山，美丽而神秘，要想不动声色把杨黑子救出来，只能智取。

阿尔拉则上山得了风寒，发烧咳嗽。阿尔拉则找苏尼作法驱鬼，没起丝毫的作用。郑小豆给他退了烧，但浑身酸软，整夜咳得睡不着。郑小豆对阿尔拉则说，要治好他的病，得上龙岗山采两味药回来做药引才成，请他写封信给大头人，允许他们上山……

阿力次吉接过这封情真意切的信，安排了上次送他们的两个兵丁，和他们一起上山采药。

早晨的龙岗山，云遮雾绕，空气清新。阳光透过重重雾霭，那一束束色彩斑斓的光柱，把一座座山峰切割得光怪陆离，轮廓分明。林中的鸟雀，用长长短短的鸣叫，呼爹唤娘，啁啾出满世界的诗情画意。

他们挖药的山上，就是依洛地坝必经的路口。每天，依洛地坝放羊的人，都会到这山上来。可是，他们遇上了几个人，就是没有看到杨黑子。

"吉莫吉西吾（亲戚朋友们），你们看见给乌勒家放羊的跛子了吗？对，左眼皮上有道疤，是个汉呷！"

"你说的是此惹吧！他是布乃家的呷西，在给布乃家放牲口……"

"阿普，往天和你一块放羊的此惹，他到哪去啦？"

"他腿脚不灵便，说不定早把羊赶上山了！"

乌嘎惹笑眯眯地问着放羊的人，一点一点找着杨黑子的线索。

午后，天空中那几缕淡淡的云霞，被早起的风吹得一干二净。幽蓝的天幕下，太阳就像一个大大的火球，只管把火辣辣的阳光慷慨地倾泻下来。林中的小鸟都在树荫下面打盹去了，只剩下那些不知名的虫子，还在草丛里打情骂俏。

两个护寨的兵丁擦着脸上的汗水，大张着嘴巴，不住地咒骂着这鬼天气。只有郑小豆专注的眼睛在草丛里逡巡着，发现有适合的草药，把它们仔细地挖出来，放在背篓里。乌嘎惹则不一样，他的眼睛始终警惕地盯着山下这个叫依洛地坝的小寨子。

太阳渐渐西移，两个护寨兵丁在树荫下直犯迷糊，他们早已口干舌燥，巴不得早点儿回去歇息。乌嘎惹拿出一壶酒，和一大包燕麦炒面过来，说："两个兄弟，过来先垫垫底。我们还要耽搁些工夫，多采点药！"

美酒的芳香在树林里弥散开来，馋馋地诱惑着两个兵丁。他们斜躺在大树下，枕着浓浓的树荫，心安理得地享用起来。不得不说，这壶酒的后劲出奇地大，两个兵丁还没有把酒壶里的酒喝完，就倒在大树下呼呼睡死过去了。

和他们这半天的交往中，乌嘎惹把这儿的一切都打听得清清楚楚。依洛地坝只有六七十户人，他们都靠租种白彝布乃家的土地为生。那天杨黑子的羊糟蹋了燕麦，回去就受到了主子的责骂，并且那天的晚饭也被剥夺了。

夕阳渐渐跌在远山的背后，远远近近的牛羊都回家了，就是没有看到杨黑子的影子。

下面寨子里，晒坝上几个彝家妇女正在用连枷打麦子。而她们的身后，晚归的牛羊时不时窜到晒坝上来撒欢捣蛋。

"我下去看看!"越来越暗的天色,让乌嘎惹再也坐不住了。

"到哪里去?"郑小豆说。

"到寨子里。我去问问那几个大姐……"

身后的山坡上,传来了羊咩咩的惊叫和人的吼声。不仅如此,有七八只羊惊叫着从他们身边急驰而过。

郑小豆和乌嘎惹顺着声音跑了上去。上面一个山坳里,眼前的情景把他们惊呆了。

一群饿狼,从几个方向把这群羊给围住了。中间的牧羊人,手里舞着棍子左冲右突,嘴里厉声叱喝着,企图把这群饿狼吓退。可是,这些狡猾的家伙,它们在等待援军到来,再将到嘴的猎物一网打尽。

羊群中间的牧羊人正是杨黑子。上山的时候,郑小豆和乌嘎惹就带了防身的木棍,这个时候发挥了作用。他们挥舞着木棍,冲进了狼群,和杨黑子合在一处。一只恶狼向乌嘎惹扑过来,乌嘎惹身子一闪,挥起木棒一棒打在狼的腰上。就在这一瞬间,另一条凶残的狼擦着乌嘎惹的身子,扑向了杨黑子。这条恶狼看到杨黑子身子不方便,使出了最毒辣的一招,企图跳起来咬断杨黑子的脖子。面对眼前骤然而至的黑影,杨黑子知道,只要他往后一退,恶狼就会把他扑倒,顺势咬断他的喉管。杨黑子急中生智,往下一蹲,两臂紧握手里的木棍,用力往上一撑,呼的一下,借力把狼从头上狠狠地摔了出去。旁边的郑小豆瞅准机会,一棒打在这只狼的头上。恶狼嗷的一声,落荒而逃……

几只狼见势不妙,灰溜溜地逃走了。

那条激动人心的消息,让杨黑子忘掉了疼痛和饥饿。这些日子,杨黑子专注地做着一件事。每天,他都会一大早赶着羊走很远的路,在龙岗寨周边的山上转来转去。山上有哪些隘口,设了什么哨点,有些什么通道,杨黑子心里都记得清清楚楚。他相信到了解放军攻打龙岗寨那一天,他脑子里这些东西能够派上大用场。

"乌嘎惹!"

"杨黑子!"几双大手紧紧地握在了一起。

很快,三匹快马,朝龙岗山隘口急驰而去。

人人心里有杆秤

到达哨卡的时候,护寨兵丁知道乌嘎惹鞭子的厉害,不敢过多地盘问,就让他们下了山。

月亮就像一个大的圆盘,静静地悬挂在龙岗山上。皎洁的月光流水般簌簌地倾泻下来,溢满了大山上的每一处皱褶,给大地镀上了一层厚厚的银霜。月色如水,夜幕中的万物分外神秘寂静,远方连绵起伏的群山,剑一般直插幽深的夜空。鼓噪了一天的风安然地酣睡过去,山是静止的,树是静止的,路边的小草也是静止的,都在静听路边小虫子悠悠扬扬的小夜曲。通往山下的路上空无一人,只有高高低低的树仍如往常一样,立在路边远眺村庄、田野和山林,感受着内心的宁静和安详。

空旷的大山里静寂无声。几个人把马打得飞快,闪烁着光斑的树林唰唰往后退，嘚嘚嘚的马蹄溅起黯淡的火花，在大山里是那样耀眼。

他们回到瓦房寨的时候，已经是第二天下午了。陈达五拉着杨黑子的手，紧紧地握了又握："杨黑子同志，欢迎你回家！"

杨黑子眼睛里噙着泪花，说："等了十五年，我终于等到给兄弟们报仇的这一天了！"

"别急，慢慢来！"陈达五把杨黑子按在凳子上，说，"县委要求你先到县上，参加正在组织的民干班学习，先熟悉政策……"

为期半个月的学习，让杨黑子感到既陌生又新奇。

一堂堂精彩的授课，让杨黑子觉得新奇不已，激动万分。兴奋之余，他又感到懵懵懂懂，甚至云里雾里。比如，要依靠奴隶，团结全体劳动者，有步骤有区别地消灭奴隶主阶级；要坚持长期团结、教育改造，充分体现和平协商、慎重稳进、和缓宽容的精神；对上层人士要采取政治上从宽，经济上赎买，争取团结他们中的大多数；对奴隶主的枪支弹药，实行"枪换肩"；等等等等，他老是觉得就像一个巨大的馍馍，让他嚼不烂，咽不下，更消化不了。

杨黑子总觉得自己的脑子不够用。尤其让他想不通的是，对那些万恶的奴隶主，天天和他们讲团结，天天和他们和平协商，老是对他们和缓宽容，对过去的事既往不咎，这不是对这些剥削阶级的纵容，对那些冤死在他们手里的百姓的亵渎吗？

杨黑子想不通，他实在想不通！

学习结束后，金县长带人向杨黑子详细了解了当年游击队的情况，要他回到瓦房寨配合工作队继续开展工作。和杨黑子下来的还有一个电影放映小队，带了两部电影。

寨子里早就忙开了。男人们挽着袖子，帮着女人把晒场上的燕麦小麦收拢一堆，把到处堆放的秸秆清理干净。女人们更为忙碌，她们忙着把打好的麦子收回家，把连枷、背篓、簸箕收进屋。彝人都好面子，他们从来没有听说过电影是个什么玩意儿，更没有见过电影要怎么放，跟他们说也解释不通。但有一点，到时候有很多会川城里的人要来。他们感兴趣的，不是放什么电影，而是这么远的客人来了，得有人把乱糟糟的寨子收拾干净，不能臊山里彝胞的皮。

寨子里的人跟着忙过一阵后，他们都把关注的目光投向了电影队的邓眼镜。夕阳笼罩下的远山，隐隐约约的村庄，炊烟袅袅的农舍，朦胧在小河里的树影，以及细碎阳光下劳作的村民，在邓眼镜的眼里是这样的温馨美好，他忍不住支起画夹，拿出画笔在画纸上画起来。

寨子里的人不知道他在干什么，一齐围上来看稀奇：

"嘿，这个人拿着根烂杆杆戳戳抹抹，眼睛一会儿睁一会儿闭，可能是脑壳出问题了！"

"你瞧他那鬼样子，呆痴痴的……"

周围的人或蹲或站，指指戳戳，用嘀嘀咕咕的声音演绎着他们的好奇。有人不放心，对越凑越近的孩子大声吼道：

"你几个不要站拢去，最好躲开点，一会儿他发起疯来是要打人的噢！"

一个戴着黑头帕，披着披毡的老人蹲在邓眼镜旁边，用一根长长的烟锅抽着旱烟，用好奇的目光在他的画笔上摩挲着。阿普挺拔的鼻梁，炯炯有神的大眼睛，沟壑纵横的皱纹，以及黑黝黝的脸上那慈祥的笑容，这是多么生动的表情啊！邓眼镜来了兴致，拿出一张全新的画纸，唰唰唰——，很快为他画了一张肖像，高兴地对周围的人说："你们看，和这个老人像不像？"

"阿啵，太像了，太像了嘛！"

傍晚的夕阳很温柔。远方的山峦在五彩云霞的映衬下，高山巍巍，轮廓分明，高高矮矮的山峰让明暗交错的光柱拉得动感十足。几缕阳光，从稀疏的树影中筛落下来，温柔地摩挲着那些或蹲或站的身影，让一张张好奇的脸生动无比。

邓眼镜收拾起画夹，在人们啧啧赞叹声中就往工作队的驻地走。坝子里聚的人越来越多，晚上放电影还要做一些准备工作。可是，刚才给邓眼镜当模特的阿普，不高兴地跟着他，不停地嘟嘟哝哝说着话。

邓眼镜把乌嘎惹找过来一问，乌嘎惹笑着说：

"嘿，这个阿普说，你把他的魂都收在框框里头了！"

"这……怎么会呢？"

"他说，你把他的魂装进去，五脏六腑让你掏空，估计活不过今天了，你说这咋办？"

乌嘎惹还没说完，邓眼镜就笑得直不起腰来。

"这怎么可能呢？要不，这张画我送给老人做纪念吧！"

阿普摇着头，絮絮叨叨不停地说着话。乌嘎惹笑着对邓眼镜说："阿普说他不敢把自己的魂抱起走。阿普还说，为啥你要和他过不去？"

"这这这……那他要什么？"

"他说，魂都收走了，他就只有等死了。但是，你得给他买点柴火！"

"买柴火干什么？"

"哼，你把人家的魂收走了，他还活得成吗？彝人死后都用火葬，他不买点木柴放着，到时候咋办？"

乌嘎惹哈哈哈地笑起来，拉着老汉劝说了半天，才让他悻悻地离开了。

晚上的电影在寨子前面的空坝上放映。太阳还没有落山，远远近近的彝家同胞就赶过来了。他们从来没有听说过，也从来没有看到过这样的稀奇事。

差不多每次都是这样，遇到这种机会，陈达五都会站在高高的桌子上，挥动着手给大家讲全国的形势，讲汉区土改的情况。今天给大家讲的全是外面花花世界的稀奇事：比如说电灯，一个小瓜样的东西，啪嗒拉一下，屋子里就亮堂堂的；比如说自来水，龙头一拧，水就哗哗哗流出来了；比如出门不再骑马，而是骑着自行车、开着乌龟一样的汽车。这些生动形象的比喻，把大家说得激动不已，眼睛里满是喜悦和向往：

阿啵，外面的世界真有这么怪吗？

阿啵，那种日子，让我们过着一天，死都值得了！

大家翘首期盼的电影开始了。

银幕上的故事悬吊吊地吸引着大家的眼球，大家瞪大眼睛，屏住呼吸，生怕漏掉每一个微小的细节。突然，银幕上枪声大作，机枪嗒嗒地喷出火舌，排子枪叭叭齐射。就在敌人惨叫着从阵地上溃败下去的时候，出现了戏剧性的一幕：原本安静的场子里突然躁动起来，很多人奋不顾身地往前挤，他们一齐拥到银幕后面，在草丛里搜寻着，翻找着，推搡着，阵阵哄笑声只差点儿把银幕给刮跑了。

不仅如此，第二天天还没亮，就有早起的老汉来到了昨天挂银幕的地方，跳着脚在那里骂：

哪些天杀的起得比我早，一个子弹壳也没有留下！

宣传队到飞云铺又连续开展了三天的演出。宣传队的人不多，节目也没有更多的花样，但同样受到了当地彝人的欢迎。这天一大早，周边的彝家同胞就陆续拥过来了，黑压压地坐在一起。

春天的龙岗还有几分凉意，瓦蓝的天空清朗而空阔。太阳从龙岗山上慢慢升起来，暖融融的阳光纷纷扬扬地铺洒下来，轻轻地摩挲着那一张张兴奋的脸庞。

对于这些过够了苦日子的人来说，他们从来没有这么兴奋过。

在节目演出之前，陈达五跳上舞台，就前几天开展的诉苦会进行了总结。本来，他还要对下一步工作进行安排，就让下面一个洪亮的声音接了过去："陈队长，让我来说两句！"

一个脸色红润的汉子一步跃上了舞台，说："我叫阿布牛，前几天听了大家诉的苦，我把阿达遭的罪向大家说一说！"

前几天瓦房寨虽然开了几次诉苦会，但是效果并不好。特别是第一天，主持人乌嘎惹动员了半天，点名道姓把乡亲们请上场去，他们要么忸忸怩怩结结巴巴，要么说一些不着边际的话，看那个阵势，似乎比他们在田里地里下苦力还要费劲得多。经过几场诉苦会过后，效果就不一样了。

"你们都知道,我阿达是会川坝子的汉胞。七岁那年,我阿达在街上看灯会让彝胞抢上山当了娃子。在家的时候,他的爷爷奶奶最心疼他,这一走,不知道两个老人急成什么样。一个七岁的娃娃,从小生活在城里,到了山上不管看到什么都害怕。最让我阿达难受的是,他不敢哭,只要一哭就会招来一顿棍棒,他只有在没人的时候,或到了夜间才敢痛痛快快地哭出来。主子知道,要把这样的娃娃教乖,最起作用的就是棍棒。阿达不甘心,逃跑过三次。第一次捉回来,被打得浑身没有一块好肉,还被割了一只耳朵;第二次捉回来,又被打得浑身没有一块好肉,砍掉了一只手;第三次捉回来,挨了一顿毒打后,被剜掉了一只眼睛。大家说说,他好生生的一个人,和大山上的人无冤无仇,为什么要让他遭受这么多罪,为什么啊?……"

阿布牛还没有走下舞台,又上来了一个汉子,说:"我的侄儿叫阿木才才,长得高高大大,一表人才。才才和寨子里的阿依嫫姑娘好上了,无奈我们是曲诺,阿依嫫是诺伙,按规矩是不可能在一起的。更糟糕的是,主子和阿依嫫家是死对头。两个年轻人商量一起跑,结果才两天就被捉回来了。主子把寨子里的人召集起来,处罚这两个年轻人。才才的阿达已经过世了,我不能不管呀。我苦苦哀求主子,主子说就不当着大家的面打了,他派人找来两扇磨盘,让阿依嫫背一扇,逼着她跳进鹰愁河的绿荫塘里了。才才背上一扇,主子拿了把刀给我,对我说,要想给他痛快点,就看你的手艺了!老天,我怎么对从小带大的亲侄儿下手呀?我只觉得眼睛里有一串串热辣辣的东西流下来,扭头瞪了主子一眼。主子说,你那死鱼眼睛不要看我,你要看你那几个娃娃,今天只要你敢乱动,这几个小东西就活不成!我家的五个儿女,全部在我身后哭。我实在无法,闭着眼睛,挥起刀就朝我自己的脖子上抹过去。可是,我的手让人拽住了。主子喊了一个娃子过来,把刀交给他。那个娃子闭着眼睛把刀砍下去,只听才才惨叫了一声,说大哥你砍准点。老天,那一刀砍在他脸上,刀让骨头给卡住了。娃子把刀拔出来抖抖瑟瑟连着补了十几刀!事后,主子还到处说我的闲话,说我心毒得很,连自己的亲侄儿都下得起狠手……"

大家都屏住呼吸,呆呆地看着台上声泪俱下的阿木尔体。

"你赶紧下去,让我来说几句!"一个汉子上台去,还没有等抹着眼泪的阿木尔体下去就说开了。

"我们寨子原来有几十户人,全是些惹补家的安家娃子。那一年,惹补家的两个娃子半路上看到十多只羊没人放,就把这些羊赶回了寨子。过了几天,这些羊也没人来认领,两个小伙拖了两只宰了平分。结果第二天,寨子里就来了七八个外地人,说他们是火普家的,要我们把羊还给他们。惹补家说,要还羊可以,但要把照管羊的费用算起。可是一算就不对了,对方说他们丢了四百多只羊,让这边全部赔他们。这边说四百多只羊也不打紧,我们又是苞谷,又是精料,把草料、人工、场坝、看守的折成钱,七算八算,一只羊花费的钱比现买一只还贵。两边越说火气越大,双方就动起手来。我们这边人多,很快就把对方打死了三个,还有两个躺在地上起不来。剩下的逃回去,第二天对方带了两百多人过来,两边又死了几个人。从此两个寨子里就不得安宁了,今年你杀过去,明年我杀过来,年年都要死人。前年上冬后，火普家搬了一个连的汉兵过来，那些汉兵把寨子里的人全部杀光了。那天惹补家让我和他家娃子，到龙岗山上给大头人拜年去了，才白捡了条命。我的阿嫫和媳妇带着三个娃娃在家里，我的阿嫫没了，媳妇没了，最小的是两个龙凤胎娃娃，才一岁多点，他们都没有放过！……"

"你说那些算个啥？我们寨子比你们还惨，让我说几句！"

明晃晃的太阳放射出耀眼的光芒，会场气氛变得更加热烈。有人把身上的披毡脱下来，垫在地上坐着。往天在大人腿缝间拱来拱去的孩子，都被他们抱在手上，生怕不懂事的娃娃弄出一点儿声响。

"这个社会好不好，大家心里都有一杆秤。我们今天开这个诉苦会，不只是把苦难的疮疤晒出来，要大家比谁更惨。是要让大家明白这个社会的罪恶，只有大家抱成一团，推翻这个吃人的社会，才能过上平等幸福的好日子！"陈达五看到时间不早了，把这天的诉苦会画上了句号。

演出结束后，一个精壮的汉子找到了陈达五：

"队长，你们演得太好了！"

"只要大家喜欢，我们还要坚持搞下去！"陈达五笑眯眯地说。

"阿啵，你们只在这里演，不去我们寨子演，太可惜了嘛！"

"你们是哪个寨子的？"

"我是勒普寨的曲诺，不要看不起我们哟！"汉子高高兴兴地说。

勒普寨大部分是白彝，他就是寨子里的头人派来打探消息的。这几天，下面搞得热热闹闹，各种各样的消息让头人心里直痒痒。汉子说得轻松，陈达五却吃了一惊。勒普寨的白彝头人思想保守，工作队派人送去几次信，要到他们寨子开展工作，他都置之不理。彝寨里人多势众，就凭工作队十多个人，带着一帮唱唱跳跳的宣传队进去，万一他翻脸变卦怎么办？

这的确是一个两难的选择。

进山去，这群人有可能会被他们吃掉，弄不好还有被抓去当娃子的危险。不去，对方会说工作队没有诚意，陈达五把工作队和宣传队的同志召集起来，大家一听勒普寨请他们进山，都在发表自己的意见。陈达五一听，笑了："不入虎穴，焉得虎子！有这样的好事，哪有不去的道理？我请大家来，就是要统一思想，做好进山的准备……"

第五章 山谷的枪声

老鹰飞得再高，利箭能把它射落，
豺狼跑得再快，猎枪能把它打中。

去不去凑这份热闹

一场猝不及防的倒春寒，在刺骨的北风中裹挟着雪花席卷而来。龙岗山上一夜间白雪皑皑，山上山下也都银装素裹。

勒普寨坐落在龙岗山的半山上，瑟缩在风雪中的木板房石板房瓦板房，显得更为幽暗古朴。雪已经停了，化掉的积雪把路面弄得泥泞不堪。风不紧不慢地刮着，犹犹豫豫，又显得极有耐心，似乎跟被它们吹得越来越薄的云过不去。唯有寒冷，从树梢上从草丛里无声无息地钻出来，犹如孩子般呵着冻得通红的手直往怀里钻。

工作队如约进入勒普寨，这是寨子里的人没有想到的。

昨天的汉子叫比祖嘎嘎，是勒普寨白彝头人比祖什哈的侄儿。寨子里有几户黑彝，但势力都没有比祖家大。比祖什哈为人豪放，处事公平，在方圆十多里很有影响力。昨天比祖嘎嘎冒冒失失约宣传队进山，但在回去的路上越想越觉得不对。叔叔豪放大气，但认死理，固执而偏激，万一哪个地方不小心冲撞了他，一气之下他把这些人扣起来怎么办？

比祖嘎嘎回去后，就迫不及待向叔叔分享了在飞云铺的所见所闻，把邀请宣传队进山的事告诉了叔叔。

"这么冷的天，我谅他们不敢来！"叔叔赞不赞同这件事，比祖嘎嘎确实心里没有底，他只能用嘎嘎嘎的笑声来掩饰内心的不安。

"哼，万一他们粗着胆子，偏要上来咋办？"比祖什哈用轻微的叹息表达了自己的担忧，"人家送了几回信我都没有搭理，他们正愁找不到机会上来哩！"

比祖什哈摸出那杆玉石烟嘴的烟锅，比祖嘎嘎给他装上烟丝，拿起旁边的火镰，咔咔引燃那层绒绒的火草给叔叔点烟。比祖什哈嗞地吸了一口，说："你得做些准备。万一人家要上来，总不能让他们喝风吧！"

"是是是。"有了这句话，比祖嘎嘎的心稍稍平静了一点。

昨天晚上这场雨夹雪，搅得比祖嘎嘎一夜没睡好。寨子里的人常说，力气使不到点子上，再大也枉费；话说不到心坎上，再多也白说。看得出来，头人对邀请宣传队上山这件事并不感兴趣。比祖嘎嘎知道，自从工作队开进彝区以后，大小寨子的各路头人，都像搁在浅滩上的鱼儿，惊得扑通扑通乱跳，削尖了脑袋都在找保全平安的路子。这些日子，国民党西南联络处冯正和的人，也在山上活动，到处封官许愿，送枪送炮，吹得天花乱坠。

各种小道消息满天飞，黑彝主子也好，普通白彝也好，奴隶娃子也罢，个个都在焦虑之中。如今，陈达五带着宣传队一上山，双方再一搅和，山上的局势就更加难以掌控。但是，说出去的话已经收不回来了，比祖嘎嘎不得不为自己的冒失感到后悔。

姜是老的辣。这样的事，果真被比祖什哈言中了。

事已至此，比祖嘎嘎只得硬着头皮，拿出十二分的真诚，打出叔叔的旗号，把寨子里的亲戚发动起来，吆喝着家里的娃子，赶紧张罗起这件事来：派出几拨人，骑着快马分头通知周边寨子的人；派出几个人，帮着张罗会场；派出几个人，赶紧去杀猪宰羊。荒山僻岭，人家冒着风雪跑了这么远的路，不能怠慢了这些尊贵的客人。

对于那块演出的场地，宣传队是很满意的。比祖嘎嘎赶紧安排人，在陈达五的指挥下清理堆在坝子上的秸秆，清除牲畜散落的粪便和杂物。比祖嘎嘎原本要把大家请到他的亲戚家，可是宣传队嫌在寨子里远，换服装道具不方便，他们坚持就在坝子旁边这个有些寒碜的白彝家住下来。

半圈残破的围墙，围住了几间低矮的木板房。一条瘦小的黄毛土狗趴在地上，翘起屁股，龇着牙在门口狂吠着。一只母鸡带着十几只雏鸡在泥泞的院子里觅食，似乎对这群远方的客人并不关心。

郑小豆跨进低矮的门，似乎一脚跨进了黑森森的世界，耳朵里满是奇奇怪怪的声音，一股陌生的气息迎面朝他扑来。郑小豆的心怦怦跳着，睁大眼睛，逐渐适应了房中昏暗的环境。火塘的一边是关牲畜的栅栏，一头老牛在里面慢慢咀嚼着草料，时不时呼地喘上一口粗气。两头半大的猪正在专心地拱着栅栏,用叽叽的叫声对主人表示抗议。很明显,它们企图从那个牢笼里逃脱出来,到外面的世界去看看。火塘的另一边靠墙放了盘石磨,墙边有石臼、木桶、竹篓、簸箕等家什,房上吊着两只装粮食的麻布口袋,墙脚边散乱地堆放着半筐洋芋,还有十多个圆根萝卜。这样的屋子他见得多了。山上的彝人为了防止牲畜丢失,会把家里的牲畜也关在房子里,人住在火塘边,另外一边关着猪牛羊等牲畜。同在一大间房里,牲畜的草料粪便堆沤在一起,空气相当污浊。

郑小豆发现火塘边的灰在蠕动。仔细一看,两个孩子正拥在草木灰中取暖。而他们的阿嫫刚从外面回来,惊恐地瑟缩在房子的角落里,眼睛里满是不安。郑小豆把两个孩子从灰里刨出来,他们浑身直打哆嗦,嘴里的牙齿嘚嘚嘚的脆响,磕出满世界的寒冷。郑小豆心里一阵发紧,他一把抱过孩子,拍掉他们头上身上的灰,脱下身上的大衣把他们包起来,紧紧地搂在怀里,把他温热的脸颊贴在两张满是灰烬的脸上。

这一切,孩子的阿嫫都看在眼里。阿嫫紧绷着的脸上,有了浅浅的微笑,眼中的惊恐一点一点淡下去,变成了莫名的惊喜。在她看来,这些人就是陌生的荒原中多年未见的亲人,看上去是那样的善良和温暖。她手足无措地站起来,急匆匆地招呼着眼前的陌生人:

"阿啵啵,稀客,稀客!我屋头潦草得很,你们不要嫌弃!"

孩子的阿嫫跑出去抱来柴火,半跪着刨出火塘里焐着的火种,呼哧呼哧地吹燃。她打来水倒进锅庄上的大锅,从房子的角落里提出仅有的半筐洋芋，在外面搓洗了一阵就要倒进锅里。可是，她的这个举动，被陈达五伸出的手拽住了：

"大嫂，不麻烦了！"

"阿啵，看不起我们吗？我没啥好东西……"孩子的阿嫫还在坚持往锅里倒。

"不不不，把你的锅借给我们，把柴火、酸菜卖点给我们，我们自己做饭吃！"

"锅你们用吧，那些东西哪个收钱啊！"

孩子的阿嫫满脸歉意地走出门去。过了一会儿，孩子的阿嫫带了两个女人进来，手里拿着鸡蛋、白菜、辣椒和干酸菜，一路走一路小声地说着话。几个女人一进门，就低着头择菜洗菜，帮着他们忙开了。

还不等宣传队吃早饭，周围的彝家同胞都过来了，黑压压地挤满了那块临时的坝子。他们的脸上洋溢着久违的笑容，比到乌地吉木集镇上赶集还要热闹。

宣传队准备开饭了。焖锅杂粮饭，炒白菜，炒洋芋丝，元根酸菜汤，空气里盈满了饭菜的香味。孩子的阿嫫搂着两个娃娃，躲在屋子的角落里，生怕打扰了这些尊贵的客人。郑小豆拿出搪瓷缸子盛了一缸饭，在阿嫫啧啧的感叹中，笑眯眯地端给了两个孩子。

一通锣鼓响过后，整个场子安静下来……

荒僻的山上，不论谁家来了贵客都是全寨子的盛事。比祖嘎嘎派去宰猪杀羊的人，早就忙活开了。他们杀了羊宰了猪，就在刚才那户曲诺家的围墙外支起大锅，煮彝家坨坨肉招待尊贵的客人。

喧天的锣鼓,一阵接着一阵的欢笑,挟带着羊肉猪肉的香味随风飘了过来。比祖什哈犹如一只关在笼子里的蛐蛐,每一通锣鼓,每一阵欢呼,对他来说都是一记重锤,震得他心慌气短,头皮发麻。隔不了一段时间,就会有贴心的娃子跑进来,向他报告外面的情况。外面欢乐沸腾的声音一浪高过一浪,比祖什哈在家里实在坐不住了,他让两个娃子抱着酒,和他一起到了这个热闹的坝子里。

演出结束了,聚集在坝子上的彝人久久不愿离去。刚才,陈队长简短的讲话,犹如茫茫荒漠里的一声春雷,激荡着大家的心。

比祖嘎嘎用绿松叶铺成了一块柔软的平坝,他把陈达五和宣传队请过来,大家都欢笑着坐在松叶席上,准备品尝彝家的坨坨肉。作为寨子里的头人,比祖什哈的到来,在人群里引起了一阵波澜。有人叫好,有人沉默,有人脸上写满了忧愁。是啊,未来的勒普寨何去何从,跟这个白彝家支的头人有很大的关系,他会怎么想呢?

比祖什哈满满地倒上酒,和陈达五连干了三碗,朗声说道:"陈队长,今天咱们喝了这几碗酒,勒普寨就为你们敞开了大门。欢迎你们过来,我们听你的!"

县上又召开彝人家支头人座谈会。这次不仅在会川城开会,还要把他们组织到成都、重庆,到先进的汉区去参观学习。

阿尔拉则躺在床上翻来覆去睡不着。

县领导天天给他们吃好的喝好的，给他们讲当前的形势，讲以后过好日子的美好愿景。那些质朴的话语，仔细想来确实有道理。同样是人，老天为啥这么不公平。凭什么他们一生下来就高高在上，有田有地，牛羊满圈，还有给他们下苦力的奴隶娃子。而那些娃子一生下来，就是受穷劳碌等死的命，一辈子畜牲一样供主子奴役驱使，没有半点儿人身自由？其实，很多时候他也同情那些娃子，觉得他们可怜。但有时候又觉得有些娃子实在可恶可恨，是养不乖的会说话的畜牲，好吃懒做，挖空心思和主子作对。对这样的人，不打不杀怎么把他们调教得过来？

对这些老祖宗留下来的规矩，到底应该怎么改，他也觉得无能为力。不过，这几天住在会川城里，吃了，喝了，睡了，看了，听着这些道理，越想越觉得那些规矩有问题，越想越觉得这个世道应该改一改。

听说县上组织他们到成都、重庆开眼界，大家都很高兴。很多年前，在龙岗山传教的洋教士就跟他们说起过成都，说那个地方大，楼房高，人也多。有这样一个机会，当然都想去看看。

可是，回到床上仔细一想，又觉得不对。

偏僻的大山上，家家都豢养了不少娃子，对那些养不乖的东西，除了打骂以外，卖的卖杀的杀，有几个当主子的手是干净的？到了成都、重庆那些大地方，口口声声为穷人说话的共产党，一绳子把他们捆了怎么办？再说，彝家过去的老祖先，到平坝地方瞅准汉家的小孩，一麻袋就扛回来了。成都坝子建昌坝子的人，一听说高山来的彝人，都会闻之色变。要是有人发声喊，一人戳一指头，不把你几个戳成肉饼才怪！

阿尔拉则只觉得脊背一阵一阵发凉。

更为关键的是，龙岗山上的黑彝大头人阿尔哈铁怎么没去？

那可是方圆百里大美彝乡，最为聪明的人精啊！政府五次三番邀请，他只派了当家娃子阿力次吉带了随从过来。会还没开完，精明的阿力次吉就提前走了，为什么？

阿尔拉则最后铁下心来，不去凑这份热闹。可是，他才走出招待所大门，就让一双大手拽住了："阿啵，俄捏！人家都找你半天了，你还在这里逛大街呀！"

是他的外甥勒伍尔甲，他同样在县上参加这次座谈会。勒伍尔甲急急地说，到成都、重庆参观的车，马上就要开动了，带队的人急慌慌地到处找他。

"尼莫惹（外甥），我家里有事，不去了！"

"嗨，哪家没事？"

即便是自己的亲外甥，有些话在大街上怎么好给他说呢？阿尔拉则支支吾吾半天，说："尼莫惹，我一看到汽车脑壳就会晕，不去了！"

勒伍尔甲一听，哈哈笑弯了腰："嗨呀，俄捏，你好久坐过汽车吗？山上那些憨包，几辈子想坐还坐不上哩，人家出钱请你去看看，哪有不去的道理！"

勒伍尔甲不由分说，强拽着舅舅上了车。

到了成都，阿尔拉则才觉得之前自己所想的，是多么的幼稚可笑。

都市里的繁华与喧嚣，汉区欣欣向荣的场景，在他们的眼里是那样的新奇。

城里的楼真高,他们站在楼下仰着头看,把头帕仰掉了也看不到顶。那么高的楼,是怎样盖上去的?街修得这么宽干吗,得占用多少粮田?宽敞的百货商店里,吃的穿的用的,应有尽有,看得他们眼花缭乱。阿啵啵,这些东西是从哪里钻出来的,天天摆在货架上,门大大地开着,就那几个风都吹得跑的售货员,不怕有人来偷来抢吗?

让他们最感兴趣的还是两个地方:学校和医院。城里的娃娃,一个个穿得干干净净,整整齐齐地在教室里念书,让人好生羡慕。要是在他们偏僻的彝家山寨,也办几所学校,把那些野惯了的孩子收进去,有老师帮忙管束着,多多少少学点东西,那该有多好!医院里人来人往,和百货商店一样生意兴隆。在大山上,人得了病只有请毕摩打卦问卜,请苏尼捉鬼驱魔,能够撑过去那条命就当捡的活,要是撑不过去,亲戚朋友抬上山,架起一堆柴烧成灰灰,这一生就完蛋了。哪像城里人,那命就这么金贵,脑壳里出了问题可以锯开,胸脯里肚子里出了问题可以划开,肚子肠子可以切掉一大截,然后用线再缝起来,比大山上阉小猪阉小鸡还要方便,阿啵啵,什么手艺这么霸道?要是山上也能这样,说不定大小彝寨都住满了百岁老人。

最让他们惊奇的是水龙头和电灯。别看水槽旁边那个小小的水龙头,用手一拧,水哗哗哗地就来了,嘿,这多么省事!哪里像在大山上,煮饭熬汤用的水,都靠娃子从山沟里背上来。楼上楼下全是明晃晃的电灯,"啪嗒"拉一下那根细细的绳子,灯哗地一亮,把黑黢黢的房间照得如同白昼;再"啪嗒"拉一下,四周黑沉沉的暗色就会啸聚而来。哪里像山上,到了夜里伸手不见五指，就像掉进了黑沉沉的深渊。山里晚上点灯全靠松明，点火得用火镰，咔咔打得火星四溅引燃火草，或翘着屁股在火塘边吹燃焐着的火种，才把松明点得燃。为这个水龙头和电灯，一起来的人闹了不少笑话，有人就着电灯点烟，有人攒足了劲准备把水龙头拧下来。

当然，还有人嘟嘟囔囔吵着，就是价钱再贵，也得买个水龙头和电灯回去。以前，在保人的操办下，偶尔也有汉人上山兜售货物。那些可恶的汉胞，一根针要换他们一张羊皮，一坨烟锅大的盐巴要换他们一只羊，一口破锅要换他们三五只羊。和那些东西相比，这两件宝贝就是花百十坨银子都是值得的。到时候用石头砌堵矮墙，把水龙头安上去，让水天天哗哗哗地流。在房梁上牵根绳，上面结个电灯，一到晚上就让屋子明晃晃地亮着……

人比人气死，毛驴比马累死。过去总觉得龙岗山已经大得很了，有几十头牛，几百只羊子，有几十户安家娃子，有十多个锅庄娃子，就是土皇帝了。和这些地方比起来，阿啵啵，那点地盘算得了什么，家里那点土地牲畜房产娃子算什么？这些自高自大，鼻子朝天吹，天天蹲在深山老林里，只看得见簸箕大的天，眼见还没有成都坝子一条马路宽的家支头人，内心深处的震撼是可以想见的。

这一路，最兴奋的就是比祖什哈。他就像一个开心的孩子，用一连串的惊叹抒发着内心的感慨：

"阿啵，色坡！云雾厚了看不见树，河水深了看不清鱼。建昌坝子会川坝子就宽得很了，和成都、重庆比算什么？阿啵啵，这只是四川省一个城市，全国还有几十个省，你说毛主席管的地盘有多大！"

"阿啵，猴子坐在岩上称霸，水獭蹲在水里逞强。龙岗山上的大头人，手里那几杆枪吓吓树子上的麻雀还可以，和解放军的飞机大炮比连烧火棍都不如，还想跟共产党斗，做梦吧！"

头人叛变了

这天一大早，陈达五正和工作队在孜孜火普寨宣传民改政策，对当地奴隶主家的土地房产牲畜进行摸底。

这些日子，工作队的进展相当迅速。县上又召开了恳谈会，分批组织山上的大小头人到成都、重庆学习，那些发达地方火热的建设场面，深深触动了他们的心。很多黑彝白彝头人选择了和工作队谈判，交枪，愿意把自己的土地拿出来，分给穷苦的奴隶娃子。即使那些一时没有交枪、不愿意把土地拿出来的奴隶主，在思想上也有了很大的改变。

入夏以后，山上的蚊子多起来。晚上成群结队的蚊子，轰炸机一样，追着大家咬。尽管天气闷热，但晚上不仅不敢脱掉衣服，还要用旧衣服把头严严地包起来，让那些可恶的蚊子找不到下嘴的地方。连着下了几场雨，山上那些旱蚂蟥一天天长大，它们躲在沾满了露珠的树梢上草丛里，只要人一过去，它们就会飞过来吸食人的血。不管是谁，别说从草丛里过，就是在大路上走一遭，晚上一定可以从身上摸出十多条吃得胀鼓鼓的蚂蟥来。

这天早晨，一个汗流浃背的汉子，气喘吁吁地跑进来说：

"快点儿,土匪叛乱了!兹兹阿尼的木纽带着人杀过来了!"

木纽是兹兹阿尼寨的黑彝,他手下有七八十户安家娃子,家里有三十多个锅庄娃子,还管辖着几百户白彝,在当地很有影响。前段时间,就谣传他对即将开始的民改工作不满,没想到他的动作这么快。

"别慌,他们有多少人?"陈达五心里一惊。

"嚯哟,好几百!前边山上都挤满了!"汉子满脸惊惶,连头上的汗都顾不得擦一下。

山那边已经响起了零星的枪声。

时间容不得陈达五做出更多的选择。吃饭是来不及了,他马上命令伙房给每个队员捏了个米饭团,在积极分子的协助下,组织群众迅速转移出去。他知道那些土匪一旦进村,寨子里的百姓就遭殃了。

副队长老罗带了五六个队员,抢占了寨子东边的制高点,他们先发制人,向摸不清虚实的土匪开了火。陈达五带着队员,催促着寨子里的彝家同胞赶紧往野猪坪一带转移。

寨子里空气骤然紧张起来,呼爹叫娘,人喊马叫,乱成一团。

天灰蒙蒙的,太阳就像一块白亮亮的生铁,慢慢从东边的山头上移了过来。寨子里的彝人差不多都跑出去了,陈达五和老罗他们合兵一处,他们准备边打边撤,从南边的猴头岭撕开一个口子冲出去。可是,他们还没有跑出多远,南边山上就传来了密集的枪声,冲在前面的两个队员也中弹负伤了。

其实,昨天下午,乌嘎惹从瓦房寨赶过来,就给他送来了一封金太中县长的信。金县长在信中向他透露了一个令人震惊的消息：龙岗山下则约姑区的黑彝头人阿哈叛变了！这个表面积极，口口声声支持民主改革的黑彝，纠集了上千名土匪武装，伏击了解放军，突袭了区公所，把区上的二十多个人全部杀了。不仅如此，他们把区公所里面的枪支弹药全部抢走了！

金县长带着解放军到了瓦房寨，特意指示他们，要提高警惕，高度关注敌情匪情，不要分散行动！一旦发生意外，一定要想办法和解放军取得联系……

没有想到，这些土匪脚跟脚就到了。

陈达五带着队员边打边退，进了吉克此鬼家，用木杠和石板封死了大门。他手下只有十多条枪，大白天就这样贸然冲出去，必然是飞蛾扑火。唯一的办法，就是在孜孜火普坚守待援。

这幢房子是过去土司留下来的，旁边是相对独立用来看管牲口的院子，前面是一片开阔地，后面是一片斜斜的草坡，零星长着低矮的灌木丛。房子上下两层，上面是一个碉楼，透过枪眼可以俯视下面那一片平坦的地面。老土司被当地的彝人架空后，如一只掉光了牙齿的老虎，日子黯然无光，一年不如一年。最终，土司的后人把偌大的一座房子贱价卖给了吉克此鬼，搬到另外的地方去了。

陈达五他们到了吉克此鬼家，才发觉事情不是他们所想的那样简单。吉克此鬼的阿普病卧床上，除了他儿子赶着一群羊在外面，其余的还没来得及转移出门，就被工作队堵在了家里。一下来了这么多带枪的人，吉克此鬼一家吓得直打哆嗦。

陈达五赶紧把队员分了工，派人上楼做好战斗准备，把两个负伤的队员安顿好，对吉克此鬼说："大哥，请你放心，只要有我们在，土匪就打不进来！"

土匪发现了工作队藏身的地方，哦哦哦地吼叫着，利用寨子下面那条长满了杂木丛的浅沟做掩护，一边叭叭地放着枪，一边迅速逼了过来。

"沉住气！听我命令，放近了打！"陈达五压低了声音。

土匪见这边没有动静，胆子大起来，有人跃出了河沟，呐喊着朝吉克此鬼家的方向冲了过来。山上山下的土匪也发出了啊啊啊的吼叫，为这股冲锋的土匪呐喊壮胆。小河边很快就刮起了一股强劲的黑色旋风，呼啦啦向吉克此鬼家蔓延过来，跑在前面的几个人，连眉毛眼睛都看得一清二楚。

"打！"

楼上的长短枪一齐开火，那股黑色的旋风像被什么挡了一下，前面的惨叫着倒下去，后面的抱着头往后退。

一波又一波的黑色浪潮，都被工作队打退了。

这天下午，刮起了风。肆虐的风声好像千军万马，发出轰轰巨响。更多的土匪聚集到碉楼对面的猴头岭山垭口，他们不停地朝碉楼射击，慢慢向这边逼近。他们不知从哪里拿来了几面破锣，一边咚咚咚把铜锣敲得震天响，一边发出啊吙啊吙的吼叫声。枪声锣声吼叫声，在猎猎的风中，显得更加疯狂恐怖。

所有的人都集中精力，准备出击。

"队长，你看！"

随着杨黑子一声惊呼，后面低矮的灌木丛里钻出二三十个土匪，正鬼鬼祟祟向碉楼逼近。

陈达五早就看到了，他微微一笑，说："来得正好！"

一阵沉着的射击，后山上留下了七八具尸体。

天渐渐黑下来，夜风把天上的星星擦得亮亮的。土匪在周围的大山上烧起了熊熊大火，他们在山上吼叫着咒骂着，不时朝房子里放着枪。陈达五趁着这个空隙，召集大家开了一个短会。就这样耗下去，肯定不是办法。陈达五把所有人员分成两班：副队长老罗带七个人守上半夜；他带六个人守下半夜。陈达五知道，面对四周穷凶极恶的土匪，必须保持足够的体力，才有可能坚守到最后一刻。

子夜时分，几声闷锣划破了静寂的夜空，声嘶力竭的喊声汹涌而来：

"吉克此鬼，你这个狗东西听着！你带起婆娘娃儿，赶紧打开大门出来！都是低头不见抬头见的亲戚，我们保证饶你不死！和工作队在里面，你们只有死路一条！"

屋里的空气凝固了。吉克此鬼脸色煞白，他的老婆和孩子更是吓得嘤嘤直哭。

"蒋介石几百万军队，我们都不怕，这几个毛手毛脚的土匪算个啥？"陈达五摸了摸孩子的脸颊，笑着说，"解放军早晚会来解救我们的，你们安心睡觉！"

天亮的时候，风停了。吼叫了一夜的土匪，也消停下来，一时天地显得非常安静。

突然，从清浅的河里钻出一个怪物，向土司的碉楼慢慢移过来。一辆独轮车上，载着一门土炮。炮身上堆着用湿棉絮和水浸透的羊毛披毡，几个壮汉推着独轮车，一路颠簸着朝碉楼冲过来。

陈达五指挥队员打了几枪过去，子弹噗噗钻进湿棉絮里，不起任何作用。

独轮车在土匪的呐喊声中，一点一点向碉楼逼近。

"看我的！"杨黑子提着枪下了楼，他在墙脚凿穿一个洞，把枪伸了出去。只听叭叭几声枪响，两个土匪小腿相继中弹，倒在地上惨叫着，独轮车上的土炮也歪倒在一边。

太阳渐渐升了起来。地上的露水让太阳一晒，变成了一层薄薄的雾，携带着浓浓的硝烟，弥散在寨子里。又过了一会儿，这些雾就变成了云团，一朵一朵，在山间丛林里徘徊着，久久不忍离去。

土匪一计不成，又生一计。这天下午，火辣辣的太阳炙烤着大地，白亮亮的阳光刺得人睁不开眼。同样是独轮车，上面装着高高的柴草，摇晃着一点一点向碉楼逼近。碉楼旁边的草棚和大院连在一起，恰恰与碉楼形成了死角。土匪的意图很明显，他们想把这些柴火推到大院旁边，采用火攻把草棚子引燃，从而烧掉整个碉楼。

土匪吸取了上次教训，独轮车后半部分上下盖了湿棉被，前面看不到后面的人影，枪弹打不穿，手榴弹够不上，只能眼睁睁地看着他们从眼前的空地上绕过去。

路面七高八矮，但土匪自恃碉楼上的人奈何不了他们，一步一步逼近草棚子。山上的土匪也哦哦吼叫个不停，大家的心都悬了起来。陈达五和老罗对视了一下，老罗带着两个队员，带上马刀和手榴弹，悄悄溜下楼去。他们准备待土匪靠近草房的时候，跃出院子突然发起攻击。

"不怕！"

一直铁青着脸的吉克此鬼取出弓箭。他飞快地在箭头缠上蘸有清油的布条，用火镰打火点燃，随着嗖嗖几声响，燃烧着的布条接二连三地射在柴车上，让车上的柴草变成了一堆熊熊大火。几个藏在独轮车后面的土匪，吓得惊叫着丢下柴车，狼狈地逃了回去。

两天过去了，土匪没有占到任何便宜，白白丢了几十具尸体在荒坡上。

天黑以后，肆虐的风停歇下来。进攻了一天的土匪，宰牛杀羊，忙着吃肉喝酒，忙着吞云吐雾抽大烟，酒足饭饱就倒在树下呼呼大睡。没有了枪声喊杀声，寨子一时显得特别安静。

夜深了，四周的山上陆续烧起了大火，那些喝醉了酒的土匪围着火堆跳着笑着。一阵闷锣响过后，就听见一个沙哑的声音粗野地传了过来：

"吉克此鬼，你这个背叛祖宗，跟着汉呷吃屎的狗，你听听这是谁？"

吉克此鬼十三岁的儿子带着哭腔，在山上哭喊道："阿达，我是呷呷呀！"

"吉克此鬼，你这个蠢货！你把那些该死的汉呷藏在家里，他们杀了我们这么多弟兄，你就不怕这些人到阴间找你算账？你听好了，要是你现在出来，我们可以饶你一家老小不死！要是不出来，我们先活剐了这个小东西，再把你家老老小小和那些汉呷统统杀光！"

小儿子的惨叫和土匪狰狞的狂笑声，清晰地传了过来。吉克此鬼牙齿咬得咯咯响，一拳砸在地上，发出沉闷的声响。

土匪粗野的咆哮声，和鬼哭狼嚎的风裹挟在一起，犹如明晃晃的刀子在夜空中嚯嚯飞舞："里面的几个汉胞听着，第三次世界大战已经打响，蒋委员长已经打回来了！共产党的几个首脑人物，已经被美国人扔的原子弹炸成灰了，解放军被蒋委员长撵得鸡飞狗跳，现在国军已经过了雅安，马上就要打过来了！你们几个憨包，还蒙在鼓里为共产党卖命，你们太愚蠢啦！赶紧放下武器，我保你们在国军那里加官晋爵，一辈子享受荣华富贵！……"

"别听他们胡说八道！"陈达五笑了笑，对大家说，"咱们抓紧时间休息，午夜以后还有任务！"

周围的土匪越来越多，就这样消耗下去，必然凶多吉少。事情明摆着，要想打破敌人的包围，必须派人冲出去向上级报告。而这一带最熟悉情况的，就是乌嘎惹。可是，当陈达五把这个想法跟乌嘎惹一说，这个憨厚的彝家汉子一下愣住了：

"我？"

"对，你想办法冲出去，到离我们最近的红莫拉区公所报信，请他们赶快派人过来营救！"

"让我去？"乌嘎惹愣了一下，显得有几分犹豫。

陈达五看着乌嘎惹，紧紧地握着他的手，说："什么都别说了，我们相信你！"

"你们信得过我？"乌嘎惹看了看杨黑子，再看看陈达五，重重地点了点头。

午夜时分，几条人影轻轻从房子的侧门闪了出去。

幽深的夜幕上，亮晶晶的星星沸腾着跳跃着。副队长老罗带着三名队员悄悄从对面的山头爬过去，一步步朝着那几堆大火逼近。土匪酒足饭饱，东倒西歪躺在火堆旁睡大觉。

老罗呱嗒一声蛙鸣，几颗手榴弹同时飞了出去，在土匪中轰轰爆炸开来。

"解放军来了！"

山上山下乱成一团，响起了枪声和惊叫声。

乌嘎惹往密林里一钻，消失在茫茫的夜色里。

激烈的枪声响了大半夜，才慢慢停歇下来。

山上大大小小的路口全被土匪把持着。乌嘎惹从陡坡上连滚带爬，一直滚到山下的小河边。这条幽深的河谷，峭壁横陈，荆棘遍地，平时根本就没有人来过。乌嘎惹高一脚低一脚，踏着七高八矮的石头，在荆棘丛里艰难地穿行着。山谷里阴风阵阵，溪水轰鸣，各种动物发出的号叫，让人毛骨悚然。乌嘎惹身上的羊皮褂早被树枝撕破了，出门时头上包着的头帕，脚上穿的鞋，统统不知道掉到了什么地方，他只得光着脚跟跟跄跄在河里走。河谷的石头坚硬油滑，一步一滑走不上几步，就会摔上一跤。夜里的河水，寒凉刺骨，冻得他浑身直打哆嗦。乌嘎惹身上的衣服早已湿透，山谷里夜色朦胧，伸手不见五指，他只能手脚并用，一路摸索着往前走。

在这条乱石遍地，荆棘丛生的河沟里，乌嘎惹不知走了多久。前面烟雨蒙蒙，水声阵阵，凭直觉这下面是一个深塘。可是，乌嘎惹还没有摸到往下走的路，一步踩滑下去，他只觉得身子一下飘了起来,脑袋重重地撞在下面的石头上,犹如掉进了无底的深渊。

乌嘎惹不知道在这个深塘里挣扎了多久,才慢慢爬到了岸边。乌嘎惹感到头疼欲裂,眼前似乎有一大把金色的苍蝇在飞来飞去,他觉得那些苍蝇璀璨无比,一颗一颗闪烁着亮晶晶的火花。乌嘎惹坐在石头上喘了几口气,他觉得脸上热辣辣的,用舌头轻轻一舔,咸咸的。不用说,刚才他从上面摔下来的时候,头被坚硬的石块划开了一道大口子。不仅如此,他的脚也被摔伤了,连动一下都钻心地疼。他不得不坐下来,原地休息一会儿。没多久,他感到脸上脖子上辣乎乎的,奇痒无比。他伸手一摸,上面趴着十几条吃得胀鼓鼓的旱蚂蟥。

人一闲下来,脑子就开始犯迷糊。从前天晚上到现在,乌嘎惹连眼皮都没有合一下,他实在太困了。尽管满地泥泞,浑身湿淋淋的,他也想就这样躺下去,哪怕美美地睡上半袋烟的工夫也好。

黑沉沉的夜空,在深山峡谷的顶上幻化成细细的一抹亮色。霏霏细雨中,彻骨的寒冷,让乌嘎惹浑身直哆嗦。深塘里瀑布发出的轰鸣,夹杂着野兽的怪叫,犹如孜孜火普山上的枪声,刀子一样戳着乌嘎惹越来越麻木的神经。陈达五队长坚毅的表情,战友们血红的眼睛,吉克此鬼一家人期待的目光,让他的思维越来越清晰。乌嘎惹知道,那些穷凶极恶的土匪,容不得他哪怕有片刻喘息的机会。

乌嘎惹,你不能睡过去!

乌嘎惹觉得好像千斤重的石板,沉甸甸地压在他的身上,让他浑身酸软，每动一下都是那样吃力。他伸出酸胀的手，用冷水拍了拍没有知觉的脸，拍掉脖子上的蚂蟥，艰难地撑起身子，拖着沉重的腿一步一瘸往前走。

到了下半夜，天上下起了一阵小雨。淅淅沥沥的雨打在身上，顺着乌嘎惹的脸颊流下来，他不知道是雨水，是汗水，还是血水。乌嘎惹咬着牙，颤抖着身子，顶着刺骨的寒风跌跌撞撞往前挪动着。阴森的山谷里，寒风呼啸，浪花滔滔，怪兽尖嚎，虫蛙鸣叫，乌嘎惹觉得每一种声音都在往死里催促他：

乌嘎惹，快呀！快快快！

东方的山头出现了一线鱼肚白，天渐渐亮了。

乌嘎惹揉了揉干涩的眼睛，天啊，这个地方不正是前几天走过的黑蜂寨吗？那天，他们从这里到孜孜火普，不到一下午就到了，可是他跌跌撞撞却走了整整一夜！想着黑蜂寨到红莫拉，还有大半天的路程，乌嘎惹心里暗暗着急。

乌嘎惹悄悄爬上岸，扒开草丛一看，心一下悬了起来。

寨子边的大树下烧了几堆大火，火边扔着吃剩的羊骨头和烧洋芋。不用说，寨子里同样有土匪把持着。乌嘎惹悄悄捡起两个烧洋芋，轻手轻脚摸了过去。还没走几步，就让乌嘎惹看到了脸热心跳的一幕：坍塌的围墙里，拴着十几匹马，还有一些抢来的牛和羊……

乌嘎惹轻轻跃过矮墙，爬到那匹枣红马面前，刚解开缰绳，就听见背后一声惊呼：

"有贼，偷牛贼——！"

房里跳出几个汉子，把乌嘎惹团团围住了。

乌嘎惹一个趔趄跌坐在松软的草堆上,他乘势掏出匣枪塞在草丛里。土匪不问青红皂白,对乌嘎惹就是一顿拳打脚踢:

"说,你是哪家的?"

"日列家的。"

"是阿加还是呷西?"

"我是阿加……"乌嘎惹知道,这一带黑彝日列家势力最大。对方碍于日列家的威望,或许不会轻易置他于死地。

"臭不要脸的,臊你色坡的皮!"

土匪打累了,把遍体鳞伤的乌嘎惹留下来,让他帮着喂马。

乌嘎惹头上身上全是棍棒留下的伤痕。他咬着牙,一步一瘸,端着草料喂起牲口来。

到了下午,黑蜂寨一下沸腾起来。很多人人马马一齐开进来,把寨子的几条大道都塞满了。乌嘎惹头上的大口子渐渐肿起来,眼睛眯成了一条缝。几个土匪吆喝着乌嘎惹,忙得他脚不沾地。天黑的时候,大块的牛肉煮好了。土匪们或蹲或坐,就着坨坨牛肉,喝起酒来。

"阿啵,大黄牛好牵,小老鼠难捉。今天这帮土包子,打仗比解放军还凶。人家就十来个人,我们死了百十人还攻不上去,厉害不?"

"喊,老鹰飞得再高,飞箭也要把它射落;狐狸再狡猾,逃不过猎人的眼睛。再厉害又怎么样?还不是让我们把脑袋割下来,挂在区公所大门上了!"身材高挑的土匪咕咕笑道。

"阿啵,聋猫抓不住耗子,瞎狗撵不着兔子。你们还在那里吹牛皮,神仙都替你们害羞。要不是人家子弹打光了,你们就是再攻三天三夜也没办法！"一个头帕上翘着英雄结的汉子，打断了他们的话。

乌嘎惹在土匪高声喧哗中，得到了这样一个消息：土匪围困红莫拉区公所，里面的工作人员弹尽粮绝，全部壮烈牺牲……

乌嘎惹只觉得脑子嗡的一声，差点儿一头栽倒在地上。

能不能想想其他办法

午后的天闷热异常。太阳周围罩上了一个白亮亮的光圈，云不知闲逛到哪儿去了，风不知道躲到什么地方去了，剩下的就是难耐的热。山上的树蔫耷耷的，树梢的叶子虽然被烤得泛白，却依然强打着精神。山坡上的草和地里稀疏的庄稼，叶子都被晒得卷了起来，紧贴在地面上苟延残喘。树上的鸣蝉，快被热死过去，它们全然没有了前些日子的执着和嚣张，藏在树上有气无力地哀鸣着：

"要死啊——"

"要死啊，要死啊——"

和树上做垂死挣扎的蝉儿一样，山上的土匪像浅滩上快被晒死的鱼，他们浑身臭汗，连恶毒咒骂的话都省略了，喘着粗气巴不得太阳早一点儿落下去。土匪已经改变了策略，晚上打枪袭扰，白天从四面八方一轮一轮发起进攻。他们想消耗工作队的弹药，待工作队弹尽粮绝之时，他们一齐杀过来。

被土匪围困七天了，外面的情况怎么样，陈达五他们一点儿也不知道。

土匪见这里久攻不下，增派的力量越来越多，要撕开一个口子冲出去就更加困难。吉克此鬼家为数不多的大米、荞麦、杂粮已经吃光了。家里就剩下一堆已经出了芽的洋芋，一个个只有鸡蛋大小，挨个儿数下来，每人一天只能分到两三颗。

乌嘎惹那边迟迟没有动静。陈达五不放心，夜里又派了一个队员出去，还是没有消息。如果再这样下去，坚守在这座孤零零的碉楼里，必定凶多吉少。陈达五心里暗暗焦急。他知道，作为一个指挥员，这个时候他的情绪最为重要。他不能把心中的哪怕一丁点的负面的信息，传递给他的队友和吉克此鬼一家人。

听着外面零星的枪声，陈达五对郑小豆说："豆子啊，土匪在外面给我们奏乐哩！咱们不能扫了人家的雅兴，你给大家提提神！"

"好嘞！"郑小豆清了清嗓子，激昂的旋律打破了夜的沉寂，在千疮百孔的房子里回来荡去：

  解放区的天是明朗的天
  解放区的人民好喜欢
  民主政府爱人民呀
  共产党的恩情说不完
  呀呼嘿嘿一个呀嘿
  呀呼嘿呼嘿
  呀呼嘿
  嘿嘿

呀呼嘿嘿一个呀咳

除了几个队员在房顶上警戒外,其他人都在吉克此鬼的屋子里,一齐给郑小豆鼓掌叫好。这架势,哪里是被敌人重重围困的斗士,倒像来山里走亲戚的客人,酒酣耳热之际在尽情地歌唱。在战士们的感染下,吉克此鬼也唱起了彝家的山歌:

　　树上的喜鹊叫喳喳
　　远方的贵客到了我们家
　　主人拉着客人的手
　　在温暖的火塘边坐下
　　欢天喜地笑哈哈
　　亲亲热热说着知心的话
　　火塘溅出亮晶晶的火花
　　坨坨肉碗碗酒
　　燕麦炒面荞粑粑
　　满肚子的心意难表达
　　最好的下酒菜
　　就是那几句暖和和的话

歌声诙谐幽默,婉转嘹亮,大家都觉得心里热乎乎的。
　　吉克此鬼家里有一条半大的黄牛,是他用五只羊换回来的,一家人像宝贝一样宠着。他们家里平时储备了一些干草,那是下雨天小牛的草料。现在,每天吉克此鬼也只能抱一把给它充饥,饿得它哞儿哞儿直叫唤。吉克此鬼几次对陈达五说:"阿木科(领导),把这头牛杀了吧。尔比尔吉里说,耳朵再犟斗不过眼睛,嘴巴再狠斗不过肚子。人都活不成了,这头牛还留着干啥?"

不到万不得已,怎么可能打这头牛的主意呢?陈达五拉住吉克此鬼的手,说,"大哥,心意我领了。还能不能想想其他办法?"

吉克此鬼说:"转过一个山弯有块沙地,里面种了圆根萝卜,弄点儿回来填填肚子是可以的!"

夜空晴朗,天上的星星在交头接耳,调皮地眨着眼睛,似乎在为他们呐喊加油。老罗带着工作队员,一步一步接近了那块萝卜地。大地静穆安详,满地悠扬的虫唱蛙鸣,携带着泥土的芬芳,弥散在清凉的夜空里。老罗摸到萝卜缨子,他觉得满世界都是萝卜的清香,呼啦啦直往他的嗓子眼里钻。老罗轻轻摇几下松松土,用力一拔,只听一声轻微的闷响,一个圆根萝卜就拔了出来。

"别慌,沉住气!"

两个战士心里怦怦跳着,摸着萝卜缨子反复摇动,松土,再用力拔出来装在口袋里。

这些萝卜解决了临时问题,但第二天晚上就没有这么好的运气了。他们还没有转过那道山弯,就看到沙地里已经烧起了几堆大火。土匪不仅破坏了那块萝卜地,而且对周围种了粮食的土地都增派了防守力量。土匪知道他们缺粮,日夜袭扰进攻更加频繁。

第二天拂晓,土匪又组织了新的一轮偷袭。几十个土匪猫着腰，悄悄运动到前面那条浅沟，准备一鼓作气冲过那片开阔地。

这是一天中最为黑暗的时刻。在碉楼上值守了半夜的几个队员，只觉得倦意一阵阵袭来。陈达五似乎听到一种异样的声音，让他困倦的神经酥麻了一下。

"有情况！"陈达五大叫一声，几个队员做好了战斗准备。

"放近点，开火！"

老杨手里的机关枪一个长点射，几颗手榴弹飞了出去，外面的土匪惨叫着，抱头龟缩回去了。

打退了土匪的进攻，陈达五喘了一口气。这时，楼下传来了几声闷响。陈达五到院里一看，一把斧头扔在吉克此鬼的旁边，而那头被麻绳绊住脚的黄牛已经被打晕在地上……

这个时候，说什么都是多余的。陈达五紧紧握着吉克此鬼的手，说："大哥，谢谢你！"

就算有了这些牛肉，还勉强可以撑持两天。可是，他们已经断了几天水，照这样下去，这才是致命的软肋。之前，有一条水沟从门前经过，出了吉克此鬼家隐蔽的侧门，就到了水沟边。可是，他们被围困以后，土匪就把水断了，水沟里的淤泥在太阳的暴晒下，已经龟裂开来。

唯一的办法，就是强忍着恶心，接尿喝。

天气闷热难当，如果就这样下去，即使接自己的尿喝，等待他们的结局也是渴死，饿死。

怎么办？

吉克此鬼家院里有个沤满了牛粪猪粪的泥塘，臭气熏天。杨黑子看着这个粪塘，对陈达五说："队长，过去我听营长讲过，有支游击队被敌人围困,断水断粮,他们在烂泥塘里用毯子背水吃。咱们试一试,看能不能弄点水出来?"

陈达五眼睛一亮,他让吉克此鬼找来锄头,在那堆蚊蝇飞舞的粪塘里刨出一个深坑,让队员抱出一床毯子,两个人拉住对面的角,小小心心地把那个泥坑盖了起来。

那些滋生在粪堆中的蚊蝇,在阳光中欢快地飞来飞去。毯子渐渐浸湿了,水慢慢从毯子里渗了出来。大家眼睛都看直了,杨黑子奔过去舀了半瓢,水的颜色比先前淡了很多,有一股浓浓的腥臊味,但那也是生命之源啊!

乌嘎惹急得心都快跳出来了。几个土匪真把他当成了日列家的阿加,时时奚落他,提防着他,动辄对他拳打脚踢。到了晚上,吃尽苦头的乌嘎惹被关在另外一间房子里。从土匪大大咧咧的交谈中,乌嘎惹听到了一个万分震惊的消息:

勒伍尔甲叛变了!

这个消息,让乌嘎惹的头发紧张得竖了起来。前段时间,在工作队的宣传动员下,勒伍尔甲带头最先交了枪,让家里的娃子自由安家,把土地也拿出来交给了工作队。在县上召开的民改恳谈会上,勒伍尔甲戴上了大红花,作为先进代表把口号喊得震天响:永远跟着共产党走!不仅如此,县上还专门请他出山,当了红莫拉区政府的副区长。就是这样一个人,说翻脸就翻脸,摇身一变当上了国民党反共救国军第九纵队的少将司令,回家纠集了上千人,攻占了区公所,向和他一起共事的弟兄举起了屠刀!

几个土匪都是勒伍尔甲家的安家娃子。作为黑彝家支的头人，勒伍尔甲就是那些曲诺和阿加的保护伞和依靠，主子要和解放军汉兵开仗，他们肯定要站出来帮忙。乌嘎惹知道，这些人是轻易不会放他走的。落到他们的手里，就是活着的牲畜，一倒卖就是白花花的银子。

算去算来，陈达五他们被土匪包围九天了。那边情况怎么样，乌嘎惹一点儿也不知道，他心里急得直上火。

"阿普，这点小事我来做，你老歇着！"

乌嘎惹头上裂开的口子已经发炎了。他的脸又肿又胀，眼睛眯成了一条缝，脑子就像钻进了一大把绿头苍蝇，成天嘤嘤嗡嗡响个不停。乌嘎惹虚脱得连腰都直不起来，眼前吱吱飞溅的金星，火蛇般嗖嗖地在他脑袋周围飞来飞去。尽管乌嘎惹脑袋昏沉沉的，浑身累得散了架，嘴里却小心翼翼地和土匪套着近乎。

蹲着的土匪才把烟锅拿出来，乌嘎惹就赶紧凑过去，用火镰打燃火草为他把烟点上。两个坐在地上的土匪酒碗空了，乌嘎惹从旁边酒缸里舀出酒来给他们续上……

"这个狗儿子，天生就是当娃子的命！"

"跟着我们好好干。主子高兴了，给你配个女奴，晚上你就不会闲着啦！"

屋里的土匪都笑成了一团。

这天来了一大拨土匪，杀牛宰羊，喝酒吃肉，一直折腾到半夜才消停下来。一个喝得醉醺醺的土匪，用铁链把乌嘎惹拴在了一棵树上。

夜空清朗，一弯浅浅的月牙，在幽深的夜幕下泛着寒光。数不清的星星，在天幕上闪闪烁烁，窃窃私语。那些不知名的小虫子，在乌嘎惹的身旁使劲地聒噪着，一下一下撕咬着他的神经。

漫漫长夜，乌嘎惹用手一扣一扣地摸着那根铁链，好像在细细摩挲着一件难得的艺术品。锈迹斑斑的铁链在露水的浸染下沉重而寒凉，难闻的铁腥味里那股浓浓的杀气，犹如一张恐怖的网从四面八方袭来，让他心烦意乱。

乌嘎惹只要一坐下来，陈达五队长那双期待的眼睛和吉克此鬼一家人惊恐的表情，就会浮现在他的眼前。一想起那样的场景，他就会心跳加速，焦躁难安。

乌嘎惹那双粗糙的手，让一个硬硬的痂硌了一下，他的心怦怦狂跳起来：椭圆形的铁扣连接处，明显有一道裂痕！

屋里土匪如雷的鼾声，刀一般在缥缈的夜空中划来划去。乌嘎惹把铁链的圆环紧紧贴在那个裂口上，咬着牙，用尽全身力气往前面一挣，只听叭的一声脆响，乌嘎惹一个踉跄摔倒在地上。

周边的狗狂叫起来。乌嘎惹惊出了一身毛毛汗，好在夜里的狗早就吵惯了，并没有引起土匪的警觉。乌嘎惹摸出那把短枪，找到根马鞭，纵身上马疾驰而去。

天渐渐亮了，朦胧的路口有几堆微弱的火光。嘚嘚嘚的马蹄声惊醒了正在打盹的几个土匪，他们用枪逼住了乌嘎惹：

"站住！"

"我来传送色坡的指令，闪开！"乌嘎惹气势汹汹地说，鞭子威严地指着那两个土匪。

"阿啵，色坡会让叫花子一样的人传送指令？"乌嘎惹头肿得像斗箩，两只眼睛乌青，裸露的胳膊上还趴着十几条鼓胀的旱蚂蟥。这副狼狈相，让土匪哈哈笑起来。

"我在前面挂了花,你这该死的还在这里看笑话?"乌嘎惹勃然大怒,举着鞭子,扬手对高个儿土匪就是一鞭子,"再呱嗒呱嗒的,我一枪毙了你!"

趁着土匪分神的当口,乌嘎惹一拍马,扬长而去。

前面是两条路,一条通往红莫拉,另一条通往青香坪。红莫拉区公所被土匪攻破了,再去显然不可能,回瓦房寨路程太远,乌嘎惹决定先往青香坪试试运气。

晶莹的露珠在阳光的照射下,化成了团团洁白的雾,缥缥缈缈萦绕在山间。鹧鸪高歌,布谷声声,蛙声阵阵,山上山下鸟虫呼朋引伴,好不热闹。乌嘎惹没有心情欣赏这些美景,他的脑子昏沉沉的,此时他只有一个念头:

快!

快快——!

太阳当顶的时候,青香坪的轮廓出现在乌嘎惹的眼前。乌嘎惹浑身让汗水湿透了,他的脑子里就像灌了一盆荞面糊糊,一阵接一阵的眩晕迎面袭来。他才到街头,就被区公所执勤的哨兵拦住了。

乌嘎惹只觉得眼前全是金灿灿的苍蝇,浑身酸软无力,他用尽全身力气对哨兵说:"我是陈达五队长派……派来的,工作队……队被土匪包围在……孜孜火普寨,快……以红……红旗为号……"

乌嘎惹一觉醒来,已经是第二天中午了。乌嘎惹翻身下床,对身边照顾他的阿普说:

"哎呀,我睡了多久了,怎么在这里?"

阿普递给他一杯糖水,笑眯眯地说:"我还问你呢,你这一觉呀,足足睡了一天一夜!"

"阿啵,坏大事了!"乌嘎惹大腿一拍,急忙问道,"陈队长他们救出来了吗?"

阿普叹了一口气,没有说话,一脸的悲伤。

敌情就是命令,说什么也不能再重蹈红莫拉的覆辙。副营长命令一个连迅速向孜孜火普攻击前进,他们则留下来,堵截从红莫拉溃逃下来的土匪。

连长带着他的队伍,向孜孜火普方向急进。傍晚的太阳把茂盛的森林变得更加幽暗,归巢的鸟儿发出的惊叫让人毛骨悚然。转过十字路口,翻过那个山垭,再越过两座不高的山,就是通往孜孜火普的大路。可是,向导带着他们转来转去,就是走不出这迷宫一样的大山。向导急得满头大汗,可是越急越觉得不对劲。

天色越来越暗。正在他们着急的时候,遇上了几个彝家汉子。

"吉莫吉西吾,你们知道孜孜火普怎么走啊?"向导主动和几个汉子打着招呼。

"阿啵,从这边去远哩!"黑脸汉子看了看他的同伴,说,"这条路我熟,我带你们过去吧!"

连长握了握这个热心汉子的手,带着队伍紧紧跟在后面。汉子就像山上的猴子,爬坡下坎如履平地,把天天行军打仗的解放军累得气喘吁吁。山越爬越高,路越来越险,林子里的光线也越来越暗淡。就在这个时候,只听见"啊——"的一声,汉子往旁边扔了一块石头,趁着林子里轰隆一声响,转身往树丛里一钻就不见了。

山上突然枪声大作，密集的子弹雨点般向这边泼过来……

嗨！乌嘎惹一拳砸在地上，牙齿咬得咯咯响。

金县长和黄团长得知救援孜孜火普失利，迅速对救援力量进行了调整，兵分两路：一路由团参谋长带一个连轻装急行军，从南往北急进；另一路由副营长率一个连，从西往东攻击前进。

乌嘎惹一听来了精神，他抓起一个荞粑粑，快马追上了队伍，气喘吁吁找到副营长，说："阿木科，我带你们去，决不能让这股叛匪跑掉！"

快！快快快！

乌嘎惹恨不得长出一对翅膀，带着解放军翻山越岭，向孜孜火普方向飞奔而来。

经过一夜的急行军，第二天中午到达了孜孜火普。土匪发现了解放军的身影，还不等他们调转枪口，摆好阵势，副营长已经命令部队向土匪发起了攻击。枪炮声喊杀声响彻云霄，暴风骤雨般的子弹向土匪倾泻过去，压得他们抬不起头来。与此同时，另一个连的解放军也向土匪发起了进攻，对这股土匪形成了夹击之势。在解放军激越的冲锋号声中，土匪很快崩溃了，惊叫着四处抱头逃命。

"红旗，屋顶上还有红旗！"乌嘎惹激动得心都快跳出来了。

陈达五指挥队员在屋顶摇动着红旗，副队长老罗带着杨黑子他们冲了出来。

山上山下，到处是土匪横七竖八的尸体，没死的大多成了解放军的俘虏。

看着那些放下了武器，垂头丧气的俘虏，杨黑子紧紧地抱住了乌嘎惹：

"惹科（英雄），好样的！"

傍晚的天空宁静清朗，太阳多了几分温柔。淡淡的阳光越过西边山巅上的树梢，斜斜地倾泻过来，把人的影子拉得老长。村庄、农舍、田地以及成片的庄稼静静地伫立在夕阳里，似乎还没有从弥漫的硝烟里回过神来。

匪患并未彻底根除，上级要求工作队暂时撤出孜孜火普，回到青香坪休整。土匪把寨子翻了个底朝天，粮食被土匪糟蹋光了，牛羊牲口也被杀光了。解放军从土匪窝里缴获了一些粮食，全部留给了寨子里的村民，帮助他们渡过难关。东躲西藏的人陆陆续续回到了寨子，听说工作队要离开孜孜火普，个个忧心忡忡。是啊，前些日子工作队进村入户，丈量土地，摸底造册，宣传发动，就等着把土地分到手了。工作队一走，那些好日子他们盼得到吗？

被土匪围困了十三天，陈达五他们已经筋疲力尽，但看到寨子里彝胞脸上期待的表情，他们心里一下觉得暖呼呼的。陈达五心里一热，站在高高的石坎上，对大家说："乡亲们，你们放心，几个毛手毛脚的土匪吓不倒我们，只要大家没有过上安安稳稳的好日子，我们很快就会回来的！只要大家跟着共产党干，跟着毛主席干，好日子还在后面等着我们呢！"

晚上下了雨，青香坪的街面上全是泥泞和乱石。陈达五他们被安排到一个堆杂物的房子里，里面铺了一些干稻草。成群结队的蚊子又大又肥，可是丝毫不影响队员们休息，他们拍掉身上的旱蚂蟥，和衣躺在稻草上，很快就进入了梦乡。

十多天了,他们第一次睡得这样香甜。

几天以后,县上派出了一个工作组,对在青香坪红莫拉一带剿匪战斗中牺牲的烈士,举行了简朴的追悼会。

天快亮的时候,一场如泣如诉的小雨悄然而至。低垂的天幕下,树枝上小草上晶莹的水珠,屋檐下断断续续的水滴,好像苍天落下的眼泪,把追悼会的场面衬托得无比悲戚。院子的走廊里摆满了花圈,上面写着烈士的名字,以及他们所在的单位及职务。杨黑子悄悄数了一下,一共有一百一十三位,有团副参谋长马建才,副营长郭松,连长陈官宝,公安局股长俄狄尔惹、工作队队长刘正权、解放军护粮队队长苏木呷以及当地的自卫队员……

杨黑子眼睛里噙满了泪花,心情无比沉重。在这些牺牲的烈士中,有参加二万五千里长征的老红军,有坚持了八年抗战的抗日英雄,有随着解放军横扫大江南北的勇士,他们冒着敌人的枪林弹雨,闯过一道又一道死亡线活了下来,却在这穷乡僻壤倒在了土匪的枪口下。刚刚经历了生死考验的他们,要不是解放军及时赶到,说不定他们的名字也挂在了悲怆的花圈上。

淅淅沥沥的细雨中,山川、河流、村庄、农舍、树木,都静穆地肃立着。追悼会上没有烈士的遗体,也没有烈士亲属参加,更没有凄凄的哀乐。有的只是悲愤的眼泪、仇恨的怒火和战友们震颤山川大地的激越口号:

"为死难的烈士报仇!"

"坚决平息叛乱,消灭土匪!"

把你尾巴夹紧点

"不懂事的石头,你真是猪脑壳!"

阿尔哈铁眼睛瞪得溜圆,手里的皮鞭呼地抽下来,让阿力次吉的背上鼓起了一道血印子。

阿尔哈铁就像被掐掉了脑壳的苍蝇,在碉楼里转了好几圈,气急败坏地坐在椅子上,用嘴里嗞嗞的冷气来表达内心的愤怒。

不到万不得已,阿尔哈铁是不会下手打当家娃子的。这一点,阿力次吉心里当然明白。主子打他,说明他在主子心中的地位。要是主子连正眼都不愿意看他一下,他这辈子就算完蛋了。

不得不说,作为主子,在这件事情上阿尔哈铁已经保持了最大的克制。

就是那一鞭子,让碉楼里的空气特别地压抑,连两只苍蝇在桌子上悠闲地搓脚的声音都听得一清二楚。阿尔哈铁长长地叹了一口气,他向阿力次吉招招手,又摇了摇手。最终,他那只有力的大手在阿力次吉的背上摩挲了好几下。在外人面前,主子永远是威风凛凛的模样,每一句话举重若轻,尽显黑彝头人的威严,甚至还有几分与生俱来的傲慢。只有在家人面前,他才会露出少有的温情和怯弱。

"次吉啊,你这个憨包!"阿尔哈铁声音不高,那舒缓的语气中全是长辈恨铁不成钢的爱怜,"尔比尔吉里说,在家做坏事,瞒不过近邻;肚里有心事,骗不过朋友。你这是好心办坏事,是要坏我大事的,知道吗?"

"是是是,色坡阿普说得对!"在大头人面前,阿力次吉永远是一个战战兢兢的小毛孩。

"次吉,咱们的对手是共产党,那是天下少有的人精。三岁小孩都知道,山上那几个毛手毛脚的人,手里就是几根老杆杆步枪和老火枪。一下子冒出这么多冲锋枪机关枪,虽然一时把他们打蒙了,难道他们不会想一想这是为什么吗?尔比尔吉里说得好,贼的眼睛只有一双,防贼的眼睛是九双,你以为那些人是蠢的!"对于前几天,阿力次吉借了三十支美国汤姆森冲锋枪和两挺轻机枪给勒伍尔甲的事大为光火。

阿力次吉缩着脖子,犹犹豫豫地说:"色坡阿普,其实那天……我还以为他们给你说过……"

"谁?谁给我说过这件事?"

前几天,勒伍尔甲和阿尔牛牛喝了半天酒,提出要借五十支冲锋枪和五挺轻机枪。阿尔牛牛对阿力次吉说,这事他哥哥清楚,请他把枪提出来就是,别的事不要多管。那毕竟是大头人的亲弟弟,有些事确实不便让外人知道。不过,看着醉醺醺的阿尔牛牛,阿力次吉还是多了个心眼,只拿了三十支冲锋枪和两挺轻机枪出来……

"在这山上,到底谁说了算?"阿尔哈铁一巴掌拍在桌子上,"他几个,有几斤几两你不清楚?他们老是嫌我稳着不动,早就想去教训山下那些不知天高地厚的猴子。尔比尔吉里说,青藤敢与镰刀斗,最后断的是镰刀;鬣狗敢和虎豹斗,最后死的是虎豹。他们不明白这个道理,太嫩了!"

阿尔哈铁刚刚平息下来的怒火，轰一声又燃了起来。

"你以为还是和过去孙方亭那些人斗？不要忘了，鸡崽在草丛中觅食，天上有盘旋的老鹰。这些人，咱们躲都躲不赢，你还想跟他斗，蠢啊！"

那一声轻轻的叹息，听起来就相当地意味深长了。沉默了一会儿，阿尔哈铁把头倾过来，说："是，我明白你们的意思。就是蚰蚰蚂蚱，临死还得蹬几下大腿。作为一个诺伙，我们不可能软弱到这一步。山上有句古话，青蛙想送命去和毒蛇斗，羊子想找死去跟豹子拼，道理就这么简单。蒋介石的几百万部队都让他们灭掉了，山上几个彝胞要跟他们作对，那不是拿起鸡蛋往石头上碰吗？"

"是是是。"

"勒伍尔甲有这个胆子是好事，是死是活，总得有人争口气！枪再好没人用，连烧火棍都不如，大方一点给他们几支也没关系。就算要帮勒伍尔甲一把，有的是办法。尔比尔吉里说，聪明不在嘴上，勇敢不在劲上。真正聪明人，会做到天知地知，神鬼不知。你们把这批武器借出去，谁相信是借的？你说你说，这就是你们干的好事！"

"是是是！"阿力次吉脸色煞白，频频点着头，连大气都不敢出，他确实为那天一时的冒失后悔不已。

"共产党不是要动员我下山吗，是真是假咱们说不清，但至少他们还是笑眯眯地对我，还没有撕破脸把刀举起来。既然是这样，先稳一下不管从哪方面都能够进退自如。人活靠亲人，树活靠树林；保不住猴子，得保住山林。我这样做，也是为了咱们龙岗寨，为了山上山下的彝家兄弟姐妹。你们闹出了这出戏，不是把我往悬崖边上逼吗？你说，蠢不蠢呀？"

阿尔哈铁又重重地拍了两下桌子。

"要说和外面干仗，哪次我没有和你们在一起？如果要出手，我天天在这个碉楼里坐得住吗？"阿尔哈铁长长地叹了一口气，说，"至于勒伍尔甲他们怎么打，那是他自个儿的事儿。喝了酸汤好睡觉，吃了荞粑长精神，这不是过去官府进山清剿，也不是和其他家支打冤家，眼下咱们先站在旁边听一听，看看热闹还可以，暗中给他们吆喝几声就行了，千万别去瞎掺和。从目前的情况，还真轮不到我们去插手，这一点我们脑子一定要清醒！"

"那是那是，色坡阿普说得是……"

有风从碉楼的门缝里灌进来，悠悠的凉凉的，让屋子里有了几分惬意。

"不管什么时候都得给自己留条退路。"阿尔哈铁摇摇头，说，"这些人，跟孙方亭不一样，人家不拿你的不吃你的，天天跟那些穷得榨不出三钱油的曲诺、阿加称兄道弟，有一条裤子都恨不得分着穿，有半把炒面都要匀两口给那些人，时间一长，山上山下的曲诺，家里的阿加和呷西，早早晚晚都是他们的人了，这才是最可怕的！尔比尔吉里说，掉过陷阱的人，看见狗洞都害怕；被蛇咬过的人，看见草绳就心慌。有些事，我是经历过的，不信走着瞧……"

那些日子，陈达五正为那批枪械绞尽了脑汁。

黄团长的部队在兹兹乌日清剿勒伍尔甲的时候吃了大亏。他们中了土匪的埋伏。这股土匪手里除了步枪火枪，还有美式的汤姆森冲锋枪和机枪，清一色的自动化武器发射的子弹，暴风骤雨般倾泻过来，战士们躲避不及，纷纷倒在了血泊中。解放军拼死突出重围，最后在土匪的枪声呐喊声中败下阵来。机会很好的一场围歼战，变成了损失惨重的窝心战，黄团长他们胡子都气歪了。这些人是从哪儿来的，他们怎么会有这么好的武器？

黄团长他们撤走的时候，要陈达五想办法摸一摸这批武器的来源。

现在到处都有土匪叛乱，要把这件事儿真正地摸清楚，谈何容易？陈达五一听这话，就觉得头皮发麻。

陈达五还没有把这事理出个头绪，就从龙岗山上传下来一条消息：

这天晚上，龙岗山上枪声大作。护寨兵丁抓到了几个人，是他们把大头人家的枪，偷出去卖给了山下的勒伍尔甲。在处决那几个可怜家伙的时候，阿尔哈铁指着天说，他这一辈子，最恨那种靠主子吃主子还要卖主子的人！

陈达五想来想去总觉得是一笔糊涂账。

不过，这则消息不仅把兹兹乌日那批武器的来源说清了，更重要的是为飞天蚂蟥洗去了反叛的嫌疑。

当地武装配合解放军开展反攻，剿匪工作虽然取得了初步成效，但匪患并没有清除。驻在青香坪的王副营长接到了新的命令，他将带着部队奔赴深山开展剿匪斗争。临行前，王副营长把俘虏交给工作队，让他们对土匪进行教育后放回家。这些土匪，多数是奴隶主管辖的白彝和他们各家的安家娃子和锅庄娃子。虽然走错了一步，但只要不是死心塌地与人民为敌，共产党仍然给予宽大处理。

这些凶残的土匪，他们袭击解放军，杀害工作队员，围攻基层政权，犯下了累累罪行，好不容易才把他们抓住，却要把他们都放掉，很多人都想不通。

在这些俘虏没有处理以前，由乌嘎惹带着自卫队员看管。这天早上，乌嘎惹才转过院子，身后就传来一个粗鲁的咆哮声：

"乌嘎惹，不认识我啦？你这个混账东西！"一个胡子拉碴的汉子死死地盯着他。

"啊，你不是……"

这不是勒伍尔甲吗？这个兹兹乌日黑彝家支的头人，前些日子在红莫拉一带名声响亮，红得发紫，到处戴着大红花在主席台上作报告，被共产党任命为副区长的人，却组织了上千叛匪，带人烧了区公所，杀了区公所的人。

"你给他们说，我愿意投降！"

"嗨，你跟我说这些有啥用？"乌嘎惹没好气地说。

"狗东西，你有几斤几两，我不清楚？"勒伍尔甲瞪着血红的眼睛，恶狠狠地吼道，"不要把祖宗忘掉了，不要忘了你也是个彝人！"

乌嘎惹哼了一声，还没有找到合适的话进行反驳，勒伍尔甲又骂开了："乌嘎惹，你天天跟着共产党那些汉人跑，你屁股就干净得很？石头三年煮不熟，乌鸦三年洗不白，如果你记性不好，那笔账别人是记得清楚的。十多年前，共产党那百多条活鲜鲜的生命，是不是你和你主子断送的？你就不怕他们跟你翻老账？"

"干不干净我心里有数，我总比那些毒蛇心肠的人好得多……"乌嘎惹只觉得脑子里嗡嗡作响。

"哈，狗东西，翻天了！鹿耳再长遮不住鹿角；山岗再高挡不住太阳。你和俄狄伙子家那条老母狗不清不白，天天干那些见不得人的事，把祖宗的皮都臊尽了，你以为各个眼睛都是瞎的？"

"你……"乌嘎惹气得说不出话来。

当年红军游击队的事，噩梦般一直缠绕在他的脑海里，就怕有人把账算到他的头上。至于对自己女主人干了些什么事，他心里一清二楚。主人死了以后，他帮着女主人苦苦撑持那个摇摇欲坠的家，从来没有半点非分之想，可还是躲不过身后的闲言碎语。乌嘎惹只觉得浑身的血一股一股往上涌，他恨不得将勒伍尔甲的脑壳扭下来。

这样的话，还在工作队刚刚进山的时候，勒伍尔甲就在飞溅的唾沫星子中，气势汹汹地跟他说起过。那一天，乌嘎惹一早就到阿尔拉则家帮忙翻修围墙。太阳偏西的时候，乌嘎惹浑身酸软，又累又饿，阿尔拉则家酒的香味肉的香味，一阵一阵飘逸过来，馋馋地吊着他的胃口。

"乌嘎惹，你过来！"

勒伍尔甲喝得醉醺醺的，走路身子直晃悠。

"你找我啊？"乌嘎惹直起腰，迟疑着走了过去。

"是啊，你以为我还要请你吃晌午饭？"勒伍尔甲喷着满嘴的酒气。

乌嘎惹其实就是这么想的。遇上主子或主子的客人喝醉了酒，拿几坨牛肉羊肉打发娃子，那也是很正常的事情。可是今天完全不一样，勒伍尔甲瞪着眼睛，只差一口把他吞了："狗东西，你晓不晓得，我找你干吗？"

"我……不晓得。"

"你好生想想，你做了哪些不盖脚背的龌龊事？"

"这……"乌嘎惹实在想不起来，哪个地方冲犯了这尊恶菩萨。

"共产党的工作队一进来，就有人整天屁颠屁颠跟在他们后面，是不是有你一只脚？大家不是常说吗，没带烟火，不到岩上取蜂蜜；不拿弓箭，不到林中打野猪。你不看看自己是啥人，那些稀奇是你这号人看的？"勒伍尔甲指着乌嘎惹，恶狠狠地骂道，"你这个狗东西，屁股上的荞麦疙瘩屎还没擦干净，就想翘起尾巴充好汉！十多年前，那帮共产党的游击队，是不是你和你主子带进鹰愁河的？你们把那么多活跳跳的生命白白葬送了，如今共产党成了气候，你以为那些命债就这样算了吗？你家主子眼睛一闭一了百了，可是你呢，憨眉憨眼天天跟着凑热闹，你这不是伸出脑壳接石头，去找死吗？！"

勒伍尔甲乜着眼睛，满嘴唾沫星子喷了他一脸："半夜干坏事，老天是知道的；背底下害人，神灵是知道的。你和你主子扔下的老母狗不干不净，把脸丢尽自己还装正经！就算别人都瞎了聋了，我心里也明白得很！我劝你把尾巴夹紧点，不要到处丢人现眼！"

"弄死你，就跟捏一只虫虫蚂蚁差不多！"勒伍尔甲伸出他短胖的手指，在他的额头上重重地杵了十几下。

乌嘎惹只觉得眼前金星飞溅，身子虚弱得就要倒下来。

勒伍尔甲说得没错。过了这么多年，乌嘎惹一想起那个恐怖的场景，就会感到不寒而栗，整夜整夜睡不着觉。

那一天，周大明带着杨黑子到油菜坡和大头人谈判去了，韩子发和队员正在瓦房寨苦苦等待谈判的消息。一匹快马飞驰而来，一个满头是汗的彝家汉子说，那边合谈成功了，色坡阿日在鹰愁河畔杀了十多只羊，要大家去喝杯酒！

乌嘎惹带着游击队到了鹰愁河畔，就发现两边山上陆续出现了一些彝人。这些人就像从土里冒出来一样，密密麻麻，源源不断，迅速往鹰愁河边拥过来。他们拿着枪支、长矛和棒棍，很快对游击队形成了合围之势。黑压压的人群越拥越多，喧闹声、吆喝声、吼叫声连成一片，犹如滔滔的巨浪铺天盖地卷席而来。韩子发用尽全身力气，要身边的战友保持冷静，绝对不能开枪。可是，他声嘶力竭的声音，在这无边无际的倒海翻江卷起的巨澜面前，是那样的苍白和渺小。

叭叭，几声清脆的枪声，划过鹰愁河的上空。

"汉兵开枪杀人了！杀人了——！"

乌嘎惹清楚地看到，勒伍尔甲在旁边放了几枪，挥舞着枪大声喊道。

几声沉闷的雷从天边滚过来，群情激愤的彝人哪里听得这样的话，他们在狂风怒吼中再一次卷起更大的黑色浪潮，翻腾着，咆哮着，怒吼着，山呼海啸，滔滔巨浪迅速把游击队吞噬了。等到这一波狂潮慢慢退去，游击队员的枪全部被抢走了。韩子发和一些战士当场牺牲，除少数几个跳进鹰愁河侥幸逃脱外，其他的人都被彝胞抓住了……

勒伍尔甲那几句话，像一盘沉重的磨子，死死地压在乌嘎惹的胸口上。很长一段时间，看到工作队他就会感到莫名的害怕。

可是，这个世道变得实在太快。从工作队开进彝区那天起，他就觉得这些天天往奴隶娃子家跑的人不仅不坏，而且他们的心肠比菩萨还要善良，他们在寨子里为彝胞做的一件件好事，看得见，摸得着，实实在在。他们说的每一句话，做的每一件事儿，都让人感到心里暖暖和和的。他们天天都在说，要让天下的穷人过上好日子，他觉得这些话不是牛皮烘烘的大话，这些话都在一步一步地变为现实。时间长了，乌嘎惹总认为，这些人才是真正的靠山，跟着他们在一起才有盼头和奔头。

这些日子，乌嘎惹老是觉得有一块石板压在心上，总是硌得他睡不着觉。陈队长不止一次开导他询问他，向他打听当年那支游击队的下落。作为一个卑贱的娃子，他实在是怕呀。可是，天天和这样的人在一起，还有什么可怕的呢？

他觉得，他和杨黑子的那些事，是应该向陈队长他们摊牌的时候了。

第六章　变天的前奏

长在山上的竹笋，没有不被野兽啃的；
搁在路上的鸡肉，没有不被野狗吃的。

这才是真正的人精

杨黑子知道周大明他们的消息，是三年以后的事了。

那些日子，杨黑子只要一闲下来，周大明队长和战友们的身影就活跃在他的眼前，他的脑海里老是浮现出阿尔哈铁那张似笑非笑的面孔，他的心里就会浮现一个念头：

复仇！复仇！！

准确地说来，这条毒辣的飞天蚂蟥，留给杨黑子的第一次印象还不错。这个方圆百里的传奇人物，中等身材，脸色黝黑，鼻梁高挺，一双大大的眼睛炯炯有神，眉宇间透着一股刚毅英武的气息。他头上包着黑色丝绸头帕，穿着黑色的布衫，披着一领洁白的羊毛披毡，看上去和山上朴实憨厚的彝人没有两样。

飞天蚂蟥两次派人送信下来，答应在石板房和黄草坪跟游击队见面，周大明两次带着杨黑子过去他都没有现身。那一天，同样是阿尔哈铁约定的见面地点。周大明带着杨黑子等人赶到那个地方，他临时又改在油菜坡一个黑彝宽敞的院子里。周大明一行才进门，半倚半躺靠在椅子上的阿尔哈铁，就高声和他们打着招呼，吆喝着手下的人，赶紧把盛着腊肉、香肠、鸡肉，还有香糯的乳猪肉的簸箕端在那排桌子上，把斟满酒的碗端了上来。

阿尔哈铁陪着喝了几口酒，叫过当家娃子阿力次吉，对周大明说他不小心扭伤了腰，身体实在吃不消，得去旁边房间里抽几口烟提提神，吃点药缓口气。阿尔哈铁很客气，一再表示歉意，要他们有啥话商商量量摆在桌面上，双方定下来的事，他都认账。

杨黑子清楚地记得，那天临近晌午的时候，天气发生了变化。几堵乌云从龙岗山上慢慢移过来，把太阳严严地遮住了，黑沉沉地笼罩着大地。停歇了半天的风，从山谷里一路呼啸而来，呐喊着，撕扯着，在树梢上发出呜呜呜的怪响。天边几道隐隐约约的闪电过后，一阵沉闷的雷声隆隆地从大山后面传过来，让人感到无比压抑。

两拨人围着桌子面对面坐着，似乎不是事关生死的谈判，而是多年的老相识在叙旧。对方人不多，就是阿力次吉和龙岗山上黑彝大头人的几个亲戚。这边是游击队长周大明、分队长大陈、杨黑子和队员小亮，俄狄伙子在旁边坐着充当临时翻译。当周大明把红军是什么样的队伍，他们到彝区有什么打算，双方怎样联合的事宜提出来，阿力次吉说山上家支争斗，官府清剿，外族欺负，日子确实不好过，他们也希望和游击队合作，抱成一团，过几天没有打打杀杀的安稳日子。可是，说到具体合作问题，阿力次吉说：他们的想法很简单，要求游击队先把枪交出来由他们统一保管，其他的都好商量！

交枪，这怎么可能！周大明据理力争，丝毫没有让步。

双方争执起来，谈判陷入了僵局，空气异常紧张。

"甩出去的石头，吐出去的口水，收得回来吗?！今天如果不把枪交出来，谁也别想走出这个院子！"阿力次吉桌子一拍，恶狠狠地吼道。随着那声响，门外一下拥进来十多个人，黑洞洞的枪口对准了他们。

就在这一瞬间，大陈把桌子一掀，撂倒了旁边的人，夺过他手里的枪，叭的一枪击中了守门的汉子。杨黑子飞身过去，把阿力次吉扑倒在地，试图夺取他腰上的枪。周大明大吼一声，抢起一把椅子，在护寨兵丁头上砸得粉碎……

这场短兵相接，游击队徒手杀死了五个护寨兵丁。游击队除小亮当场牺牲以外，其他的人都没有逃脱他们的魔掌。而俄狄伙子在混乱中，却被碉楼上的人开枪打死了。

过了很长一段时间，杨黑子才知道，最初他们在石板房眼巴巴盼着飞天蚂蟥现身的时候，阿尔哈铁带着他的贴身娃子，就在距他们不远处的树林里吃肉喝酒，居高临下把他们的动静看得一清二楚。这天同样如此，他们和阿力次吉苦苦谈判，阿尔哈铁正在另外一个黑彝家的火塘边，喝着荞子酒，悠闲地品咂着主人家送给他的兰花烟。几十年的风雨人生，把这条飞天蚂蟥历练得异常奸滑，他轻易不会相信任何人。

阿尔哈铁并没有杀他们，而是派人准备把他们送到会川城交给官府处理。杨黑子在半路侥幸逃脱，被乌嘎惹藏在一个山洞里，最终还是让阿尔哈铁的人给抓走了。杨黑子晕头转向被连续倒卖了好几次，转回龙岗山下一个叫依洛地坝的白彝寨当娃子。

他头上的伤已经好了，留下了一条三寸多长的疤痕。他的胳膊被子弹打穿，被弹头烧焦的弹洞虽然长出了新肉，但那一块深深凹下去的地方还没有长平。他的身上背上屁股上早已是伤痕累累，到处是青紫的肿块。更为糟糕的是，他的腿已经变得一瘸一拐。

这些都是奴隶主的杰作。对不听话的娃子，他们总认为就得像驯服烈马一样，最管用的就是皮鞭和棍棒。

这一天，主子家来了几个客人。白彝主子布乃牛牛让娃子杀了羊，宰了乳猪，几个人在屋里喝酒、吃肉，他们的声音一个比一个高，在嘎嘎嘎的笑声中高声演绎着这些日子发生的稀奇事。当然，这天的龙门阵还是从龙岗山上黑彝大头人飞天蚂蟥说起的。

"骏马好不好，要看跑的时候；牯牛凶不凶，要看用角的时候！孙方亭带大军进山清剿，在猴头岭把色坡阿日围住了。孙方亭的人像蚂蚁一样爬过来，这边死战不退，但怎么也挡不住潮水般的攻击。阿力次吉急了，带着几个娃子跑过来，架着色坡阿日要他赶快撤。留得青山在，不怕没柴烧，在那个时候只能这样了。可是，色坡阿日不能走啊，他一走，这边顶不住，不晓得山上还有多少人头落地。色坡阿日一把将架着他的娃子推开，拔出枪厉声说，哪个敢说走的话，就只有死！色坡阿日就像钉子一样钉在山上，刚刚乱了的阵脚又稳下来。其他寨子的彝人知道他在山上，赶紧从后面发起攻击，又把那些汉兵像羊子一样赶了下去！"

长得敦敦实实的汉子乐哈哈的话还没说完，那个披着白色瓦拉的汉子就接了过去："阿啵，尔比尔吉里说，敢把老虎当马骑，敢把豺狼当狗牵，咱色坡阿日就是这样的人喽！哪一次官家清剿不凶险？哪次不是色坡阿日提着脑壳带大家拼杀？咱们山上的色坡阿日要是不长点本事，就是有一百颗脑壳，都让汉官捉去砍掉了！"

"看看蹄印长短，就知道牛羊大小；听听声音高低，就知道虎豹豺狼，咱色坡阿日那个脑瓜子，转得比哪个都快。那年来油菜坡和他们商谈的几个红汉人，要是遇上别人，抓住他们早一刀把脑壳砍了。色坡阿日如何？人家不伤他们一根毫毛，客客气气把几个红汉人送进会川城去，吃好也罢吃歹也罢，该怎么招待，是你官府的事。他呢，就蹲在旁边坎坎上烧他的兰花烟，哪边都不得罪，你说这多高明！"一个鼻子高高的黑彝在旁边附和着。

敦实的汉子哈哈笑着，借着酒劲手舞足蹈地说："尔比尔吉里说，做事在手上，成败在心上。明明就眼红汉人手里那些枪，他自己不出面，打声唿哨把人鼓噪下去，抢了枪到最后还不是收上来落在他的手里。至于鹰愁河畔捉住的那些红汉人，由那些大小头人卖几坨碎银子。如何嘛，人情做了，那些命债跟他也没关系。阿啵啵，色坡阿日才是世间真正的人精……"

"饭乱吃得，话乱说不得！你知道龙岗寨老管家吧，他的舌头是怎么掉的你不清楚？"坐在旁边戴着青布头帕的汉子瞪了他一眼，说，"老管家就是说些没盐没味的话，到头来把自己的舌头给害了！刚才你说的这些事，大家都心知肚明，用得着你到处放屁？"

敦实的汉子愣了一下，打了个哈哈，转换了话题："哎，对对对！你以为他送进会川城的那几个红汉人，官府会好酒好肉招待他们，做梦吧！那几个造孽的家伙一进城，几场大刑下来，手杆脚杆被打断，成了血人，早把身上的神光退尽，不成人形了！"

"阿啵，造孽喽！"周围的一圈脑袋都瞪大了眼睛。

"更惨的还在后面。几天以后，那几个红汉人的脑壳就挂在了城楼上，用麻绳吊着，几天光阴就长满了蛆虫……"

杨黑子只觉天旋地转，差点儿倒下来。

这条歹毒的飞天蚂蟥，他的罪行三天三夜说不完。可是，就是这样一个人，共产党不仅对过去的事不予追究，还要主动争取他团结他，五次三番动员他下山，这是为什么？

对，我们要以大局为重，以民族团结为重。但是，我们团结的应该是穷苦的奴隶娃子，是那些受苦受难的阶级兄弟。飞天蚂蟥是谁，是双手沾满人民鲜血的刽子手啊！别的不说，冤死在鹰愁河畔的一百多号红军战士，娃子寨那些在他的刀枪下做了冤魂的娃子，他们会答应吗？

杨黑子恨得牙痒痒，他实在想不通。

在解放军强力打击下，大股土匪分崩离析。剩余小股土匪利用深山老林分散躲藏，我军针锋相对，白天大张旗鼓搜山搜岩洞，监视要道，封锁路口，盘查行人；夜间奔袭包围，搜索土匪盘踞的村寨，不怕疲劳，连续追剿。每到夜间，不时打照明弹，打机关枪，吹联络号，彼此呼应，布下层层天罗地网，让土匪昼夜不安，闻风丧胆。加上解放军屯兵扎寨，逐村逐片清剿净化，小股土匪被解放军零敲碎打，纷纷歼灭，到了这一年春天，匪患基本肃清。

与此同时，解放军开展了强大的政治宣传攻势。组织了若干工作组，深入村村寨寨，召开群众大会，走访土匪家属，很多原来认不清形势的家支的头人，纷纷向共产党靠拢，和工作队钻牛皮，饮鸡血酒盟誓，坚决跟解放军站在一起，与冯正和等匪首断绝了关系。

又是一年春来早。山上山下，树梢上刚长出的新叶，嫩嫩的，绿绿的，在阳光下馋着人的眼。

金县长带人到了青香坪区公所，召开了彝人家支头人座谈会。龙岗山一带，彝人家支的头人差不多都到了。经历了一场声势浩大的清匪平叛，大浪淘沙，参加会议的大多是真心拥护共产党的黑彝奴隶主。金太中县长说："我跟在座的很多都是老朋友了。前些日子，我们组织大家出去开眼界，到成都、到重庆，一路走，一路看，不仅增长了见识，也收获了感情。遗憾的是，有些人把路走错了，调子唱反了，屁股坐歪了，结果怎么样，参加土匪叛乱，站在人民的对立面，是他们把自己葬送了！这是悲剧啊，太可惜了！"

温暖的阳光从窗外照射进来，会议室里暖呼呼的。

金县长提高了声音，对大家说："不能因为有几个头人叛乱，我们就怕了，不搞民主改革了！去年，大家到了成都、重庆,看到外面欣欣向荣的发展场景,我不知道你们看了是什么感受,反正我看了是睡不着觉的。为什么?和发达地方相比,我们已经相当落后了,如果不加快脚步,以后我们就会掉得更远!现在虽然还有几个不甘灭亡的反叛分子在捣乱,但就凭几个跳蚤想把铺盖顶翻,那是白日做梦!我们不能因为有人捣乱就把工作停下来,相反,我们还要加快民主改革的步伐,早点儿让山上的彝家同胞过上安安稳稳的好日子……"

龙岗寨来参加会议的是当家娃子阿力次吉。在会上他代表阿尔哈铁表态,把胸脯拍得咚咚响:"我们色坡阿日说了,龙岗寨坚决拥护共产党,愿意出人、出枪、出钱、出力,支持解放军剿匪肃特,绝不会让冯正和一伙流窜到我们的地盘上来!"

飞天蚂蟥没有到会,山上的黑彝白彝头人议论纷纷。

他们实在琢磨不透大头人心里是怎么想的。外面繁华的世界,看得大家眼花缭乱,但那些似乎离这个山旮旯太遥远。散落在茫茫林海的百里彝区,还有谁比飞天蚂蟥更为精明?这个世界谁也看不透,谁也无法预知未来会发生什么。如果都像金县长讲得这么好,为什么飞天蚂蟥一次都不来参加,会不会又有什么变故呢?别看咱们跟着解放军口号喊得震天响,这条路到底走不走得通,以后会不会有好果子吃,只有天知道!说不定这个时候,龙岗山上精明的大头人就在暗处哧哧冷笑,看猴戏一样静观他们表演哩!

金县长似乎看出了大家的心思,说:"我知道,山上有一个重要人物没有出场,你们心里不踏实。其实,大家用不着东想西想。四海皆兄弟,共产党也喜欢交朋友,就是在咱们的开国大典上,共产党也邀请了各党派各族各界的朋友来参加。我听说,龙岗山上的大头人身体不太好,怕走远路。这没有什么关系,他不方便下来,我们可以到山上会会他。现在是春暖花开的好时节,我正好到龙岗山上看看杜鹃花,看看山上的美景,拜访你们的大头人。我想好好跟他喝几场酒,好好摆几晚上龙门阵,掏心掏肺把心里话都摆在桌面上,打消他的顾虑,高高兴兴下山一起推进民主改革!"

散了会,金县长把阿力次吉留下来,笑眯眯地交给他一封信,说:"次吉,请你带封信上龙岗,亲手交给你们的大头人。我说话是算数的,三天以后,我到龙岗山来会会他!"

当着这么多黑彝头人说了这个话,金县长肯定不是儿戏。

对于金县长要到龙岗山见阿尔哈铁这事,负责军事的黄团长坐不住了,他马上召集营连干部和工作队,商量起保障金县长安全上山的办法来。

大家争论很激烈,到底下一步怎么走,大家都把目光聚到金县长的脸上。

"对龙岗山上的黑彝大头人,我们要辩证地看。不错,他过去确实干了不少糊涂事,身上还沾有共产党人的鲜血。但是,我们不能就因为这样,老是纠缠过去的旧账。如果我们大部队开进去,机枪大炮一轰,我们和过去的国民党有啥区别?"金县长笑眯眯地对大家说,"我们不能小看了阿尔哈铁。国民党对他封官许愿,极尽诱惑,他不为高官厚禄所动;这次土匪暴动,山上山下的叛匪都在争取他,拉拢他,他也没有参与进去。从这一点至少可以说明,他不愿意跟政府对抗,不愿意和人民为敌。这,就是我们争取他最为有利的条件！现在形势很复杂，我们在争取他，国民党那边也没有闲着，不仅在想办法拉拢他腐蚀他，甚至还利用他身上的弱点，对他进行威逼恐吓，千方百计要把他拉过去。国民党特务都敢上山去跟他谈，难道我们还怕他不成？"

当家娃子阿力次吉回到寨子的第一件事，就把金县长的亲笔信交给了阿尔哈铁。

阿尔哈铁看完信苦笑着摇了摇头，对阿力次吉说："疙里疙瘩的松树皮，净长些芳香的松脂，个个看着都喜欢。冯正和才派人到龙岗寨，要我迅速组织力量再次发起叛乱，我才把那帮人打发走，共产党的县长又要来和我摆龙门阵，我成他们争着吃的香饽饽了！这样吧，你再往山下跑一趟，给金县长带封信回去。告诉他们，我阿尔哈铁真心拥护解放军，目前卧病不起，还不能下床见客，请他们不要上山来！"

阿尔哈铁叫阿力次吉附耳过来，对他交代了一番，说："你下山的时候，把这个礼物也一起送过去！"

蹊跷的皮匠

飞天蚂蟥这封信，改变了金县长的行程。

金县长得到消息，国民党特务正在煽动红莫拉一带的头人叛乱，他准备带解放军赶过去。金县长临走的时候，把陈达五叫过来，说："达五，几次开会阿尔哈铁不敢下来，除了他看不清当前形势外，更为重要的还是他心里有鬼，顾虑重重，不敢正面接触我们。县委的意见，只要阿尔哈铁不叛乱，我军就暂时不要开进龙岗去，要耐心耐心再耐心，争取他靠拢政府。现在，我们一方面要动脑子孤立他，把他从国民党阵营里分化出来；另一方面，我们要想办法，做好龙岗山一带其他彝人家支头人的工作，让飞天蚂蟥看到希望，打消他的顾虑，高高兴兴地下山来！"

对于飞天蚂蟥苦苦经营的老巢，到底用什么办法分化他、瓦解他，陈达五在苦苦地想着办法。

一条意外的消息，让陈达五眼睛一亮。

布乃尼补要去黑蜂寨喝表妹的订婚酒，还准备驮些皮张上去卖给寨子里的皮匠。去年，就在冯正和上山后不久，寨子里就来了两个远方的汉人皮匠。他们就在黑蜂寨一带专门收购牛皮羊皮，找人运出去。上来的时候，再捎些铁锅、瓷盆、洋壶、洋碗以及盐巴、糖果、糕点、针头线脑一类的东西进来。得了空闲，他们也会用芒硝和草木灰硝牛皮羊皮，做些手工皮革衣服，深得当地彝胞的喜爱。

凭直觉，陈达五觉得这两个人非常蹊跷。

陈达五要杨黑子带上两个人，准备好短枪，和布乃尼补到黑蜂寨一看究竟。

布乃尼补很高兴。当年，阿尔哈铁的人血洗了娃子寨，他的阿达在那场争斗中丢了性命。是杨黑子把懵懵懂懂的他带在身边，历经千辛万苦把他拉扯长大，成了布乃尼补生命中最为尊贵的人。

汉人皮匠住的房子，是当地黑彝奴隶主用来关牲口的闲房子，他们出高价钱买过来的。他们请人把房子重新翻修，将院子里牲畜粪便清理干净，把土翻松，浇上水夯紧，四周栽了些花草，中间铺上一层石板。半个月以后，这个原本蚊蝇遍地臭气熏天的地方，就脱胎换骨成一进宽敞而有品位的农家大院了。如果不是沿坎上堆放了一些牛皮羊皮，以及他们在硝皮张时沤出的难闻气味，这幢深藏在大山里的院子，倒是休闲养老别具一格的世外桃源。

"阿啵，那个房子阴得很。到了晚上，里面会闹鬼！"说起皮匠住的院子，布乃尼补的舅舅笑呵呵地说，"寨子里不只是我，好多人都听见过，晚上有鬼在里面呜呜呜地叫，然后叽叽叽地在打架！阿啵啵，那两个汉人心好得很，天天和鬼打交道，也不怕那些妖魔鬼怪找他们的麻烦！"

布乃尼补舅舅的话，第二天得到了证实。

杨黑子和布乃尼补拿了一张羊皮去售卖，两个皮匠嘘寒问暖，就像见到了失散多年的兄弟。两个皮匠和他们吹了半天闲龙门阵，给他们换了一些盐巴和火柴。

这天黄昏，天边几片薄薄的云霞，被跌落在远山的太阳烧成了绛红。从山脚下升腾起来的雾霭，为大山笼罩上了一层神秘的轻纱。山巅上浓密的树影，朦胧在越来越暗淡的天色里。晚归的牛羊，归巢的小鸟，它们呼儿唤娘的声音，在若隐若现的风里飘逸出山里的宁静。

"帕乌，开门哦，我们来卖皮张！"布乃尼补用力拍着皮匠紧闭的大门。

"睡觉了，明天一早来！"

"帕乌，我们太远了，做点好事嘛！"

吱——门开了一条缝,一个光脑壳挤了出来。布乃尼补一步推开他,打开了大门。后面的杨黑子,招呼着其他人,把几驮牛皮羊皮也搬进了院子。

两个皮匠点着灯,不高兴地让他们把皮张堆码在沿坎上。

杨黑子一个眼色,布乃尼补矮身一抱腿,咕咚一声,把一个皮匠掀翻在地,这边两个人上去就把他按住了。另一个刚要反抗,就被身后呼啸而至的柴块砸在背上,让他像堵墙一样瘫趴在地上。

杨黑子从两个皮匠身上,搜出两支精致的勃朗宁手枪。可是,当他带着人进了两个皮匠的房间,里面除了日常用品外,只找到了两百多发手枪子弹。

这些显然不能说明问题。作为一个在彝区做生意的人,有两支手枪防身,完全在情理之中。

"说,谁派你们来的?"

"你们要我们说什么,我们就是做小本生意的良民!"

"良民,你们哪里来的武器?"

"自己花钱买的,凭什么抓我们?"

两个皮匠一口咬定他们是本分的生意人,其他的一概不知道。

凉凉的夜风悠闲地在院子里闲逛着,懒懒散散,漫不经心。夜空中的星星调皮地眨着眼睛,似乎在天幕上哧哧冷笑着。时间一分一秒过去,审讯没有任何进展。

杨黑子在几间房子里走出走进,端着灯仔细看了几间房,并没有找到任何破绽。杨黑子来到那间厨房兼堆放杂物的房子,在被烟熏得黑黢黢的墙壁上,发现了一条细细的缝。杨黑子用手正面推了推那面墙，墙壁稳稳当当，纹丝不动。杨黑子用手敲了敲那墙壁，他的心一下激动起来：

那面墙是空的！

在那道缝的旁边，有一颗挂着抹布的钉子。杨黑子握住那根钉子往左试了试，没有动静；他再往右边一推，吱——居然滑开了两尺多宽的一道门。杨黑子进去一看傻了眼：里面不仅有两部电台，一台小型发电机，还有一批枪支弹药！

八匹骡马，驮着两个皮匠和缴获的电台及武器，在夜色的掩护下离开了黑蜂寨。

半个月后，在青香坪召开的公判大会上，解开了这个谜。

主席台前，陈达五向大家报告了全县清匪反特的形势，在阵阵声讨声中，十几个特务垂头丧气，被解放军押送到主席台前。

陈达五宣读了简易法庭审理后的判决书，对台前激动万分的彝家同胞说："兄弟姐妹们，在这场斗争中，很多彝家兄弟和解放军一起，为彝区的亲人能早点儿过上好日子做出了牺牲。还有些进步的黑彝头人，同样为推进彝区的发展出了力。比如，龙岗山上的黑彝大头人阿尔哈铁，他不仅没有参加叛乱，还把潜入龙岗山上的敌特分子抓起来，交给了解放军，这种正义的行为真让人钦佩！大家看一看，啊，今天在主席台亮相的，大多数是阿尔哈铁派人送下山的！对于这样的黑彝头人，我们要感谢他！"

台下骚动了一下，接着就响起了雷鸣般的掌声。

一条振奋人心的消息，风一般传遍了大小彝寨：龙岗山上的飞天蚂蟥，把暗藏在山上的国民党特务，全部揪出来送给了解放军！

听到这个消息，阿尔哈铁大吃一惊，他把当家娃子阿力次吉叫过来狠狠骂了一顿。前几天，有几个在龙岗山下结伙抢劫的国民党散兵，被当地彝家同胞抓住，交给飞天蚂蟥发落。飞天蚂蟥不想惹麻烦，他让阿力次吉直接把人送到青香坪区公所。没想到，这个事被陈达五放大了若干倍，它的杀伤力无疑是巨大的。

阿力次吉被骂个狗血淋头，还是硬着头皮对阿尔哈铁说："色坡阿普，尔比尔吉里说得好，马腰再长，配不起双鞍；牛颈再长，驾不起双犁。咱们背底下跟冯主任的人来往，又不想跟共产党翻脸。晚辈总认为，脚踩两只船，哪只都不好把控，何不断了姓冯的念头……"

"次吉，是苦胆是蜂蜜，骗不过舌头；是敌人是朋友，骗不过众人。几十年的拼打，我算想明白了，凡事多栽花、少栽刺，尽量别干伤人害人的事。共产党也好，国民党也罢，我都不想惹他们。可是工作队这一手，是不是屎都糊了我一身，冯正和那些人还会相信我吗？"

一个好兆头

不得不说，陈达五在飞云铺一带推进民主改革试点效果是明显的。

他们给当地彝家同胞宣讲党的民改政策，发动彝家同胞开展"背靠背"的诉苦。奴隶娃子背开奴隶主，放开胆子讲他们所遭受的苦难，讲他们悲惨的命运，讲奴隶娃子受到的非人折磨。

受欺负的白彝和奴隶娃子，勇敢地站出来，用满腔的怒火和辛酸的眼泪，把那些饱含奴隶血和泪的事实，一桩桩，一件件，血淋淋地展现在大家面前。

每一桩血泪故事，都是那样刻骨铭心。

每一场群情激愤的诉苦会，都让人义愤填膺。

夜深人静，那些悲壮激越的口号，如汹涌的波涛，在静寂的夜空中久久回荡。那些饱受欺凌的彝家汉子，眼睛里闪烁着激动的火花，他们明白了一个道理，只有跟着共产党，才是穷娃子唯一的出路。

而那些黑彝奴隶主，在和工作队的接触中，他们也从最初的恐惧、迷茫、疑虑、不安的困境中一步一步走出来，慢慢把自己融入到这场社会变革的滚滚洪流中。

阿尔拉则就是这样。会川解放后，解放军不仅把他做人质的儿子解救出来，还把他儿子送到成都参加民干班脱产学习。县上组织他们到成都、重庆学习，阿尔拉则还专门到学校去看过他的儿子。

"阿啵啵，共产党占的地盘太大了，毛主席的部队太多、太厉害了嘛！"

阿尔拉则满口都是啧啧啧的感叹。儿子见的世面更多，把听到的看到的直往阿尔拉则的耳朵里灌，更是让他感到无比的新奇。

阿尔拉则回来蜷缩在他的土楼上，明明灭灭的兰花烟一直持续到深夜，他瞪着大大的眼睛想了几个晚上，总算想明白了：过河看水势，进山看方向，古人说的话是有道理的。天下已经是这些人的了，要是不听他们的话，脑壳搬家那是迟早的事！……

从成都回来以后，阿尔拉则就像变了一个人。

陈达五把阿尔拉则的情况向县上作了汇报，县上的领导不仅请他出山作报告，还让他当上了青香坪区政府的副区长。

阿尔拉则也拿出了他最大的诚意，他除了把一部分金银埋起来，把家里最好的几支枪藏了起来外，其余的银子、枪支子弹，包括那几支老火枪都翻了出来交给了工作队。他让家里的娃子各自安家，还把家里多余的房屋、农具和牲畜拿出来，由工作队分发给了寨子里的娃子。

阿尔拉则每天背着工作队发给他的枪，忙着组织彝家同胞开会，忙着和工作队一起进村入户，忙着调解各种纠纷，成天脚不沾地，却感到浑身有使不完的劲。

临近几个寨子的白彝和奴隶娃子都发动起来了。幸福和欢笑洋溢在他们脸上，他们很多人有了自己的房子，虽然很简陋，但这毕竟是自己的家啊！他们不仅有了自己的土地，有了自己的牲口，更为重要的是，他们有了自由，想多睡会儿就多睡会儿，想干点啥就干点啥，不用再看主子的脸色，也用不着担心挨主子的打骂，这是让人多么高兴的事啊！

寨子里都成立了武装自卫队，白天在地里劳作，晚上轮流站岗放哨，保卫刚刚到手的胜利果实。

贫苦娃子背对背诉苦会搞得轰轰烈烈，尔衣几几寨的黑彝奴隶主拉坡派人去听过几回，每一次都把他气得发抖："你以为，当主子的舍得打娃子？那些娃子都和畜牲一样，不上些手段，哪里把他们教得乖？我们天天拿饭养他们，大事小事把他们罩着，教那些狗东西做人、做事，难道还教错了？"

尔衣几几一带，很快谣言四起：

"汉人开始整彝人了！"

"共产党发动娃子要把主人赶尽杀绝，分田分地！"

共产党不让我们过好日子，要把我们赶尽杀绝，不如我们抱团跟他们干！拉坡联络了三四十个彝人家支头人，钻牛皮、喝血酒、发毒誓，坚决和政府对抗到底。不仅如此，他们还和毗邻几个县的叛乱分子相勾结，蠢蠢欲动，一时空气骤然紧张起来。

就在前几天，工作队老马和三个积极分子在回来的路上，遭遇土匪袭击，两人壮烈牺牲，一人身负重伤……

县上采取紧急措施，迅速调动县民警队和一个连的解放军进驻青香坪区，同时集结了数百名基层武装自卫队随时听候命令。各种消息传到山上，让山上的黑彝头人寝食难安。过了几天，尔衣几几大山上传来消息，顾虑重重的黑彝头人，声称要见到工作队说话管用的头儿，大家坐在一起商量。

这确实是一个好兆头。可是派谁上山和黑彝头人见面，陈达五和阿尔拉则有了争执。阿尔拉则急急地说："队长，这事还用得着说嘛，只有我去合适！"

"老哥，你不要争了！这事，还得我出面跑一趟！"陈达五没有多想，直杵杵地说。

"嘿，照理说，我还是县政府任命的副区长哩，难道我去说的话就不作数？咱们彝人说，是英雄是狗熊，要战场上才分得清；是骏马是母马，要跑起来才知道。你们就相信我一回，放心让我去吧！"

阿尔拉则把胸脯拍得咚咚响，工作队里却有了不同的声音：这家伙和山上的土匪说不清道不明，要是他被那些人拉过去怎么办？他的外甥勒伍尔甲，那个红极一时的副区长不是最好的反面教材吗？

陈达五力排众议，这事虽然定了下来，大伙儿却捏了一把汗。

阿尔拉则请人写了封信，大张旗鼓派人送到尔衣几几，约那里的黑彝头人下山见面。对于阿尔拉则这个举措，大伙儿都持怀疑态度，如果写封信那些人就下山，事情就简单了。

果然，尔依几几的黑彝头人拿到信，没有一个人愿意出头下来见面。

阿尔拉则要的就是这个效果。他又写了一封信，说你们不敢下山，只有我上来，要是这点面子都不给，以后就没有人为你们说话了⋯⋯

这天一早，阿尔拉则就带着乌嘎惹到了尔衣几几。

到了中午，三匹快马裹着阳光，风一般飞驰而来。是山上派出的三个黑彝代表。为首的叫布初，他右手握着一支张开机头的德国造盒子枪，手指紧扣在扳机上。跟在他后面的两个彝家汉子，紧握着子弹上膛的钢枪，神色异常紧张。

"来来来，坐坐坐！"

阿尔拉则乐哈哈地说："啊哟，尔比尔吉里说，怕摔跤的人，只有不走路；怕湿鞋的人，只有不过河。你们连我这个瘦癯癯的老倌都怕，你几个还干得起什么大事？如果要害你们，就凭你们三个人跑得掉吗？再说，我还在你们手里呢！"

布初的脸慢慢平静下来，他们答应三天内让山上的黑彝头人全部下山来。

可是，时间过去了七八天，山上依然没有任何动静。

正当阿尔拉则暗暗着急的时候，布初又让人带信请阿尔拉则上山，说还是在上次的老地方。

中午时分，阿尔拉则在乌嘎惹和布乃尼补的陪同下，骑着马按时到达了和谈地点。他们三人刚到堂屋里坐下来，几个彝家汉子就牵了一只羊进来。只见一个汉子举着榔头用力砸在羊头上，接着就让人拖出去放血剥皮去了。

"阿啵，吉莫吉西吾，大雁晓得冷暖，蜜蜂能分方向，今天用这么高的规格招待我，看样子是动真格的，心诚得很喔！"阿尔拉则大度地笑着，紧张的气氛逐渐缓和下来。

"这些日子我走了不少地方，接触了不少汉人彝人的阿木科，我什么都想通了。可能大家会说，现在我们的日子好得很了，地有娃子种，活有娃子干，饭有娃子做，抽烟喝酒还有娃子服侍。可是，大家想过没有，那些娃子和你们管辖的白彝，很多人连洋芋坨坨都吃不饱，造孽得连牛马牲畜都不如，他们过的是什么日子？再说，山上各家支经常打冤家，为了半边猪头，掉了九十九个人头；为了半斤盐巴，打了十三代冤家。风吹核桃树，核桃打核桃；猴子拿棍子，猴子打猴子。你打过去，我杀过来，这不是我们想要的好日子啊！"

阿尔拉则喝着酒，把身上披着的披毡取下来，交给随行的乌嘎惹，说："过去，我们天天提心吊胆，怕官家来清剿，怕仇家打上门来，担心脖子上的脑壳保不保得住，担心婆娘娃娃保不保得住。现在，共产党就是要建立一个安定的社会，让大家过安安稳稳的好日子,这不是大家所期盼的吗?有了这样的社会,你多余的土地房屋牲畜又拿来干什么?再说,人家首先要保证你们的生活,不会因为拿了这些东西,让你们饿肚子。古老的尔比尔吉里有句话,哪会准许别人杀儿子的,哪会准许别人骗女儿的?我们都是一家人,难道我还会说些白话来诓你们?"

热气腾腾的坨坨羊肉和乳猪肉端上来了,大家围坐在火塘边,边用大碗喝着转转酒,边吃坨坨肉。阿尔拉则指着拉坡说:"你们纠结的,是怕共产党把过去的老账翻出来!这一点,我作为共产党的区长,说话是作数的,你们把心放在肚子里。过去你们这样做,是特定的社会造成的,以前的事共产党不会跟大家计较。古人说,河里的礁石,挡不住奔腾的河流;凛冽的狂风,吹不倒巍峨的大山,就靠你几个,把铺盖顶得起来吗?我给大家咬个牙齿印,只要下山交出武器,一定保障你们的安全,让大家平平安安回家……"

阿尔拉则一席话,说得到场的黑彝头人直点头。

一个娃子提了只紫红的公鸡进来,一刀抹在脖子上,殷红的血流在了酒碗里。

火把节前的一天拂晓,青香坪区公所对面山坡上突然响起了激烈的枪声。

睡梦中的人们从梦中惊醒过来,扶老携幼纷纷往外逃。

硝烟散尽,街头走来一群牵着马的彝家汉子。叮叮当当的马铃声,在宁静的早晨格外悦耳。

尔衣几几山上的二十多名黑彝头人,下山向工作队和区政府交枪。按彝人习俗，进寨子前鸣放枪炮，意为驱恶辟邪，喜庆吉祥。

这一举措在大小彝寨引起了巨大反响，龙岗山上的阿尔哈铁也不例外。

拉坡他们聚集在一起的时候，也曾找过大头人阿尔哈铁。在这些小兄弟面前，阿尔哈铁历来是一个硬汉子，这天同样是这样："骏马好不好，要看跑起来的时候；牯牛凶不凶，要看斗起来的时候。咱们彝胞天不怕地不怕，砍了脑壳矮五寸，死都不会低头！就是和天王地老子打交道，都得拿出彝胞的骨气，说话做事该硬就硬到底！"

不过，对于和共产党作对，他还是提出了自己的担忧："古人说得好，看马儿鞴鞍，看方向走路。在这个时候，你们吵一吵，闹一闹，和他们赌点小脾气是可以的。遇上不平事，总得有个子高的站出来说句话嘛！但是，和共产党相比，就靠你们这一小撮人，那是用鸡蛋去碰石头。做事要留有余地，只要对方做些让步，见好就收……"

送走了那几个冒失的家伙，阿尔哈铁心里老是不踏实。他不知道，这几个杀得猴子剐得狗的家伙，会闹出什么样的动静来。就凭他们手里那几条破枪，手下那些只会喝酒说大话的跟屁虫，和解放军比起来实在差得太远！他们不仅会葬送掉自己，还要连累若干人，这是一着死棋啊！

阿尔哈铁连着几个晚上睡不好觉。

尔衣几几平静下来，阿尔哈铁心里更不踏实。那几个牛皮烘烘的家伙，表面上脑壳比青冈石还硬，事实上比墙旮旯的耗子胆子还小。让工作队一忽悠，好不容易拉起的大旗，就这样糊里糊涂地倒下了。问题是，他们这出戏一演，下一步他怎么办？

就在阿尔哈铁感到无比懊恼的时候，一个彝家汉子神神秘秘地到了青香坪区公所，口口声声要见陈达五。

是兹兹乌日黑彝勒伍尔甲的儿子派来的人。

当初工作队进驻飞云铺一带的时候，阿尔拉则极力向工作队推荐勒伍尔甲。阿尔拉则想得好，不管谁执政掌权，他们亲戚中总得安插个把靠得住的人进去。别的不说，就是那些人有什么新动向，有自家人在那里看看动静，总不至于让人家卖了，还傻乎乎地帮着称银子。

勒伍尔甲确实没有辜负阿尔拉则的一片好心。他最先下山，把家里老旧的步枪火铳交给工作队，当众宣布让家里的娃子各自安家，大大方方把多余的田地拿出来。县政府请勒伍尔甲出山，让他当上了红莫拉区的副区长，成了当地大红大紫的人。

就在勒伍尔甲红得发紫的时候，国民党西南联络处主任冯正和同样到了兹兹乌日。在坨坨肉碗碗酒的滋润下，冯主任翻动着他灵巧的舌头，帮着他把过去从来没有想也不敢想的美梦变成了现实，让他摇身一变，当上了反共救国军第七纵队少将司令！

冯主任那只肥厚的巴掌反复拍着他的肩膀，给他规划了无比美好的宏伟蓝图，并且给他许了若干的愿。想着那一支支崭新的闪着蓝光的轻机枪、卡宾枪，造型别致的手雷，黄灿灿的子弹，以及哗哗响的钢洋，勒伍尔甲动心了。

勒伍尔甲上蹿下跳，没费多大的力，就联络了十多个黑彝白彝家支，组织了上千人的彝人武装，杀气腾腾地向红莫拉区公所扑过来。

勒伍尔甲知道，要成就一番大事业，光凭他手下那帮人还远远不够。勒伍尔甲决定，把他的儿子勒伍阿牛动员回来，助他一臂之力。

从小聪慧无比，被他视为掌上明珠的宝贝儿子，此时正在省民干院学习。有人来学校找到勒伍阿牛，拉着他的手眼泪汪汪地说："羿侬，你阿嫫得了重病，哭着闹着非得见你一面不可！"

勒伍阿牛脑子里嗡的一声，眼前好像有成千上万金色的苍蝇飞来飞去。在这个世界上，最疼他的就是阿达阿嫫。如今阿嫫得了重病，勒伍阿牛巴不得早一点儿飞回彝寨，减轻阿嫫的痛苦。

那时候，他的阿达勒伍尔甲已经带着山上的彝家弟兄，攻占了区公所，杀了工作队员。不管勒伍阿牛愿不愿意，一身崭新的国民党军服，让他成了反共救国军西南联络处的上校参谋。他懵懵懂懂地跟着那些彝家汉子，让解放军撵得鸡飞狗跳。

那一天，他们被解放军团团围住了。在解放军强大的火力下，一批又一批彝家弟兄号叫着冲过去，被密集的子弹像割韭菜一样扫倒在地。情况万分危急，勒伍尔甲叫过和他形影不离的贴身娃子，眼睛里喷着火：

"阿牛交给你，我掩护你们！记住，你们一定要活着出去！"

勒伍尔甲瞅准一个空当，集中了所有轻重武器，带人拼死切开一个口子，掩护他们冲出了解放军的包围圈。在那场围歼战中，勒伍尔甲上千人马死的死，降的降，被解放军一举消灭。勒伍尔甲本人也没有侥幸逃脱，被解放军抓住，后来在逃跑的过程中死于非命，结束了他传奇的一生。

从此,勒伍阿牛带着几十个漏网之鱼,融入茫茫林海,过起了居无定所提心吊胆的日子。

"我家色坡要我来找陈队长,商谈下山交枪投诚的事……"这个面容憔悴的汉子没有多余的话,直杵杵地对陈达五说。

"好啊!有什么要求,尽管提出来!"

"色坡专门交代,必须满足三个条件:第一,要在山上见到工作队长陈达五;第二,对这批人必须宽大,不杀头、不坐牢;第三,允许将他的阿达勒伍尔甲的遗体,搬回山上火化安埋!……"汉子喝了一口酒,小心翼翼地说。

按照约定,第三天中午,陈达五带着乌嘎惹和布乃尼补准时赶到了磨盘山。

勒伍阿牛早就带着人等在那里了。陈达五大步走过去,笑眯眯地向勒伍阿牛伸出手来。没想到,就在这一瞬间,四周突然钻出几十个彝人,他们手里枪弹齐发,激烈的枪弹呼啸着从头顶飞过。

陈达五心里一沉,他还没有反应过来,勒伍阿牛已经跪在他面前了:

"队长,我对不起共产党,没有听政府的话……"

哪来这么大的胆子

说起勒伍尔甲的儿子投诚的事,当家娃子阿力次吉脸上是掩饰不住的喜悦:"色坡阿普,丢出去的石头,吐出去的口水,看样子共产党说话是算数的喔。要说杀人，勒伍家发动上千人叛乱，打死多少解放军，杀了多少工作队员，只有他们算得清楚！"

阿尔哈铁端坐在火塘边，有滋有味地吸着兰花烟，没有接腔。

"阿啵，连这种人他们都给出路，说明共产党还真有这个肚量哩！"

阿尔哈铁轻轻吐出一口烟，看着夕阳下的远山。天边那几缕云霞，让太阳镶上了一道亮丽的金边，白里透红，飘逸灵动。重重叠叠的山峦，在明丽的霞光下，轮廓分明，看上去生动无比。

阿尔哈铁心里跟明镜似的，这样的道理，他当然知道。可是，阿尔哈铁这个时候的心思并不在这上面，他在盘算着，如何处置那几个胆大妄为的家伙。

早上他还没有起床，就有人闹嚷嚷地对阿力次吉说："反天了！有五个娃子，昨天晚上跑了！"

这样的事，作为当家娃子是可以处理的。比如说，赶紧把他们找回来，再找个适当的理由搪塞过去，以后严加管教。这种事要是摆在桌面上，按照祖先订下的规矩，那就是逆天大罪，脑壳搬家断手断脚这样的处罚一点儿不为过，但这样一来，娃子要倒大霉，主子也要白白折损些银子，几不讨好。

可是，来的人大呼小叫，这个消息风一样在寨子里扩散开来。阿力次吉不得不硬着头皮走上了阿尔哈铁那神秘的碉楼，向他报告了这件事，请示后续如何来处置。

"这些喂不乖的狗，他们哪来这么大的胆子？"

阿尔哈铁内心的恼怒可想而知。以前，其他彝寨时有叛逆的娃子，或逃婚，或反抗主子的毒打，或躲避仇杀而逃走。但在龙岗寨，除了很早以前有一对小青年逃婚出走外，已经有好些年没有发生这样的事了。可是，这一次他们居然结队外逃，要是不把这股风刹住，要不了多久，娃子就跑光了。

"自古奴隶跟着苞谷进磨眼，娃子跟着木柴进火塘，这些事还有啥好说的？老祖宗早就定下了规矩，他们就是长了翅膀，也要把它掐下来！"

"是是是！"

阿力次吉安排得力的手下，带人从几个方向去追那几个倒霉的家伙。

在这茫茫大山上，谁都不能没有主子，谁都离不开主子。没有主子就没有安全感，没有主子的娃子就是爹不疼妈不爱无着无落的孤魂野鬼。主子骨头越硬，地位越高，娃子身价就会越高。就凭他在龙岗寨一带的势力和威望，很多人都以能够当上他的娃子为荣。阿尔哈铁想不通，和那些可恶的奴隶主相比，他待这些娃子不薄。别的不说，他家的娃子干一天活，洋芋坨坨是有他们吃的。平心而论，他一天大事还忙不过来，哪里还有闲工夫打他们骂他们？相反，每当遇上外族侵入，他带着娃子和那些人拼命的时候，他处处以一个黑彝大头人的身份，对这些娃子呵护有加。可是，这些娃子为什么还要背叛他呢？

天擦黑的时候，七八个持枪的娃子，灰头土脸来到了阿尔哈铁的院子里。

"色坡阿普，我们追了一天。阿啵，连影子都没见着，莫法了！"

"你们，没有问问寨子里的其他人吗？"阿尔哈铁额头上的青筋条条都暴出来，他确实生气了。

"色坡阿普，连跟他们在一起的人，都一一审过了的……"汉子叹着气，轻轻摇着头。

阿尔哈铁一听就明白了，天下人都知道那几个人回来的后果，谁会死心塌地帮着他干这种事。阿尔哈铁想不通，现在连这些人都会考虑给自己留后路，这到底是怎么了？

得饶人处且饶人，这个时候他已经改变了主意。阿尔哈铁叹了一口气，他不再去想那些窝心的事，背着手就出了门。

阿力次吉让几个持枪娃子跟在他的后面。傍晚的太阳很暖和，稀疏的阳光从树梢筛落下来，把阿尔哈铁的身子拉得老长老长。风柔柔的，如一只无骨的手，轻轻地撩拨着他满是皱纹的脸。他费力地眯着干涩的眼睛，如同一个败走麦城的江湖汉子，心事重重地打量着远处的山，远处的树。

说来说去，都是那帮共产党的工作队闹的。山下，很多村寨都躁动起来了，天天晚上开坝坝会，搞花里胡哨的演出，搞背对背的诉苦，那些奴隶娃子声音一个比一个高，一把鼻涕一把眼泪，把他们的主子说成了吃人不吐骨头的恶魔。然后，动员黑彝白彝奴隶主把田地拿出来，分给那些吃不起饭的白彝和奴隶娃子。有了这种好事，那些娃子哪里还坐得住，他们巴不得民主改革马上就改到自己头上来。

看样子，这股洪水猛兽是谁也挡不住的，这个世道真的要变了！

阿尔哈铁往回走的时候，天已经黑尽了，让夜风擦得亮晶晶的星斗，在幽深的天幕下哔哔啵啵地沸腾着。

院子里烧起了一堆火。三个娃子五花大绑,被人推了进来。

"跪下!几个畜牲不如的东西!"

随着几声鞭子尖锐的啸叫,娃子的脸上臂膀上绽起了几道血迹。

一切都是这么简单,又是那么令人愤怒。

有人在陡峭而隐蔽的鹰愁岩下,陆续发现了死伤的羊。

事情明摆着,那些羊都是从悬崖上跌落下去的。这要在平时,偶尔也会有羊失蹄坠岩的现象,特别是头羊掉了下去,后面的羊也会盲目跟着往下跳。可是,连着两天接二连三有羊坠落下来,就是傻子也猜得到,那是有人在背后使坏。要不是今天他们在干这件龌龊事的时候,碰巧让两个在山上采野蜂蜜的人发现,不知道他们还要推多少羊下去。

这不是一个小数,山下躺在乱石丛中大大小小的羊,有四五十只。

不管谁遇见这样的事,都会切齿痛恨。虽然羊是不会说话的牲畜,但毕竟是活跳跳的生命,和你无冤无仇,怎么狠得下心干这种伤天害理的事呢?

三个娃子和山一样沉默,梗着脖子一副死猪不怕秸秆烧的样子。

阿尔哈铁倒抽了一口冷气,这几个挨千刀的倒霉鬼,要是在过去,就是借他们十个胆子,他们也不敢这样。

这是为什么?

阿尔哈铁咔地清了一下喉咙里的痰,尽量压着满肚子的火,说:"阿啵,跳蚤虽小,敢咬老虎的屁股;蚊虫不大,敢叮豹子的鼻梁,你们都是山里的好汉啊!可是,你们知道这样做的后果吗?就是砍你们十次脑壳,剐你们一万刀,都不为过!我只想知道,你们为什么要这样做?"

阿尔哈铁声音不高,每一个字里都飞溅着愤怒的火花。

沉默,难耐的沉默。院子里,熊熊火光中木柴噼噼啪啪的爆响,是那样的清脆。

"说,为什么?"阿尔哈铁瞪着双眼,口气更为严厉。

一个娃子歪着嘴,把流到嘴角的血往上一吹:"反正都是要死的人,我也不用藏着掖着!雁往温暖的地方飞,人朝光明的地方走,山下田分了,地分了,牛羊牲口也分了,娃子也自由了!可是龙岗山雷打不动,什么动静都没有。反正这些羊子我们也分不到,不如推下山岩摔死!"

什么?

这一瞬间,阿尔哈铁的眼睛好像要喷出火来。这些会说话的畜牲,他们明着不敢起来反主子,背底下做些小动作也是意料中的事儿。可是,他万万没有想到,他们居然会用这种卑劣的方式。

阿尔哈铁内心的愤怒可想而知。他用颤抖的手指着三个气息奄奄的娃子:"好啊,好啊!你们……真的长本事了!"

阿力次吉凑过去,对阿尔哈铁说:"色坡阿普,锦鸡不和乌鸦同林,娃子不和主子同心,这几个该死的家伙,是不是拖出去找个地方处理掉?"

阿尔哈铁想了想,无力地摇了摇头,说:"先关起来再说,不能太便宜了他们!"

第七章　沸腾的群山

雄鹰不展翅，只能吃地上的虫子；
鹿子不出山，只能吃沟边的水草。

难解的心结

兹兹乌日和尔衣几几的头人下山交枪，在大小彝寨引起了巨大反响。那些天天在大山上的黑彝头人，个个都在拨着自己的小算盘，总是有这样那样的担心。现在好了，不仅尔衣几几那些叛乱分子，就连兹兹乌日血债累累的勒伍阿牛父子，共产党都给予了从宽处理，还有什么顾虑呢？

陆续又有些黑彝头人下山交枪，并且主动提出把土地牲畜拿出来分给奴隶娃子安家。不仅如此，有几个黑彝奴隶主还把国民党特务抓起来交给解放军。

不得不说，彝区的民主改革已经撕开了一个大大的口子，正一步一步向前推进。

县长金太中再一次到了青香坪区。他组织当地黑彝白彝头人开会，对前期民主改革工作进行总结，让拉坡和勒伍阿牛戴上大红花，在会上作报告。

"我们民主改革虽然迈出了坚实的步伐，但这只是万里长征的第一步，后面还有很多事等着我们做哩！"会后，金县长把陈达五留下来，对他说，"达五，前期大家付出了很多，甚至有同志还献出了宝贵的生命。但是，从全国范围来看，别的地方社会主义改造搞得轰轰烈烈，我们真的落后了。如果我们不赶上去，今后和先进地区的差距就会越来越大！"

陈达五何尝不知道这些情况呢，他只觉得心里沉甸甸的。虽然有黑彝白彝家支的头人下山交了枪，心里同样七上八下。很多人老是在背后嘀嘀咕咕，龙岗山上的大头人都没有交枪，自己先把枪交了，万一以后有什么变故怎么办？那些没有交枪的，更是能拖一天算一天，他们心疼手里的枪，心疼家里的田和地，更害怕搞了民主改革，奴隶娃子翻了身，他们的好日子就到头了。他们都在静观其变，巴不得飞天蚂蟥一直和政府对抗下去，甚至还有人盼着国民党能够打过来！那些分到了土地的娃子，他们心里依然不踏实，害怕煮熟的鸭子飞掉，更害怕天一变那些黑彝主子找他们算老账……

这些日子，阿尔拉则比过去忙多了。自从当上青香坪区副区长后，他就多了一把匣子枪，斜挎着的枪套天天拍打着他的屁股。他喜欢把洁净的白色羊毛披毡脱下来夹在腋下，说话的时候把另一只手解放出来叉在腰上，看上去就相当威武了。

对于龙岗山上的飞天蚂蟥，有人经常对阿尔拉则旁敲侧击："拉则区长，你侄儿是不是还在等你这个当叔叔的，派汉呷的八抬大轿去请他？当叔的不赏他几耳光，他不晓得天有好高，地有好厚！"

"全国都解放了，难道他飞天蚂蟥还想在龙岗山当山大王？你当叔的不可能看着他往火坑里跳，就算把他拉不回来，一闷棍把他打醒也好嘛！"

山上的人说话幽默，虽然夹枪带棒，但却跟山里的荞粑洋芋一样实在。

"啊哟，鹰老毛掉，马老蹄软。人上点年岁，说话当放屁，没有人听了！"阿尔拉则在笑哈哈的自责中，无可奈何地摇着头，"他要是能听我这个叔叔半句话，我早就把他哄下山来喽！"

可是，当陈达五正式向阿尔拉则提出来，请他出马到龙岗山做阿尔哈铁的工作，他又是另外一种说法："马老嘴皮长，牛老角根硬，既然信得过我，就是拼了这条老命，我也要上去闯一闯！毕竟，我这个叔叔不是偷来捡来的！"

阿尔拉则说这话的时候，还不忘一手叉在腰上，另外一只手伸出来在空中挥舞着，看上去就相当正经了："狗舌头能舔光一桶水，猪嘴巴能拱完九坰地，有多大的把握我不敢说，我一定会尽力。至少，我会把我看到的听到的，一桩一桩说给我那侄儿听……"

在派人上去这件事上，阿尔拉则直接点了杨黑子和布乃尼补的名。他觉得杨黑子是老红军，在工作队中威望很高，有啥情况可以帮着他说话。布乃尼补身手敏捷，练就了一手好枪法，熟悉山上的情况，是最好的保镖。

杨黑子知道这个消息的时候，脸色一下就变了。这些年来，只要一提起飞天蚂蟥这个名字，他就会想起鹰愁河畔那悲壮的场面，想起周大明队长和战友们那一张张熟悉的脸庞。忍辱负重这么多年，他的脑海里一直闪现着两个字：

报仇！

现在终于有机会和这个仇敌见面，却要让他平安下山，到县政府里面任职，天底下哪有这种道理？

"队长，飞天蚂蟥血债累累，他是人民的死敌啊！冤死在他手里的战友，娃子寨那些无辜的百姓，他们都白死了？"杨黑子眼里直喷火，胸脯激烈地起伏着。

"老杨，我知道你想不通。但是，周队长和那一批战友，乃至为了革命牺牲的烈士，他们为了什么？不就是为了让天下穷苦人过上好日子吗？我们是共产党领导的军队，如果我们只想着报仇，和那些旧军阀有什么区别？作为彝区，千百年遗留下来的陈规陋习，不是一朝一夕就能改变的。要彻底推翻旧制度，完成组织交给我们的任务，我们必须忍辱负重，和彝人中的上层人士搞好团结啊！"

"我们团结的应该是穷苦的彝家兄弟，像飞天蚂蟥这种罪大恶极的人，我们凭什么还要团结他？"杨黑子把脖子扭到了一边。

窗外，明媚的阳光下，空气里弥散着淡淡的芬芳，小鸟叽叽喳喳的鸣叫惬意悠长。顺着龙岗山脉流下来的河水从窗前蜿蜒流过，远山、村庄、房舍、树木倒映在潺潺流水中，天水合一，美不胜收。

"话不能这样说，金县长一再指示我们，对飞天蚂蟥要辩证地看待。他手上虽然沾有共产党人的鲜血，身上还背着镇压奴隶娃子的累累血债，但那是历史的悲剧，是社会制度的罪恶。下一步，我们要推进彝区的民主改革，就得拿出共产党人的胸怀，得用包容的眼光看问题，不去斤斤计较他的过去，要把他团结到人民的阵营中来。眼下斗争形势很复杂，国民党特务做梦都在腐蚀他拉拢他，如果我们不把他争取过来，他就会倒向敌人那边去，到时候谁受的损失更大呢？……"

陈达五掏心掏肺的一席话，让杨黑子低下了头。

陈达五紧紧握住杨黑子的手，动情地说："老杨，你是一名久经考验的革命战士，服从命令听指挥，这是底线！这次上山，就是一个任务，保证阿尔拉则和阿尔哈铁的安全。你不仅要把控好自己的情绪，还得注意布乃尼补的动向，千万不能意气用事！"

和以前相比，阿尔拉则的到来，龙岗山上的大头人表现出了极大的热情。不等阿力次吉进去通报，阿尔哈铁就在几个贴身娃子的簇拥下，在院子外面等着他们了。

"阿啵，帕乌！你老脚步这么金贵，今天咋舍得到山上转转了？"

"哈，工作队请你几次，都把你搬不动，只有我上山来了嘛！"

"得罪得罪！帕乌，你老来了，我不可能躺在床上装死嘛！你晓得我这个痨病，肺上肝上胃上都有问题，从会川城里找了两个医生，坐在床边边地医，好不容易才下得了床，阿啵啵，造孽得很喽！"

"惹都，我上次不是带工作队的医生给你看过吗？没有风，云不会聚在一起；没有云，雨不会来到地上。我觉得，你主要是心病，把脑壳里杂七杂八的东西拈掉，啥子病都好了！"阿尔拉则朗声笑道，他觉得在这个时候，用不着顾及大头人的脸面。

阿尔哈铁哈哈笑着，伸出手亲亲热热地拉着阿尔拉则，就把他往堂屋的火塘边让。尽管他从心里瞧不起这个叔叔，但只要是在公开场合，他对这个老辈都表示出了应有的尊重。屁股才落座，就有汉子牵了头羊进来，在羊的叫声中，完成了彝家待客的礼节。

羊肉还没有端上桌来，大家就开始喝酒吹闲龙门阵。可是，好像大家都已经提前商量好，吹的都是陈年旧事，嘲笑孙方亭的贪婪，汉人官绅的愚蠢，汉人客商的狡猾，以及会川城里汉家小姐的娇情，爽朗的笑声震得房梁瑟瑟发抖。来喝酒吃肉的，都是阿尔哈铁最为亲近的人，他们好像事先约定好了，关于民主改革这样敏感的话题，谁也没有提及。

这场酒，从下午一直喝到天黑。

杨黑子和布乃尼补才进寨子，就有人专门招呼他们，枪也被那几个客客气气的护寨兵丁收走了。他们没有和阿尔拉则坐在堂屋的火塘边，但同样被接待他们的人轮番灌酒，喝得头重脚轻。

阿尔哈铁那幢别致的碉楼，阿尔拉则来过很多次，每一次他都觉得是那样神秘。可是，今天的酒喝得多，一进碉楼，阿尔拉则就觉得酒劲直往上涌："惹都，彝人的尔比尔吉说，后脚走得再快，也赶不上前脚。我虽然是老辈，可是在我们这些人面前，你比谁都厉害！阿啵啵，因为我们都听你的，不管干什么都在看你的脸色行事。你指东，我们不敢朝西；你站在那儿，我们就不敢朝前走了。不仅我们是这样，山上山下那些彝寨的大小头人，你管辖的平民曲诺，包括你家的阿加、呷西，没有哪一个不是这样！"

"帕乌，肚痛怪嘴馋，过失怪心肝，你不要洗我的脑壳，你侄儿子哪有这个本事？"

"大家都信你，服你！但是，今天不一样了！"阿尔拉则喷着满嘴的酒气，指着斜靠在椅子上的大头人，说，"我说句非常直白的话，这些日子我走过的地方多，共产党的官我也见得多，和那些人相比你算个啥？要说厉害，你比得过小日本，比得过蒋介石？他们都让这些人打垮了。古人说，母猪身上的泥浆，只能溅到猪槽上；水牛身上的泥浆，却能溅到大树上。和共产党比地盘，比枪，比人，不管比哪样，你都没人家指甲壳大。勒伍尔甲如何嘛，当了副区长还不知足，鼓动娃子叛乱。白白死了几百人不说，把自己的脑壳也要掉了。他不走这一步，会落得如此下场？"

"阿啵啵，帕乌，你是堂堂共产党的区长，站起说话腰杆一点儿不疼。水獭生在水里，死在水里；猴子生在树林，死于树林。我是泥巴埋了半截的人，自己有几斤几两，心里清楚得很。我现在病恹恹的，多数时候只有出的气，没有进的气，说不定半夜一口气接不上来，明天就死翘翘地被抬到山上烧了，哪里用得着跟别人争长论短？活到这把年纪，什么阵仗都见过，什么事情都想清楚了。我哪个都不想沾惹，就只想在龙岗山上清清净净地过几天安稳日子。难道，就这样还不行吗？"

"这怎么可能？大雁南飞，靠的是领头雁；羊群上山，靠的是带头羊。你不看一看，山上山下，诺伙也好，曲诺也好，大小的头人都在看着你，那些阿加和呷西也在看着你。你随便伸个懒腰，他们都得琢磨琢磨这是为了什么。你在上面养老，你倒是心闲了，那些跟着你的头人咋办，那些娃子咋办？"阿尔拉则咄咄逼人的话，就像一把金灿灿的火星，嗞嗞地飞来窜去。

"帕乌，烧的火塘晓得，炒的铁锅知道，你侄子哪有那么大的能耐！"

"要我说，是你心里有鬼！怕跳蚤咬烧裤子，怕肚子饿缝嘴巴，终究不是个办法。你不看看，勒伍尔甲纠集上千人叛乱，杀的解放军、杀的工作队和积极分子，数得过来吗？和那些人相比，你算老几？那些人共产党都能放过，你怕什么……"

阿尔拉则恶辣辣的咆哮，飞溅着酒味的唾沫星子，让满世界的小虫子都把嘴巴闭上了。阿尔哈铁蜷缩在一把老式椅子上，嗞嗞地抽着兰花烟，犹如一只孤寂的老蚕。

"惹都，尔比尔吉里说，带宝剑的人，不撵土豪猪；戴戒指的人，不捉猪虱子。共产党的县长说了，只要你愿意出山，以前老账一概不问，还要请你到县政府任职。我听说，国民党那边也在找你，出的价码更高。我觉得，那些人连自己都保不住了，什么中将少将都是假的。现在是共产党的天下，只有这个才是硬通货！"

这一通火药味十足的话，让阿尔哈铁毫无还手之力，阿尔拉则还不解气，说："惹都，吃洋芋要知道拍柴灰，吃炒面要晓得揩嘴皮。有几斤几两，你自己要有数，不能闭着眼睛带着大家往悬崖下跳！"

夜深了，几声夜鹄子的惊叫划破了静寂的夜空，尖锐的声音悠长而恐怖。阿尔拉则困倦了，脑袋轻轻点了两下，就有了羞羞答答的鼾声。

阿尔哈铁却翻来覆去老是睡不着。

这世道真的变了！从来在他面前唯唯诺诺的阿尔拉则，别说粗声大气地跟他说话，平时连多看他几眼都抖瑟瑟的。喝了几口酒就不知天高地厚，端出一副长辈的样子，牛皮烘烘还真教训起他来了，不就是仗着攀上了共产党这棵大树，给他发了副区长这样一顶狗皮帽子吗？呵呵，我阿尔哈铁也不是懵懵懂懂的三岁小孩，风风雨雨几十年，什么事情没有经历过，还需要你揪着耳朵说！

反过来一琢磨，这些话虽然难听，但确实有道理。可是，当年红军游击队的事，娃子寨的事，他们真的不过问了？世事难料，就算他说得天花乱坠，又有几分是可信的？

阿尔哈铁脑子里好像一团乱麻，怎么也理不清。

这天晚上，杨黑子同样睡不着。很多时候，只要他一静下来，他的脑海里就会浮现出周大明和战友们的音容笑貌，然后绞尽脑汁琢磨着替战友报仇的办法。同样是这个恶魔，杀死了布乃尼补的亲人，这个在苦水中泡大的孩子忘得掉吗……

"尼补，怎么还不睡呢，你在想啥？"

"想我阿达！"

杨黑子没有话说了。

那一年，尼补的阿普带人去帮黑彝尔惹家收庄稼，受尽了凌辱。尔惹总觉得尼补家那份越来越大的家业，就像鹰愁河畔横七竖八的石头，白天硌着他的眼睛，晚上硌得他睡不好觉。在杨黑子的怂恿下,尼补的阿普把人撤了回来,并联合当地的白彝拒服劳役。尔惹怀恨在心,派人把尼补的阿普暗杀了。尼补家组织了数千人的送葬队伍,捆了尔惹家一个兄弟下来,扔在火里烧死活祭老人,并把尔惹家撵走了。后来,白彝纷纷起事,带着娃子赶跑了当地的黑彝奴隶主。作为龙岗山最有话语权的黑彝家支头人,飞天蚂蟥自然不会放过他们。阿尔哈铁派人血洗了娃子寨,尼补的阿达在那场劫难中丢了性命。从那时起,尼补的心里就埋下了仇恨的种子,在时光的漂染下越发蓬勃旺盛。

第二天吃过早饭,阿尔拉则就要往回赶。

早晨的阳光很暖和,应和着小鸟惬意的叫声,簌簌地洒落在门前的碎石路上。布乃尼补早就把马牵过来了,那匹健壮的枣红马仰着脖子,两只蹄子不停地扭动着。阿尔拉则扬扬手,向为他们送行的大头人打着招呼,嘴里尽是谦卑的告别。

昨天那场酒喝得酣畅淋漓,阿尔拉则脑子还没有完全清醒过来。阿尔拉则弓着身子跨上马去的时候,机灵的布乃尼补迎上前去,笑眯眯地搀扶了他一把。可是,就在那一瞬间,布乃尼补的手闪电般向阿尔拉则斜挎着的匣子枪伸过去,一下夺过他的短枪,哗啦打开了枪的保险。

"干什么?"杨黑子大喝一声,飞身扑了过来。

砰!

一声枪响,杨黑子只觉得被什么东西猛地击了一掌,轰然倒在了地上。

"闪开,有刺客!"

簇拥着飞天蚂蟥的持枪娃子乱了一下,护卫着他一闪就躲进了大门。而更多的人，就像一股强劲的黑色旋风，哗啦啦呼啸着刮了过来，把他们三个围在中间。

"阿尔哈铁，你又欠布乃家一条人命，我下辈子再找你报仇！"布乃尼补大叫着，朝自己的脑袋扣响了扳机。

杨黑子身负重伤，舍身救下了阿尔哈铁，在龙岗山上留下了传奇佳话。事后，尽管金县长对他褒扬有加，说他风格高尚，在关键时刻顾全大局，但他心里却憋屈得似乎要滴出血来：

"哼，救他？布乃尼补怎么没把那个恶魔打死！"

杨黑子的目光，就像蛇芯子一样发出咻咻的声响，那是永不熄灭的仇恨的火焰。

更憋屈的人是阿尔哈铁。

那声猝不及防的枪响，让他昏昏沉沉的脑子一下清醒过来，身上浸出了密密麻麻的细汗。他知道，这些年时时有人惦记着他，随时有人欲将他置之死地而后快，他也时时小心谨慎，处处倍加提防。可是，这样的事居然就发生在他的家门口，他只觉得头上老是凉飕飕的，不知道什么时候子弹还会朝他飞过来。

在阿尔哈铁懊恼不已的时候，飞云铺一带的彝人同胞却兴奋不已。

那条清澈的鹰愁河，冬天垫几块石头可以勉强涉水过河，却经常有人掉进冰凉的河水里。到了雨季，就得绕三十来里地，从一个叫鸭脖子的地方过河。那里，有一座几百年前由土司花重金修的石拱桥。尽管当地彝胞对当年老土司念念不忘，但仅有这一座桥，到了雨季天往来实在不方便。

"古时候的土司能给当地彝胞修桥，我们更应当帮当地老百姓做点好事呀！"陈达五把在鹰愁河上架桥的想法向县上一报告，金县长很高兴，猛地在他肩膀上拍了一巴掌，说："你小子这心思花对了。把这座桥架好，山下的老百姓就是自发上去，也把龙岗山上的飞天蚂蟥给抬下来了！"

县上派技术人员带七八个石匠，进驻了飞云铺。陈达五连着开了几个晚上的会，把当地彝家同胞组织起来，在技术人员的指挥下，帮着干一些力所能及的体力活。

太阳吐着红红的舌头，只顾把毒辣辣的阳光往下倒。山上的树无精打采地低垂着头，地里半尺高的玉米蔫耷耷的，在阳光暴晒下卷起了青灰色的叶子。冬春季节张狂的风，不知道躲在什么地方去了，剩下的就是难耐的闷热。

这些日子，作为自卫队队长，乌嘎惹是最为辛苦的。白天，他带着那些彝家汉子，开凿基槽，平整路面，搬运石头，夯实基础，尽管一身泥一身汗，心里却是非常愉快的。

沙阿果的病已经基本痊愈，每天她都和几个彝家妇女忙着给工地上的人做饭。有人的时候，她们总是板着一副面孔，默默做着手里的事，显得端庄而贤淑；一旦背开了人，她们就像一群麻雀，叽叽喳喳，总有说不完笑不完的话题。

"你那衣服……"

洗菜回来的沙阿果站在乌嘎惹身后，欲言又止，眼睛里满是爱怜。

外面的阳光毒，乌嘎惹在工地上精赤着上身，已经让太阳晒得脱下了一层皮。沙阿果担心再这样下去，他那个黑油油的身子还要红肿脱皮。

"啊哟,沙阿果,你不管管自己,倒操心起别人来了!"旁边快嘴的女伴藏不住话,惊喳喳地将这层纸给捅破了,把沙阿果闹了个大红脸。

两个技术人员,拿着尺子绳子在那儿比比画画。很多具体的要求,得催着乌嘎惹组织人来落实。

"乌嘎惹,叫几个人过来!这个地方还要填平、夯实!"

"乌嘎惹,看见没有?这里还得收一收……"

技术人员说话还算客气,难伺候的是那几个石匠。有手艺在身的人,话显得金贵,每一句话似乎都在火爆的油锅里煎炸过,每一个字都带着热辣辣的火药味,一不小心就会被他们骂得一脸不是一脸。这天,乌嘎惹刚过来,那个头上戴着蛤蟆眼镜的石匠,就气冲冲对他发起了火儿:

"乌嘎惹,人都死哪去了?赶紧把打好的石料搬过去!"

乌嘎惹组织人把石料搬过去,蛤蟆眼镜大腿一拍,又咆哮起来:"哎呀,你们的眼睛是不是让老鸹抠了?我编了号的,得按顺序放!这这这……简直比笨死的猪还笨!"

蛤蟆眼镜背着手看了一圈,气呼呼地叫过乌嘎惹:"是哪个缺德鬼干的?啊,这么好的石料,面子碰豁了一大块,真该赏他两个耳刮子!"

乌嘎惹被技术人员叫得团团转,经常被那几个石匠骂得狗血淋头,心里面却比蜜还甜。想想也是,人家大老远到这里吃苦受累,不就是为了山里的彝胞吗?再说,山上这些汉子,除了有一身蛮力外什么都不懂,不挨骂才怪。

当然，石匠骂凶了，那些彝家汉子也会把石料一扔，提着碗大的拳头："死汉呷，你再说一句，看我会不会让你脑壳开花！"

偏偏蛤蟆眼镜不信邪，一巴掌就把眼前的汉子推了一个趔趄，笑着说："嚯哟，你娃长本事儿了，要跟师傅较劲了！"

这一笑，一推，就把汉子心里的火给泯灭了。

对于这些鸡毛蒜皮的小事，陈达五都看在眼里，他对乌嘎惹说："大哥，你说说，这些石匠为啥有这么大的火气？"

"嘿嘿，主要是我们太笨了，什么都不懂。"乌嘎惹笑了笑，说出了大实话。

"没有木柴难烧火，没有文化眼不明。要我说，你们比谁都聪明。你们缺的是文化，是学识……"

陈达五说等民主改革结束了，山上山下，凡是有彝家寨子的地方都要修学校。把外面的老师请进山来，把天天在山上野的孩子通通送进学校，不管是男孩子，还是女孩子，都要让他们安心在教室里读书。彝家的孩子，有吃苦耐劳的好品质，只要把文化学到手，谁还能和你们比？别说在彝区，就是走遍天下，不管什么事儿都难不住你们！

很多年以前，乌嘎惹曾跟着他的主子俄狄伙子，到过很远的会川城。他见过城里的小学堂，小学生们规规矩矩地坐在学堂里念书。虽然只是馋馋地看了几眼，但是那种幸福的场景，却牢牢地印在了他的脑海里。随着陈达五爽朗的笑声，乌嘎惹的目光穿过眼前的丛林，他似乎看到古老的寨子里，已经有了一座座漂亮的学校，孩子们都坐在干干净净的教室里，他们琅琅的读书声是那样的嘹亮。

天黑下来，扯得严严实实的夜幕，让喧嚣了一天的工地寂静无声。

悠悠的天幕下，亮晶晶的星星沸腾着，跳跃着。清凉的夜风，迎合着小虫子的欢叫，酥麻着乌嘎惹的神经。差不多每天都是这样，技术人员和石匠已经休息了，乌嘎惹把工地又检查一遍，才拖着疲倦的步伐往回走。

还没有进门，就听到星光下有一声微弱的咳嗽，眼前有了一个模糊而熟悉的身影。

"给你！"沙阿果的手里是一颗还带着她体温的洋芋。

"你吃。"

"不，你吃！"沙阿果说着，把那个洋芋往他嘴巴里塞。

万籁俱寂，闪烁的星光下，满世界都是沙阿果身上特有的香味，像野菊，像玫瑰，像丹桂，让乌嘎惹飘飘欲仙。乌嘎惹心里突突跳着，他只觉得全身的欲望已经鼓胀得就要爆裂开来，这样的冲动，似乎比哪一次都要急迫。乌嘎惹心里一热，一下把沙阿果拥在怀里。沙阿果犹如一只温柔的羔羊，任凭乌嘎惹的大手在她的身上摩挲着。星光闪烁，夜色朦胧。几颗硕大的星星，在夜空中交头接耳，调皮地眨巴着眼睛。风幽幽的，凉凉的，犹如一位遥远的歌者，吟唱着古老的歌谣。沙阿果湿润的肌肤柔情似水，滚烫的脸火辣辣地燃烧着某种欲望。那一刻，乌嘎惹觉得浑身的毛孔全打开了，血流涌动，脑子里嗡嗡作响，火急火燎的嘴唇焦渴难耐。乌嘎惹的心怦怦跳着，他感到宇宙的韵律，大地的脉动，浩渺的世界在他的头顶跌宕起伏，无边无际的旋律肆无忌惮地将他吞噬了……

在这些美好的日子里,难熬的是龙岗山上的黑彝大头人阿尔哈铁。

冯正和带着人又上了龙岗山。和往次不一样,冯主任一上山,就对阿尔哈铁说:"我的大头人,共产党一旦修好那座桥,你龙岗山就没有任何屏障了!再说,为修那座桥,那些穷娃子都对共产党感恩戴德,这比什么都厉害!"

这,正是阿尔哈铁的一块心病。有了这座桥,解放军随时可以抄近道端他的老窝,更关键的是,共产党把那些奴隶娃子的心都收走了,以后还会听他的吗?

面对面的交锋

苍苍茫茫的大山无边无际。往常鼓噪的风不知藏到哪儿去了,天空越发显得清朗辽阔。太阳像一个大大的橙子,静静地悬在西边的山头上。雾霭慢慢地涌上来,缥缥缈缈,无声无息,渐渐将这个橙子变得幽深起来,静静地隐退在大山后面。趁着这难得的静寂,大树下地埂边的小虫子就提前钻了出来,用长长短短悠悠扬扬的清唱,把这方世界变得诗意盎然。

傍晚时分,附近几个寨子有头脸的黑彝头人都聚在阿尔哈铁家里。

这些日子,山下闹得热火朝天,一方面工作队步步跟进,山下的穷苦娃子欢欣鼓舞;另一方面冯正和到处鼓噪,煽动奴隶主叛乱,把大大小小的寨子搅得人心惶惶。而龙岗山上,正因为大头人阿尔哈铁稳着不动，其他家支的头人心里七上八下，却不敢贸然跟风，反倒让这里成了一方难得的世外桃源。

就这样下去肯定不是办法。附近几个寨子的黑彝奴隶主，互相招呼着来到了阿尔哈铁家。他们相信，作为龙岗山上最大的黑彝家支头人，风风雨雨什么场面都见过，他不可能就这样傻乎乎地等下去。

有客人来，尽管是附近寨子里的熟面孔，阿尔哈铁还是尽了主人的待客之道。这些人来之前，都在家里吃了饭，还是围坐在大头人家的火塘边，就着主人家端出来的坨坨肉，喝起酒来。在酒的作用下，他们的声音一个比一个高，呼吸一个比一个急促，那些新鲜的温暖的传奇的悲怆的故事，林林总总，说的全是解放军和工作队的事。

同样的话题，这些日子阿尔哈铁耳朵都装满了。作为一个黑彝家支头人，他确实比别人看得更为长远。正是因为这样，阿尔哈铁确实不想再听这些老生常谈，他只是陪着他们喝酒，偶尔才会漫不经心地接几句腔。

阿尔哈铁的敷衍，多少让这几个专程赶过来的客人有些失望。

都是坎上坎下，抬头不见低头见的亲戚，彼此有几斤几两心里都明白。但是，今天确实不一样，他们不是来和他吹闲龙门阵，不是过来他家火塘边烤火取暖，凑在一起热热闹闹喝酒的。几个头人话里话外的意思，阿尔哈铁心里当然明白。可是，这样的主意该怎么拿，这个话该怎么说才恰当呢？他心里还真的没有底。

其实，从接到陈达五送上来的第一封信起，阿尔哈铁的内心就掀起了波澜。这些日子,他同样吃不下饭,更睡不好觉。

这个世道变得太快了。自从工作队进来以后,山上山下的彝胞,从最初的排斥,到慢慢地了解接触,到现在他不得不面对这样一个残酷的现实:很多人的心,都慢慢被这些人拢过去了。别小看共产党派出的这些人,天天走村串寨,天天和穷娃子黏在一起,说的尽是穷人想听的话,干的尽是穷人做梦也想不到的好事。时间长了,那些得到恩惠的穷鬼,哪里还记得他的主子,不跑过去听他们的才怪!

他很多时候都在想,这些人为什么有这么大的能耐呢?

难道就这样拱手把这大块地盘,山上山下那些肥沃的土地,圈里肥美的牛羊以及家里住着的房子全部交出去吗?这一交出去,他还有什么,他和那些一辈子受穷的娃子还有什么区别?祖祖辈辈流血流汗攒下来的家业,在他手里抛撒出去,以后还有什么脸面去见早已仙逝的列祖列宗?

一想到这些现实问题,阿尔哈铁的心就好像被放进了滚烫的油锅,那样的痛苦,是别人难以想象的。

他不甘心,他阿尔哈铁实在不甘心!

但是,转过来一想,和山下这帮人斗,斗得过他们吗?光凭工作队那几个人,十几条枪算不了什么。关键是他们身后站着解放军,站着的是强大的共产党啊!真正撕破了脸,自己这条老命是死是活没啥关系,寨子里这些老老小小怎么办?再说,就算在他们面前服软,十五年前,鹰愁河畔那上百条生命,他们真的能放过自己吗?

那一盘又一盘沉重的石磨,压得他喘不过气来。

今天就是这样,客人还没有喝尽兴,阿尔哈铁就觉得已经喝高了。

远处的大山,朦胧在夜色里。满天摇曳的星斗,眨着诡秘的眼睛。大院外面,如织的虫鸣,应和着隐隐约约的鸡鸣犬吠,以及鸟雀从睡梦中惊醒过来的呢喃,让这个清朗的夜晚更加宁静。

"次吉,我醉了吗?"送走了几个客人,阿尔哈铁打着酒嗝,对阿力次吉说。

"色坡阿普,你没醉。"阿力次吉搀扶着他,小心地说。

"次吉,我醉了,真的醉了!"

阿尔哈铁乜着眼睛,对他的当家娃子说:"次吉,你跟了我这么多年,经历的风风雨雨也不少了。你说,我是那种胆小怕死的人吗?嗯,你说说!"

"嗨呀,色坡阿普,就是天塌下来,你都不会眨一下眼睛;就是地陷下去,你都不会皱一下眉头。天地良心,这么多年只要跟外人干仗,哪一次你不是提起脑壳带着我们往前冲?"

"我是不是越来越怕死,只顾保自己的脑壳?是不是?"

"不不不,色坡阿普,这怎么可能呢?"

"哼,别以为我不知道!"阿尔哈铁一巴掌拍在桌子上,说,"次吉,这些日子,就有人在背后说我阿尔哈铁是软骨头,是贪生怕死的胆小鬼!哈哈哈,我问你,我阿尔哈铁是怕死的人吗?"

"色坡阿普,谁敢说这种没良心的话?看我会不会把这些人的舌头割下来!"

"是的,我要保自己的脑壳不假。但是,和全寨子老老小小的脑壳相比,我阿尔哈铁这颗脑壳算什么?"阿尔哈铁朗声一笑，说，"次吉，现在陈达五他们左一次催我下山，右一次催我下山，你说，我该怎么办？"

"色坡阿普，有什么事儿，我出面就行了，你万万不能下去！"阿力次吉连连摇着手。

"为什么？"

"色坡阿普，这万一下去以后，回不来怎么办？这种事情，这么些年咱们经历得还少吗？"

"次吉，你想说什么我都明白！尔比尔吉里说，死在弩箭上，老虎不后悔；亡在虎口中，猎犬也心甘。即便回不来，只要能保住咱们龙岗寨，少了我一个有什么关系？"阿尔哈铁长长地喘了一口气，指着阿力次吉说，"咱们彝人有这种说法，过了三十岁还不死，说明这个男人活得懦弱。我都这把年纪了，我怕啥？只要咱们龙岗寨平平安安，山上山下的兄弟姊妹平平安安，我这个脑壳就算掉了，也值！"

"色坡阿普，你别说这些……"

"次吉，自从你进了我家门，我从来没有把你当外人。红花要绿叶衬才好看，篱笆要木桩帮才牢实。你的脑壳要灵活得多，以后这个家，你还要多帮着撑持！在咱们龙岗山上，不许偷抢，不许欺诈，不许欺负女人，要孝敬长辈，体恤弱者，抱团发展，共同对外。这些规矩，要一代一代传下去！只要每个人都做到了这一点，不管世道怎么变，不管我们这支人走到哪里，都能够很好地生存下去！"

阿尔哈铁迟迟不下山，引起了上级的高度重视。

那个时候,刘成亮已经升任省委统战部部长。开春以后,金县长陪着他到青香坪区区公所,专门就做好阿尔哈铁的统战工作进行研究。

"达五同志,对阿尔哈铁这样的人,特别考验我们的耐心。但是,缰绳该收的时候还得收一收,你说对不对?"刘成亮部长笑眯眯地拿出一封信,说,"阿尔哈铁不下山,很多黑彝上层头人议论纷纷。组织上决定,由你带着信到龙岗山,真诚地和阿尔哈铁交朋友,你有没有信心?"

金县长接着说:"达五,你要有思想准备,没有结果你不要下山!"

什么?陈达五愣了一下,他非常清楚这条狡猾的飞天蚂蟥,就这样上去能完成这个任务吗?陈达五尽管心里直打鼓,仍然站起来,敬了一个礼:

"是!"

真正面对面交锋的时刻就要到了。接到这个任务,陈达五既激动,又有几分莫名的紧张。他带着工作队进来这么长时间了,就是因为飞天蚂蟥的观望犹豫,阻滞着彝区民主改革的进程。这是一道无法绕开的坎,不管前面的道路多么险恶,他都必须得想办法迈过去。可是,苍茫巍峨的龙岗山,到处是迷宫般的陷阱,每走一步都将是惊心动魄的生死搏杀,要完成这个任务,对他来说无疑是一场严酷的考验。

陈达五和工作队的同志研究了一个晚上,第二天一早他和乌嘎惹没有携带任何武器,骑着马就往龙岗山上赶。

天晴得很好,瓦蓝的天空一碧如洗。鼓噪的风已经停歇下来，在几场小雨的滋润下，山上山下，满树嫩绿的枝叶，绽放出勃勃生机。

到了龙岗寨的第一道关卡，护寨兵丁把他们拦住了。

"干什么的？"几个护寨兵丁气势汹汹地说。

"我带这个汉呷医生，上山给色坡阿日看病。"

"医生，我们怎么没有听说过？"

"嗨，色坡阿日带信下来，还用得着给你说吗，你算老几？"乌嘎惹扬着手里的鞭子，恶狠狠地说。

几个兵丁领教过乌嘎惹鞭子的厉害。在他们身上没有搜到什么东西，就放他们过去了。

他们采用同样的办法，过了后面两道关卡。一直到离阿尔哈铁家不远的寨门前，在碉楼上站岗的护寨兵丁发现了他们，吹响了牛角号，阿力次吉才知道外面来了陌生人。

陈达五他们刚走进寨子，几条恶狗瞬间扑过来，将他们团团围住，汪汪汪的狂吠打破了大山的宁静。陈达五和乌嘎惹拿着棍子东拦西挡，那些恶狗龇着白亮亮的牙齿，左闪右躲，毫无惧色。阿力次吉带了几个持枪的娃子过来，把恶狗撵开，才护着他们走进了阿尔哈铁家的大院。

阿力次吉一介绍，阿尔哈铁快步迎了过来，笑着说："陈队长，彝人尔比尔吉说，望早饭后下雨，下雨得休息；盼晚饭前来客，客来有酒喝。你们能到这个山旮旯看我，我高兴死喽！只是，你直杵杵地上来，我什么准备都没有，实在对不起！成都雅安我都去过，别说区长，就是国民党的乡长出门，前后人人马马一大帮，你们确实不一样啊！"

眼前的汉子中等身材，腰挺得直直的，黝黑的脸上深深浅浅的皱纹里带着几分刚毅。和天天下地劳作的彝家汉子不同的是，他头上包着的黑色丝绸头帕，穿着的那身黑布衫，背上的白色披毡，脚上的黑色布鞋，看上去干干净净，一看就是讲究生活品位的人。

龙岗寨里多是木板房、石板房和茅草房。散落在山坳里的几百户人家，全是阿尔哈铁管辖的曲诺和阿加，他们的房子多为木板房和茅草房，古朴中带有几分淡淡的苍凉。阿尔哈铁家正房宽大，中间是大院，院子的南边有碉楼，下边的院坝是畜圈。在绿树的掩映下，这幢大院和周围高高矮矮的房子比起来，显得更为庄重大气。

陈达五把刘成亮部长的信拿出来，念给阿尔哈铁听。阿尔哈铁表情严肃，说："队长，我们彝人爱说，再饿的舌头不能当饭吃，再冷的脚杆不能当柴烧。像我这个瘦壳壳的老倌，一天只会抽兰花烟，猪不吃狗不闻，人见人恨，鬼见鬼烦，为啥非要我下山呀！我这把年纪了，身上又有病，真去不了啊！"

陈达五的造访，搞得阿尔哈铁措手不及，但确实把他当成了最尊贵的客人，赶紧让阿力次吉招呼人杀猪宰羊，前前后后围着他转。

第二天一早，阿尔哈铁一见陈达五，就问起了杨黑子的情况。

想当年，这么多游击队战士在他手下说没就没了。杨黑子亲眼目睹了那个血腥的场景，作为一个血性男人，一个几次被转卖为奴的娃子，绝对不会轻易放过他。可就是这样一个跟他有血海深仇的人，用身体挡住了射杀他的子弹。这些人为了啥？……

陈达五向他介绍了杨黑子康复的情况，阿尔哈铁动情地说："当年游击队的事，不知道他们心里有多恨我。在那个危急关头，他还反过来救我一命，你们这些人太了不起了！"

阿尔哈铁向陈达五提出了一连串现实而敏感的问题，共产党和国民党有哪些不同，为什么能够打败国民党？第三次世界大战到底什么时候爆发？蒋介石什么时候反攻大陆？解放军同过去的红军是不是一样？当年从会川过的几个红军将领现在在干什么？刘文辉、邓锡侯，云南的龙云、卢汉现在怎么样？当年守会川城的柳元康和清剿彝区的孙方亨现在在哪里……一连串的问题从他嘴里提出来，让陈达五心里暗暗吃惊。他觉得眼前这个和普通彝家汉子没有区别的人，不仅见识广，而且记忆力惊人。陈达五按照自己的思路，一点一点地回应着。他知道，眼下他最需要的就是耐心和韧性。

天空一碧如洗，蓝莹莹的天上一块云巴巴也没有。金色的阳光慷慨地铺洒下来，借着早晨清凉的风，熨平了大山的每一处皱褶。大院外面高大的核桃树上，鸟儿叽叽喳喳的叫声透过嫩黄的阳光，在茂密的枝叶间钻来钻去，听起来越发清脆嘹亮。

阿尔哈铁见陈达五没有下山的意思，干脆打开话匣子，把他的心里话都掏了出来。阿尔哈铁讲这几十年官府对彝区的清剿，讲他如何带着彝家弟兄和官府的汉兵干，讲清剿的汉兵如何烧房子掳掠牲畜抢夺粮食，讲他的亲戚如何被抓去杀头，娃子百姓如何被抓到别的地方贩卖，讲他的亲人如何一个个惨遭毒手，他如何在深山老林中逃亡，说到悲愤之处，捶胸顿足，眼泪直流。

这天晚上，阿尔哈铁终于说出当年红军游击队的事。他把经过说得很简单，当年在鹰愁河畔和游击队发生冲突，都是勒伍尔甲和阿尔拉则手下的人。阿力次吉和游击队谈崩以后，双方到会川城找人从中调和，没想到城里的汉官翻脸不认人，把周大明他们扣下杀害了，实在可惜！这些事，他也是后来才听说的，但他作为最大的黑彝家支头人，就怕共产党放不下他……

这的确是阿尔哈铁最大的一块心病。他说得越轻松，甚至细节上不惜说假话，说明他心里压着的这块石头越沉重。

陈达五笑了笑，说："要说跟共产党积怨，你和贵州的王家烈、云南的龙云、四川的刘文辉这些大军阀相比如何，他们杀的红军、杀的共产党少吗？可是，解放前夕，他们调转枪口回到了人民的怀抱。现在，他们都在共产党的政府部门任职，为人民做事。这两年，金县长的讲话，以及省委统战部刘部长给你写的亲笔信，一再强调以团结为重，对过去的事既往不咎，你还有啥好担心的呢？"

"世上的事，哪有你说的这么简单！彝人的尔比尔吉说，听到水的响声，不一定找到河的渡口；看到河的流向，不一定知道水的深浅。这些话，有几分是真的，到底算不算数，只有天知道！"

阿尔哈铁鼻子哼了一声，呼地站起来就上了他的碉楼，把陈达五晾在了一边。

看着阿尔哈铁的背影，陈达五的心一下悬了起来：这只狡猾的老狐狸，他闷葫芦里到底卖些什么药？

我又变成了老虎

其实,陈达五的担心是多余的。

这天晚上,阿尔哈铁让阿力次吉张罗,烧起木炭火,烤了羊肉猪肉。阿尔哈铁和陈达五一边吃肉喝酒,一边摆着龙门阵。有了烧酒的催化,阿尔哈铁的话越来越多,也越来越投机。

阿尔哈铁和陈达五碰了一下酒碗,说:"阿力次吉跟我说,你的属相为龙,我也属龙。两条龙聚在一起,是上天有意凑成的。只是我比你大,你只能当小弟弟了!尔比尔吉里说,同鹿子做兄弟,翻山穿林有引导;和鱼儿交朋友,过河涉水知深浅。这次,你奉命来动员我下山,到底该不该去,你得给当哥的说句实话!"

陈达五喝了一口酒,说:"大哥,你不要把问题想复杂了。这么说吧,共产党真要和你翻老账,派解放军打上山来,何必磨磨叽叽等到现在!"

阿尔哈铁没有说话,只顾闷着头喝酒。

陈达五把刘成亮部长的信又重复了一遍,说:"我们请你下山,是到县政府任职,是去为老百姓做好事,怎么去不得?"

"唉,就怕有人揪辫子!你听说过娃子寨的事吧?"阿尔哈铁叹了一口气,摇了摇头说,"那几个曲诺受人挑拨,租不交了,供不上了,串起来打主子杀主子。这种事,你说我管不管?我对挑头闹事的白彝说,娃子生来靠主子,藤子生来靠树子;天下没有不养娃子的主子，天下没有无主子的娃子，自古是这个理！我要那些曲诺给他们的诺伙主子说几句软话，一年供个猪脑壳，把礼数尽到，表示服调服管就行了。那些曲诺哪里听得进去，把我逼得没办法，只好开战。枪炮一响，两边都死了不少人。事情虽然过去了很多年，但是那些曲诺不会就此罢休，他们把这笔账算在我这个诺伙头人的头上怎么办？"

"这些事，共产党的政策说得明明白白，不翻过去的旧账，你放心吧！"

"唉，这几年汉区的土改搞得热火朝天，工作队把贫农发动起来，天天斗争地主。彝区下一步的民主改革，会不会发动娃子斗主子？虎死要张皮，人死要张脸，我都是这把年纪的人，要是拿给那些阿加、呷西斗过来斗过去，我不如眼睛一闭，一了百了！"

"你想得太多了！"陈达五哈哈一笑，对旁边的阿力次吉说，"县上开的几次会，你的人都参加了，回来没有向大头人报告？"

"这……我报告了的。"阿力次吉闪烁其词，他实在不好往下说。

"放心！彝区跟汉区相比，有它的特殊性。彝区下一步的民主改革，不会照搬汉区土改那一套！"陈达五给他举了很多现实的例子。

阿尔哈铁仔细地听了半天，说："要真是这样，那就好喽！"

阿尔哈铁把陈达五请上了他的碉楼。阿尔哈铁靠在床上吸兰花烟，陈达五靠在他对面的床上，陪他摆龙门阵。阿尔哈铁吐出一口浓浓的烟，说："兄弟，说句掏心窝子的话，我怕的就是两桩事：一是红军游击队的事；二是娃子寨的事。我担心总有一天，有人会跟我这个黑彝头人算总账！"

陈达五说："我听说彝人有句话，重熬的汤不鲜，重说的话不甜。该说的话，掏心掏肺我已经说尽了。我觉得，你再不下去，对不起那些相信你的人，你不能错过这个机会。再说，山上山下，还有那么多黑彝白彝头人在看着你，还有那么多彝家兄弟姊妹在看着你，你不做出表率对不起他们啊！"

阿尔哈铁想了想，鼓起了很大的勇气，说："有圆有缺的是月亮，能升能落的是太阳。兄弟分析得对，看样子我是得下山了！只是，我得带两支枪，你陪我一起到县上去！"

陈达五笑了笑，说："带不带枪，你自己决定。你放心，这一路上我肯定会陪着你的，安全问题我来负责！"

一阵困意袭来，陈达五很快就进入了梦乡。而阿尔哈铁却在床上辗转反侧，彻夜难眠。

天还没亮，陈达五就被一阵急促的叫门声惊醒了。

是阿尔哈铁的女婿家派来的人。阿尔哈铁的女儿昨天夜里难产，生命垂危，他们一大早来请毕摩去作法，顺便给他们家通报一声。

"老弟，不需雨水偏来雨，正当忙时偏来客，才说要出门，就出了这码事，这个预兆不好啊……"阿尔哈铁满脸是笑，但显得极不自然。

女儿聪明伶俐，从小就被阿尔哈铁视为掌上明珠。在这样的生死关头，作为一个父亲，他只能用内心焦躁来缩短时间的距离。

"我们寨子里的大毕摩,法事灵验得很的!"阿尔哈铁叹了一口气,说,"只要大毕摩出马,架起法器,咒语一念,什么妖魔鬼怪都降得住。阿啵,寨子里很多人家遇上这种事,他都能逢凶化吉……"

阿尔哈铁说得很轻松,他举了很多关于大毕摩的神奇故事,亦玄亦幻,起死回生,听得陈达五入了迷。可是到了午后,一个神色匆匆的人闯进来,他的话还没有说完,阿尔哈铁的脸色就变了。

大毕摩到了女儿家,架起大火,杀鸡宰羊,打卜问卦,折腾了半天,娃娃还是没有生下来。

"性急不经老,慌张差错多。只要大毕摩在那里就不怕,每个人的结局怎么样,命中都有定数的……"阿尔哈铁自言自语地说着,抬头看了看天,拿出了他的长烟杆,让阿力次吉装上了烟末。

作为一个父亲,陈达五完全理解阿尔哈铁的心情。看着阿尔哈铁焦急的样子,陈达五说:"大哥,兄弟有句话不知当讲不当讲?这几天,县医疗小分队在飞云铺开展义诊,我让郑小豆带两个女医生过来帮着接生怎么样?不管怎么说,救人要紧啊!"

"唉,这种事……"阿尔哈铁深深吸了一口,把后面半截话连同那口烟一起咽了下去。

陈达五知道阿尔哈铁的心思。山上彝家女人生孩子,大多由寨子里有经验的妇女前来接生,哪有让汉人接生的道理?

"大哥,在有条件的大地方,女人生孩子都是送进医院,请医生接生。如果我们的医生赶上来,肯定有办法!"

这个时候，说什么都是多余的。陈达五让乌嘎惹带人骑上快马，第一时间从鹰愁河桥抄近道找郑小豆，请他带医生火速上山……

天出奇地蓝，几朵洁白的云走走停停，在山头犹犹豫豫，半天舍不得离去。暖洋洋的阳光从树梢倾泻下来，嫩绿的枝叶在它的爱抚下，在和煦的风中翩翩起舞。栖身在树上的鸟雀，一个个争着赛着，用清亮的歌喉婉转出满世界的烦躁。

太阳慢慢歪到了西边的山头。阿力次吉已经安排人张罗好了丰盛的晚饭，尽管阿尔哈铁一再笑眯眯地招呼大家吃肉喝酒，可是就因为女儿这件事，谁也没有心思喝酒。

"色坡阿普，生了！"

外面有了急促的脚步声，人还没有进来，声音先就到了。

"色坡阿普，是解放军的医官去接的生！阿啵，那几个医官骑着快马，浑身的汗水把衣服全部湿透，那几匹汗淋淋的马都差点儿累死了！"前来报信的人特别兴奋，说起这件喜事就停不下来，"嗬，那几个汉胞医官才了不得，才进房间一袋烟工夫，就听见娃娃哇的一声哭起来。哈哈，色坡阿普，你宝贝外孙可能是在他阿嫫肚子里憋久了，嗓门比哪个都洪亮！"

母子平安，一块悬着的大石头终于落了地。

"次吉，次吉！阿啵啵，你赶紧去，把大毕摩和苏尼都请过来！"阿尔哈铁高兴得像孩子一样，大声地叫着阿力次吉。

"色坡阿普，娃娃不是生了嘛，你这是……"

"次吉，你就不懂了！我想好了，准备和陈队长下山。你赶紧把他们请过来，我要请他们问问神灵，看看去不去得？"

279

入夜以后，阿尔哈铁家里杀鸡宰羊，烈火熊熊，烟雾缭绕。

寨子里的毕摩来了。戴着法帽的毕摩盘腿而坐，手举法铃，两眼微闭，摇晃着脑袋，在火塘边念起经来。他的声音时而舒缓时而急促，如一首动听的歌谣。毕摩借着跳跃的火光，抓起熟羊排看卦，抓过鸡头看鸡舌，分析演绎一番，得出了一个重要结论：

吉卦，可以去！

不仅如此，阿力次吉还把寨子里的苏尼请过来，他推算的结果和毕摩的说法一样：大吉大昌！

阿尔哈铁终于下了决心，吩咐阿力次吉做好准备，他要下山到县城去。

大头人阿尔哈铁要下山的消息，一夜之间传遍了龙岗山。

寨子里的彝家同胞知道阿尔哈铁要离开龙岗山，纷纷拥了过来。还没有吃早饭，阿尔哈铁家门前就挤满了人，他还没有出门，屋里屋外就是一片哭泣声。

阿尔哈铁端着酒，眼里含着热泪，哽咽着说："我要出门，你们这么多人来哭着送我，你们舍不得我，我也舍不得你们，你们都是我的亲骨肉啊！尔比尔吉里说，雄鹰不展翅，只能吃地上的虫子；鹿子不出山，只能吃沟边的水草。你们放心，我是去县政府任职，是去为更多的彝胞做事，这是天大的好事！我走以后，阿力次吉继续管好家务，大家各自把家里的事打理好，把日子过好！下一步，共产党要在咱们彝区推行民主改革，大家要服从安排，任何人都不许吵，不许闹！"

沿途的彝胞听说阿尔哈铁下山了，纷纷出来看稀奇。他们在路边或蹲或站，脸上写满了惊喜，嘴里啧啧感叹：都说咱们色坡阿日是天上的金龙下凡，确实是这样！官府的汉兵见了他全身冒冷汗，三伏天打摆子，枪都端不稳，几千人搜他，还是拿他没办法！阿啵啵，过去的官府打他几十年，杀他的亲人，烧他的房子，他死都不低头！没想到，这条硬汉服服帖帖就跟共产党下山了……

黑彝大头人阿尔哈铁下山以后，陈达五带着工作队进驻龙岗山。作为当家娃子，工作队提出的要求，阿力次吉确实感到非常棘手。

大头人下山前专门做过交代，要他在家里管好家务。手下的娃子，哪些该去种地，哪些该去放牧，哪些帮着干杂活，这些是他的事儿；主人家零星的粮食和少量的牲畜，他可以做主处理；寨子里哪家办红事白事，邻里之间有争吵纠纷，他也可以出面调停。可是，要把主子的土地都拿出来，把他们家的牲畜拿出来，让这些娃子安家，他确实做不了主。

想想也是，娃子、田地、房屋、牲口，是这么多年来主人带着人一点一滴打拼，饱含着血和泪慢慢积攒下来的。这笔让人眼馋的财富，那可是主人的命根子啊！作为一个当家娃子，他有这个权力来处置吗？再说，虽然这两年他也下山参加过很多次会，但他作为龙岗寨的当家娃子，山上的每一笔支出他都清清楚楚，单单每年吃喝拉撒就是一笔不小的开销。如果把土地牲畜全部交出去，怎么保证这个大家庭的运转，他们以后的生活怎么办？不管咋说，这么一个庞大的家庭，不可能把脖子绑扎起来，全部喝风啊!

阿力次吉只好硬着头皮,把这件棘手的事向女主人摊了牌:"阿玛(奶奶),工作队的意思你清楚,你说这事咋办?"

女主人一听,眼睛瞪得比铜铃还大,脑袋摇得像风车,连声的叹息夹杂着叱骂如波浪般汹涌而来。女主人对着他吼上一阵,就跳起脚来咒骂那些猪狗不如的阿加、呷西,把门碰得砰砰响,在巨大的声响中发泄她满腔的怒火。

女主人的意思很明白,就是死也不可能把那些东西拿出去。

有了女主人的掺和,事情变得更为复杂。更关键的是,陈达五的工作队已经上过几次门了。虽然工作队员都和和气气,但从他们的话语中,也表达了他们心中的隐忧:山下有很多黑彝奴隶主都在盯着他们,如果他们没有动静,下面的工作就难以推进……

要把这些事儿调和好,阿力次吉更感到力不从心。

阿力次吉再一次硬着头皮找到女主人,说他准备带上头人的弟弟和大儿子,到会川城看看主人过得怎么样,顺便和他商量怎么处理这些棘手的事。

阿尔哈铁下山已经三个多月了。对于阿力次吉一行的到来,阿尔哈铁意外之余,也感到特别的高兴。阿尔哈铁面色红润了许多,声音也更为洪亮:"哈,过去我就是一只病猫,吃不下,睡不着;现在吃得香睡得好,我又变成老虎了!"

说起这三个多月来的工作,阿尔哈铁就说了一个字:

"忙!"

他怎么不忙呢?作为县政府的副县长,他协助县长分管的彝区的工作，社会稳定，区划调整，政权建设，铲除鸦片，改革婚姻，扶困救济，修葺水利，新办学校，建设医院，改善交通，发展经济，一个一个的规划，一个一个的方案，都得和大家坐下来反复地研究论证，他总觉得每天时间不够用，每天都有那么多的新鲜事兴奋着他的神经。

这些，都是过去阿尔哈铁从来没有想过也不敢奢望的好事啊！

让阿尔哈铁没有想到的是，听说他的儿子和当家娃子来了，金县长专门安排工作餐请他们一家吃晚饭，让他心里热乎乎的。

阿尔哈铁端起酒杯，对阿力次吉他们说："来，咱们一起敬敬县长！"

阿尔哈铁一仰脖喝干了杯中酒，说："尔比尔吉里说，雁向温暖的地方飞，人朝光明的地方走。我阿尔哈铁过去没吃过的好东西吃了，没坐过的小汽车坐了，没有见过的大官见了！过去不相信的政策，现在我相信了！共产党好，毛主席好，这句话是千真万确的！"

这场酒喝得酣畅淋漓，阿尔哈铁和金县长碰了一下，说："县长，说句掏心窝子的话，活到今天，我阿尔哈铁千值万值了！前些年，我做了很多错事，对不起共产党，对不起毛主席！这几年，我疑神疑鬼又下山晚了，耽误了民主改革，耽误了彝区的发展，就更对不起共产党，对不起彝区的骨肉同胞！阿啵啵，饥荒能熬过，羞耻难抬头。晚上我躺在床上，一想起这些过失，我心中就在暗暗地骂自己：阿尔哈铁，你真是一条糊涂虫啊！"

晚上，阿力次吉他们聚集在了阿尔哈铁的房间里。明晃晃的电灯下，阿力次吉把那几个棘手的问题，向主人一一端了出来：

"色坡阿普，我知道家里那些田地、牲畜、房屋，都是你们祖祖辈辈流血流汗攒下来的。现在，工作队动员我们拿出去，如果全给他们了，以后你们家吃什么，一大家的开销怎么办？"

阿尔哈铁静静地听着，并不急于插话。

"你们心里还有啥想法，大胆说！"阿力次吉他们说完了，阿尔哈铁仍然耐心地问道。

"还有，山上那些不开化的头人，他们都不愿意把土地拿出来，都在盯着色坡阿普……"

"那肯定是这样的。"阿尔哈铁点点头，说，"次吉，将心比心，如果我换成是他们，我也会这样的！"

阿尔哈铁这句话，让阿力次吉眼睛一亮，说："色坡阿普，你能不能跟他们说说，把你的田地、粮食和牲畜都留下来？遇巧来说话，水涨来捞鱼，你跟政府的人熟，说的话有分量！"

"你们两位呢，也是这种看法？"阿尔哈铁转过头，笑眯眯地看着他的儿子和弟弟。

还不等他们点头，阿尔哈铁哈哈一笑，说："你们知道，共产党为什么反复做我的工作，要我出来吗？"

"嘿，不就因为你是色坡阿日，他们害怕吗？"他的弟弟阿尔牛牛小声说。

"阿啵，过了七十七条河，还有九十九座山。过去把我们撵得鸡飞狗跳的孙方亭，把持西康省几十年的刘文辉，管几百万军队的蒋委员长厉不厉害？他们都被共产党打败了！跟这些人相比，我阿尔哈铁算什么？"

"那……"

"他们就是要把我搬出来，给彝家兄弟当好标杆啊！尔比尔吉里说，鹰带鹰儿高飞，马带马儿奔跑。如果我不站出来先走一步，能把那些好事办好吗？"阿尔哈铁长叹一口气，说，"这几天我到了城里，我真的想通了。作为诺伙家支的头人，我也想让彝家兄弟姐妹都过上安稳的日子。可是，打打拼拼几十年，我不仅没让他们过上好日子，连自己都过得提心吊胆的，窝囊啊！过去很多我们想都不敢想的事，想了也没有办成的事，共产党都替我们办到了，我还有什么放心不下的呢？"

"唉，要是这样一来，以后生活怎么办呢？"

"汉人有句古话：良田千顷，不过一日三餐；广厦万间，只睡卧榻三尺。我们都有一双手，平平安安过太平日子就好得很了！除此之外，还要那些干什么？"

入秋以后，大自然用神奇的画笔，把龙岗山描绘成了五彩斑斓的世界，让坐落在青山丛林中的农舍更加墨润秀挺。地里一天天变黄的苞谷，黄里泛金的兰花烟，黄灿灿的向日葵，在绿树的衬托下，就像一幅华贵厚重的黄毯子。群山环抱，流水潺潺，村庄、房舍、院落、田地在绿树的掩映下，如梦如幻，美不胜收。

山上山下，大大小小的彝寨，都让这条消息震撼着他们兴奋的神经：

龙岗山上的黑彝大头人阿尔哈铁交了枪，解放了奴隶娃子，把土地牲口都分给娃子安家了！

这些日子，陈达五是最为舒心的。他带着工作队走村串寨，丈量土地，分发牲口，不仅有人主动为他们带路，而且每天都会有人拿着鸡蛋洋芋荞粑，热情地款待他们。

可是，不经意的一件事儿，又让他们的心揪了起来。这些得到了土地的彝家兄弟，纷纷在地里种上了罂粟。在几场秋雨的滋润下，那些罂粟长得蓬蓬勃勃，节节疯长。

政府虽然下达了铲烟令，但在实际操作过程中收效甚微。更为关键的是，相邻两个县都因为铲除鸦片，已经捅出了天大的娄子，不知道该如何收场！

我们不是做梦吧

上面发来加急电文，要求会川等相邻县吸取教训，铲烟禁毒注意工作方法，防止过激行为。

人人心里都有一本账。这些年，不管是龙岗山上的飞天蚂蟥，兹兹乌日的勒伍尔甲，还是飞云铺的阿尔拉则，哪个不是靠种罂粟发的财？以前，他们只能眼巴巴地看着，现在自己有了土地，当然不能错过这种发财的机会。

县上发出铲烟禁毒令以后，陈达五带着工作队走村入户，挨家挨户进行宣传。虽然铲除了一些地块里的罂粟，无奈龙岗山一带种植的面积太大，推进起来困难重重。明理的彝胞在工作队的劝说下，自行铲除了罂粟，改种了豌豆、冬小麦等粮食作物。而更多的人，对这件事并不理解，软抵硬抗，甚至撒泼耍横，死活顶着就是不干。是啊，好不容易才有了一块自己的土地，种什么不种什么自己不能做主吗？更有一些不明事理的人，乘机胡搅蛮缠，呼天抢地，对工作队破口大骂，甚至推搡打架，搞得乌烟瘴气。

　　鉴于当前形势，县上暂停了这项工作，把工作队召集起来开会商量解决的办法。这下，天天奋斗在一线的同志不干了：

　　"我们笑脸赔尽，好话说干，现在却要停下来，开什么玩笑？"

　　"嘿，刁蛮的没铲的占便宜，明事理的铲掉的反而吃了亏，这不是欺负老实人吗？"

　　这确实是一件两难的事。

　　会后，金县长带着陈达五，找到了阿尔哈铁。陈达五把在彝区开展铲除罂粟遇到的阻力，原原本本向阿尔哈铁抬了出来，说："没有想到，在彝区铲除罂粟这么困难！"

　　金县长打断了陈达五的话，说："彝区的群众不理解，说明我们工作做得还不深入。相邻的两个县，因为铲烟引发了叛乱，这些确实值得我们反思啊！"

　　"汉人老大哥不是有句话，事出反常必有妖吗？"阿尔哈铁沉思了一会儿，说，"山上的彝家同胞思想再落后，哪里会因为铲烟就要叛乱的道理？纷争找原因，失马看蹄印。山上山下，该交的枪已经交得差不多了，他们哪里来这么多的枪和炮，怎么可能攻占区公所乡政府？照我看，这里面一定有人在背后使坏，而且这个神秘的人物还相当厉害！"

　　"是的，这的确不排除有国民党特务暗中煽动操纵的可能！"金县长点点头。

　　"如果我没猜错的话，我的老朋友又在后面兴风作浪了！"阿尔哈铁想了想，说，"自古就是这个理，苍蝇不叮无缝的鸡蛋。咱们不妨想想办法，扔个骨头把这匹恶狼引出来，挖个陷阱把它灭掉,咱们这个地方才能安宁啊……"

几天后的一个午夜,孜孜乌普后面的山林里枪声大作。激烈的枪炮声喊杀声,把睡梦中的人吓得瑟瑟发抖。

天亮以后,一队人马被解放军撵得失魂落魄,他们边打边撤,慢慢消失在茫茫的丛林当中。

山上的硝烟还没有散尽,大小彝寨都在扩散着一条令人惊恐的消息:

黑彝奴隶主阿尔拉则叛变啦!

解放军兵分三路,进驻孜孜乌普一带,剿灭阿尔拉则!

最初得到这个消息,藏在岩峰洞里的冯正和简直不敢相信自己的耳朵。相邻两个县已经发起了武装暴动,要是会川地区龙岗山一带的彝胞再烧把火,这影响力就大了!

时令已经到了晚秋时节,白天的太阳仍然明亮耀眼。几缕稀疏的阳光透过树叶的缝隙,从岩峰洞的洞口斜斜地射进来,在石壁上诡异地晃来晃去。冯正和的脸兴奋得红扑扑的,在簌簌飞溅的唾沫星子中,他铿锵的话语在洞里跌来撞去,震得几个黑彝头人的耳朵嗡嗡响个不停:"你们看看!啊,祖宗留下来的地盘让共产党占了,家里的土地让共产党分了,房子让共产党分了,牲口让共产党分了,娃子跟着共产党跑了,下一步就要你们脖子上的人头了!难道你们都是尿包,就咽得下这口气?你们就该像阿尔拉则这样,有点彝人的血性,暴动起来!暴动起来!!"

过了几天,一个眼睛蒙了块黑布的年轻人,在一个诺伙的带领下来到了岩蜂洞。年轻人摘掉了黑布,说他是阿尔拉则的亲侄子,他们被共产党分了田分了地分了房子牲畜,咽不下这口气,已经起兵造反。他带来了叔叔写的信，请求国民政府支援，给他们三千支卡宾枪，一百挺机枪，五十门火箭炮，他们保证把会川城打下来。

冯正和把那封信接过去看了又看，心里直犯嘀咕。

一个来路不明的人，在这种时候闯进来，不得不让人生疑。但仔细一想，只有那些贪得无厌的土匪，才会有这么大的口气，巴不得一口吃成胖子。冯正和哈哈一笑，满口答应了阿尔拉则提出的条件，还报请国民政府，委任他为反共救国军特别纵队中将司令，外加现大洋十万元。

冯正和马上填写了委任状，郑重地交给年轻人，说："我说话算数，但你们必须捉几个活的工作队员上来，有了这份诚意，枪啊炮啊钱啊，才能给你们兑现！"

冯正和派人把年轻人送了出去，随即命令手下收拾东西，马上转移。

狡兔三窟，几个县闹出了这么大的响动，冯正和不得不提防。而冯正和所担心的事，并没有成为现实。自从那个年轻人离开以后，他们连着转移了几个地方，并在这一带遍布暗哨。可是，观察了好几天，根本就没有丝毫的动静。风里来雨里去，在外面风餐露宿实在不是滋味，冯正和他们又悄悄搬回了岩蜂洞。

阿尔拉则的人跑得跟兔子一样，来去无踪。不过，天天都有好消息：阿尔拉则带人烧了乡政府，伏击了解放军，打死了工作队员，缴了自卫队的枪，整个世界都被他们搅得天翻地覆。

这天拂晓，孜孜乌普又响起了激烈的枪炮声喊杀声。

天亮时分，在冲天的火光中，阿尔拉则的侄儿带着人，踏着零星的枪声，押着三个工作队员，趾高气扬地上了山。

有人早就把这个激动人心的消息，向冯正和作了汇报。

"我们把工作队的队长捉上来了，你们准备的枪呢？说好的，三千支卡宾枪，一百挺机枪，五十门火箭炮，谁敢说谎话，我把他的脑壳拧下来！"阿尔拉则的侄儿完全变了个人，粗鲁地在洞口前大声咒骂着。

他们捉住了陈达五？

还不等他把心里的疑惑说出来，有认识陈达五的土匪过来报告：押在前面的那个人，确实是工作队的队长陈达五！

阿尔拉则那个豪横的侄儿张开嘴，满嘴脏话又骂开了。

恰恰就是这个人，打消了冯正和的顾虑。他知道，不管是什么人，经过共产党一洗脑，绝对不会是这副流里流气的样子。

"阿啵，惹科！你们为反共救国立了大功啊！"

冯正和大喜过望，亲自带人到洞口迎接。

然而，当冯正和走出岩蜂洞，见到那几个人的时候，他就觉得气氛有些不对。可是这一切已经晚了，他还没有把枪掏出来，三个被捉住的工作队员，变戏法一样举起了手里的枪，呼啸的子弹迎面向他射来。

冯正和晃了晃，身子像墙一样倒下来。他直愣愣的眼里，看到了恐怖的一幕：四面八方的解放军，在响亮的军号声中席卷而来。

战斗很快就结束了，陈达五和乌嘎惹押着被俘虏的土匪，会心地笑了。

冯正和这个靠山一倒，几个县的土匪纷纷土崩瓦解，整个彝区又趋于平静。

那个时候，阿尔拉则正在湖南参加民干校的学习，当他知道陈达五用他的名义上演这出戏的时候，已经是半年以后的事了。

铲除了这个毒瘤，大家都很高兴，乌嘎惹却高兴不起来。

这段时间，沙阿果经常到地里发呆，没事儿就在那里自言自语，眼睛里满是忧郁。所有这一切，都明明白白地告诉乌嘎惹：

沙阿果发病了！

秋收以后，乌嘎惹赶着牛，帮着沙阿果把地犁了，趁着土地湿润撒下了罂粟种子。

有了自己的土地，沙阿果觉得浑身有使不完的劲。每天她就会扎在自家地里干活，从来就没有觉得苦和累。天黑下来，她还会在田埂上看一看一天天长起来的嫩苗，嗅一嗅地里泥土的芬芳，听一听地埂边小虫子的欢唱。她老是觉得脚下这几块土地，就是她襁褓中的儿女，嘴是嘴，眉眼是眉眼，小手小脚肉嘟嘟的，不管怎么看都觉得舒服。她似乎已经看到地里的罂粟长得枝叶繁茂，一个又一个硕大的罂粟果缀满枝头，长满了绿油油的诱惑。

一场轰轰烈烈的铲烟运动，让沙阿果陷入了深深的烦恼。那几块长得蓬蓬勃勃的罂粟已经铲除，看着光秃秃的土地，沙阿果心疼得吃不下饭，睡不好觉，每天神思恍惚，痛苦不堪。

"沙阿果，你是怎么了？"一天黄昏，乌嘎惹截住了沙阿果。

"没有啊，我好着呢！"

"别骗我了！有啥话，你对我说吧！"

"给你说，有用吗？"沙阿果抬起头来，眼里有了泪光。

"你说吧，说出来可能就好受了！"

"我地里那些罂粟都是你帮着种的。那些嫩苗说铲就要铲掉，以后我一家人吃啥？"

"唉，你不是还有粮食吗？这点烟苗算什么！"

"铧口无尖，犁不了地；说话无理，说不服人。我问你，那些有钱有势的，家里有人当官的，他们家的烟为什么不铲，你说啊？"沙阿果哇地哭出声来。

乌嘎惹一下明白了。县上的铲烟运动铲铲停停，成了一锅夹生饭。觉悟高的、胆小怕事的，配合工作组自觉把罂粟铲除了；而那些死皮赖脸的、蛮横不讲理以及明里暗里抵抗的，他们的罂粟苗还在地里，沙阿果能不气吗？

那一个个饱满的罂粟果，就是真金白银最为现实的收入啊！

彝区铲烟困难重重，县上派阿尔哈铁回来搞调查研究，为推进彝区铲烟禁毒工作提供第一手资料。大头人还没有到家，沿途的亲戚听说阿尔哈铁回来了，半路上就把他截住了，纷纷送来羊肉鸡蛋等好吃的东西，留他到家里做客。大家七嘴八舌，自然就说到了铲烟这件最敏感的事情上。

"尔比尔吉里说，举起捏紧的拳头，硬过门后的斧头。过去你是咱们家支的头人，现在你是人民政府的县长，请你来评评理。我只想问一句：你们把土地分给我了，我就是土地的主子。我在自己的土地上怎么种，你们管得着吗？凭什么要把我的烟苗铲掉？对这件事，山上山下的彝家弟兄坚决不答应！"一个高大的汉子粗着嗓门直嚷嚷。

"羿依，别说大话了！那些土地，以前是你的吗？现在是怎么到你手里的？"阿尔哈铁笑眯眯地说。

"这……"汉子一时语塞了。

"对了，这些土地是共产党给你的。共产党既然把土地给你，大家该不该听招呼？"

"哪里是我不听话嘛！"汉子急了，大声说道，"如果这也不能种那也不能种，那不成了猴子赶骡马，能赶不能卸啦？种上大烟能多卖几个钱，不是为了把日子过得更好吗？"

阿尔哈铁朗声笑道："汉区有句话是这样说的：烟枪一杆，打得妻离子散，不闻枪声震天；烟灯半盏，烧尽房屋良田，不见烟火冲天。这样的惨景，大家都能想象！彝区的民主改革，刚刚迈出了第一步，如果这些烟铲不掉，男人女人都躺在床上抽大烟，一个个变成好吃懒做的大烟鬼，就把我们自己毁掉了。共产党搞铲烟禁毒，才真正是要我们把日子过得更好啊！"

"你说得简单，那些有钱有势有人在背后撑腰的，为啥不铲？"汉子脖子一梗，气冲冲地说。

阿尔哈铁把腰一伸，笑着说："尔比尔吉里说，马儿跑千里，起在第一步。你放心，明天就从我家开始，如果这烟铲不下去，你再骂我不迟！"

龙岗山上的大头人带头铲烟，自然成了彝家寨子最热门的新奇事，很多人甚至跑了很远的路，专门到他们家的烟田里驻足观看。

阿尔哈铁女儿家的罂粟也铲除了。那正是开花结果的时候，一个个沉甸甸的罂粟果缀满了枝头，看上去馋死人。就连铲烟汉子锄头落下去的时候，心尖尖都是疼的。为那些罂粟，女儿捶胸顿足哭哑了嗓子，却不敢对阿尔哈铁说，只敢把心里的委屈向阿嫫倾诉。女主人不识好歹，在鼻涕眼泪的催化下开始数落阿尔哈铁。

阿尔哈铁怒不可遏，桌子一拍："做饭，火钳走在前面；喝汤，勺子先进嘴巴，自古就是这个理！我是县长，个个都盯着我，我家的不铲，谁还铲得动？为损失几棵烟苗就要死要活，你们怎么不想想，丫头那两条命是谁救回来的？我们怎么能翻脸不认人！"

阿尔哈铁发的那通火，传得比风还快。山上山下很快刮起了铲烟风，不到半个月，就把地里的罂粟铲尽，改种了冬豌豆或油菜。一场冬雨过后，地里长出了嫩绿的新芽，在温暖的阳光下，脉动着生机勃勃的希望。

这天晚上，陈达五正要睡觉，有人轻轻敲响了他的门。

门外站着乌嘎惹，他犹犹豫豫地说："队长，上次你带来的药还有没有？"

"什么药？"

"给沙阿果吃的药啊！这些日子，她的病好像又犯了。"

"哦，厉害吗？我请县医院的同志想办法从成都带些回来。"

"队长，这药……什么时候到？"

"得十来天吧。"

"嗯，这药不会很贵吧？"

"不贵的，你放心吧！"

"啊，那就太好了！"乌嘎惹想了想，又说，"队长，这药以后咱们会川县，能买得到吗？……"

"今后在山里建起了卫生院，可以买到的！"

白天忙了一天，晚上又连着开了群众会，陈达五只觉得浑身的倦意直往上涌。可是，他总觉得眼前这个朴实的彝家汉子，今天的话题一个接一个，而且他问这些话的时候总是犹犹豫豫，一副欲言又止的样子。他到底藏着什么心事呢？

"大哥，你有什么话，尽管对我说。"

乌嘎惹沉默了一阵，讷讷地说："队长，你不要笑话我。我只想问一句，我和沙阿果……能结婚吗？"

在那一瞬间，陈达五觉得眼前这个黝黑汉子的脸变得通红，额头上渗出了密密麻麻的汗。陈达五太了解大山上这些淳朴的彝家汉子了。就是遇到了天大的难题，他们宁愿自己死扛着，也不愿意吭一声气。他能把憋在心里的这些话说出来，这需要多么大的勇气呀！

陈达五一步抢过去，紧紧握住乌嘎惹的手，说："大哥，这怎么不行呢！新社会，自主恋爱，婚姻自由，这是天大的好事儿啊！"

"唉，都这把岁数了，我怕这事儿闹出去，遭人耻笑！"

"这怎么会呢？你和沙阿果从小相互爱慕，这些年你们又一直相互帮衬，这是前世修来的好姻缘，别人羡慕还来不及哩！"

"唉，你晓得的，这个大山上规矩太多。"乌嘎惹擦着头上的汗，用火镰打火点燃了衔在嘴上的兰花烟，说，"沙阿果身体有病，没人照料她，我真的放心不下！"

"这么好的事怕啥？我真诚地支持你们，祝福你们！"

可是，第二天早上陈达五一开门，却让他吃了一惊。

门口，蹲着满脸倦容的乌嘎惹。

"乌嘎惹，你怎么啦？"

"队长，我……"乌嘎惹欲言又止。

是啊，这个在门口徘徊了一夜的娃子，他能说什么呢？乌嘎惹作为一个身份卑贱的娃子，不是他想跟人结婚就能满足心愿的。沙阿果家里遭遇了变故，但他和沙阿果同样是娃子，要是家支不同意他们的婚事怎么办呢？

乌嘎惹坦诚地说出了内心的担忧，陈达五说："好大哥，你不要担心。我来做阿尔拉则的工作。他过去是沙阿果的主子，是黑彝家支中说得起话的人，我想大家都会成全这桩好事的！……"

一个月以后，瓦房寨举行了一场别开生面的婚礼。婚礼的主人自然是乌嘎惹和沙阿果，主婚人和证婚人分别是陈达五、阿尔拉则。

在简陋的会场里，乌嘎惹和沙阿果并排坐在一张宽大的凳子上。乌嘎惹的胡子修理得干干净净，他穿着蓝布衣衫，脚上是沙阿果给他做的新布鞋，头上戴着崭新的黑帕子，再配上那领洁白的羊毛披毡，看上去英武帅气。沙阿果脸上的笑容里多了几分羞涩，她穿着彝家的百褶裙，肩上搭了领蓝色短披毡，脖子上耳朵上挂着明晃晃的银首饰，看上去是那样的端庄漂亮。唯一不同的是，那双手不停地搅动着手指，传递着她内心的羞怯和不安。

在祝福声欢笑声中，主婚人和证婚人别开生面的讲话，把这场别致的婚礼推向了高潮。

陈达五说:"我第一次主婚,也不知道该说些什么。我只想说,咱们新事新办,能为这对新人举办婚礼,我们要感谢共产党,感谢毛主席。是共产党把我们解放出来,让我们翻身做了主人,才有了今天这场激动人心的场面。让我们共同祝福这对新人幸福吉祥,白头偕老!"

作为证婚人,阿尔拉则粗着嗓门说得更为直接:"今天,我孙子孙女乌嘎惹和沙阿果成一家了,老天在凑合他们,家支在成全他们,我们大家更要祝福他们。尔比尔吉里说,饱了不要忘饿,暖了不要忘冷。我们还要加上一句,过上了好日子不要忘本。作为他们的长辈,我要说句耿直话,今后谁敢欺负他们,就是欺负我!新社会我不能打你骂你,但我会坐在你家里慢慢喝酒,直到你把欺负他们的道理给我讲通,我才会走的!"

龙岗山上的阿力次吉也来了。如今,他也分到了田地,单独安了家,过上了平静的生活。前几天他进了一次会川城,带来了头人阿尔哈铁送给一对新人的礼物:一盏马灯,一只暖水瓶,两只洗脸洗脚的盆子和香皂毛巾,祝福他们以后的日子越来越好!

夜深了,那盏明亮的马灯,映照着一对新人幸福的脸庞。沙阿果依偎在乌嘎惹的怀里,讷讷地说:"乌嘎惹,我们不是做梦吧?"

"阿果,我觉得就像在做梦一样!"

"这样的日子,真好!"

乌嘎惹摩挲着沙阿果的脸庞,说:"是的,我们终于盼来了这一天!"

"乌嘎惹,那年你不是说布谷鸟叫,为什么一夜都没有叫呢?你知道我是多么着急吗?"沙阿果紧紧搂着乌嘎惹,在他的耳边轻轻呢喃道,"我心里有一首歌,这首歌一直憋了十几年。今天晚上,我唱给你听……"

  山上的布谷咕咕地叫啊叫
  妹妹的心怦怦地跳啊跳
  远方的哥哥你在哪里呀
  妹妹我等你呀好心焦好心焦
  哥哥呀我的好哥哥
  我的哥哥你在哪里呀
  快来把妹妹我抱一抱抱一抱
  妹妹我好想和你一起飞呀飞
  哥哥呀你知道不知道……

月色如水,大地静寂无声。美妙的歌声,应和着小虫子的欢叫,汇成一支优美的旋律,在清朗的夜空中随风流淌。

图书在版编目（CIP）数据

春度龙岗 / 李美桦著. -- 北京：作家出版社，2023.12
ISBN 978-7-5212-2667-6

Ⅰ. ①春… Ⅱ. ①李… Ⅲ. ①长篇小说 – 中国 – 当代 Ⅳ. ①I247.5

中国国家版本馆CIP数据核字（2023）第239170号

春度龙岗

作　　　者：	李美桦
责任编辑：	宋辰辰
装帧设计：	意匠文化·丁奔亮
出版发行：	作家出版社有限公司
社　　　址：	北京农展馆南里10号　　邮　　编：100125
电话传真：	86-10-65067186（发行中心及邮购部）
	86-10-65004079（总编室）
E-mail:	zuojia@zuojia.net.cn
http://www.zuojiachubanshe.com	
印　　　刷：	北京盛通印刷股份有限公司
成品尺寸：	142×210
字　　　数：	204千
印　　　张：	9.5
版　　　次：	2023年12月第1版
印　　　次：	2023年12月第1次印刷
ISBN	978-7-5212-2667-6
定　　　价：	52.00元

作家版图书，版权所有，侵权必究。
作家版图书，印装错误可随时退换。